Le mystère GI's tombeau

Rendez-vous sur le site de la maison d'édition,
Le cargo imaginaire :

www.lecargoimaginaire.fr

Vous y trouverez les dates et lieux de dédicaces d'Yvan Michotte ainsi que de nombreuses informations concernant ses publications.

Facebook: www.facebook.com/yvan.michotte

www.lecargoimaginaire.fr
Contact: yvanmichotte@lecargoimaginaire.fr
Couverture et composition: Yvan Michotte
ISBN : 978-2-492147-12-8

Du même auteur :

Les enquêtes de Pastorius

— ***L'affaire Rouge Turner***, 2019, Le cargo imaginaire. 2021, format poche. Format 13x19, 2022. Première édition : ***Rouge Turner***, 2012, éditions Cogito. Roman policier.
— ***Le mystère GI's tombeau***, 2020, Le cargo imaginaire. 2021, format poche. Format 13x19, 2022. Première édition : ***GI's tombeau***, 2013, éditions Cogito. Roman policier.

Les enquêtes d'Agathe et Pastorius

— ***Louise des ombres***, 2016, Le cargo imaginaire. Roman policier. Format 13x19, 2022. Prix ***Sang pour sang polar*** **2017**.
— ***42 rue des mômes***, 2017, Le cargo imaginaire. Roman policier. Format 13x19, 2022.
— ***J'irai brûler tes larmes***, 2020, Le cargo imaginaire. Roman policier. Format 13x19, 2022. Prix ***Rouen Conquérant 2021***.
— ***Celle des nuits sans visage***, 2021, Le cargo imaginaire. Roman policier.
— ***Surtout n'ouvrez pas le cercueil !*** 2022, Le cargo imaginaire. Roman policier.

Autres

— ***On tue davantage par temps de neige***, 2015, Cogito. Roman policier humoristique. Réédition 2020, Le cargo imaginaire.
— ***L'école des rives***, 2018, Le cargo imaginaire. Roman.
— ***Alcanes, Livre 1 : Edna***, 2021, Le cargo imaginaire. Roman de fantasy, SF.
— ***Le rayon bleu des baleines***. *Les Zamistères*, 2021. Le cargo imaginaire. Roman jeunesse illustré par Nathalie Sauvage.
— ***La tour Eiffel s'est envolée***. *Les Zamistères*, 2022. Le cargo imaginaire. Roman jeunesse illustré par Nathalie Sauvage.

Avertissement

Cet ouvrage est une fiction. Toute ressemblance avec une personne existante ou ayant existé est purement fortuite.

Yvan Michotte

Le mystère GI's tombeau

Les enquêtes de Pastorius

Roman policier

LE CARGO IMAGINAIRE

Cette histoire est basée sur le naufrage du paquebot Léopoldville au large de Cherbourg le 24 décembre 1944.

C'est l'une des catastrophes maritimes les plus importantes de la Seconde Guerre mondiale.

Cet ouvrage a été publié une première fois en 2013 sous le titre *GI's tombeau*. Cette nouvelle version avec le titre *Le mystère GI's tombeau* a été revue et corrigée.

1

24 décembre 1944.

*M*arcus Twist était là pour tuer un homme. Il tenait la photo de sa victime entre ses mains. Le type sur le cliché arborait un sourire hollywoodien en faisant le « V » de la victoire. Dépêche-toi de sourire mon bonhomme, se dit Twist, on sourit beaucoup moins bien avec une balle entre les deux yeux.

Twist avait embarqué sur un paquebot, le Léopoldville, pour une croisière sur la Manche. Il s'agissait de faire la traversée entre Southampton et Cherbourg. C'était le réveillon de Noël mais la virée en mer ne ressemblait pas à une balade d'agrément. L'heure était grave. On était en 1944 et les Allemands n'étaient pas encore KO. Ils étaient même déterminés à poursuivre la guerre jusqu'au bout pour que leur drapeau à croix gammée nargue encore longtemps les forces alliées.

Twist était un tueur professionnel. Il faisait partie du MI6, les services secrets britanniques. Il avait rejoint le navire sur une vedette rapide. On l'avait envoyé in extremis sur le bateau pour y dénicher un agent double, un espion anglais qui, en fait, officiait pour le compte des nazis. Son but était que l'homme n'arrive jamais à Cherbourg. Il s'appelait Milton Ferenzy. On lui avait dit de le faire plonger au fin fond de la Manche en récupérant avant tout un précieux coffret. Il n'avait pas la moindre idée de son contenu. Mais c'était important, terriblement important. Le colonel Parx avait été formel. Il devait rentrer à tout prix à Londres avec ce coffret.

Twist avait le mal de mer. Il n'y a que dans les films que les espions sont à l'aise partout, en faisant des blagues et en buvant des alcools forts comme du petit lait.

Il va bien falloir que je trouve ce type, se dit Twist. Mais comment faire ? Ce navire est une vraie ruche.

Il marchait sur un pont en se tenant au bastingage et avait du mal à oublier son estomac barbouillé. Il savait qu'il allait vomir. L'opération était programmée. Mais quand ? Là était toute la question.

Ils étaient nombreux comme lui à avoir les tripes qui cognaient à la porte. Des restes de pommes de terre, de pâtes, de viandes mal digérées, il y en avait partout sur les ponts. Ça puait, ça glissait à l'envi.

Twist, qui était Écossais, se serait presque cru sur un trottoir d'Édimbourg, à la sortie d'un pub, un soir de grande beuverie.

La mer était mauvaise. Ce n'était pas la tempête mais le bâtiment roulait et tanguait. Beaucoup trop pour Twist. Les seules embarcations qu'il tolérait étaient celles qui ne remuaient jamais dans les bouteilles, sur les cheminées.

Il aurait pu se rassurer en se disant qu'il n'était pas tout seul à avoir le mal de mer. Mais ça ne le rassurait pas du tout. Les autres n'avaient aucune victime à ajuster, à flinguer. Pas de coffret à dénicher, aucune mission périlleuse à accomplir.

Enfin pas tout de suite. Pour eux, la tuerie serait pour plus tard. Pour bientôt même, car la majorité des passagers était des soldats américains en partance pour la guerre.

Le bateau était rempli de militaires prêts à en découdre avec les Allemands. Ils partaient alimenter la grande machine à chasser le nazi.

Le moustachu psychopathe n'avait plus le sourire car il battait en retraite, il jouait ses dernières cartes en croyant encore à son Reich millénaire.

Il fallait le traquer jusqu'à la fin. L'heure n'était pas encore à la victoire mais elle se rapprochait. Tout le monde le sentait. Ça n'était plus qu'une question de mois, de semaines peut-être.

L'on acheminait donc toujours et encore des soldats pour se jeter dans la bataille. Les Canadiens, les Anglais, les Américains, tous les alliés embarquaient ainsi pour des croisières en Manche, sans piscine ni champagne, mais entassés comme des animaux, serrés les uns contre les autres, avec leur barda, leur peur vissée au corps et leur sacro-sainte espérance de rentrer vivants au pays.

Twist portait un uniforme de la marine, passait de pont en pont, de coursive en coursive en lorgnant la tête des passagers. L'espion qu'il recherchait était châtain sur la photo. Il ne l'avait jamais personnellement rencontré. Grand et mince, l'homme affichait une mine réjouie dans un smoking. Entouré de deux beautés elles-mêmes tout sourire, il fixait l'objectif avec l'air de dire : t'as vu les deux belles que je me promène, elle est pas chouette la vie ?

Elle le serait moins lorsqu'il se retrouverait face à son calibre, songea Twist. Le colonel Parx lui avait lancé avant de partir : « Si tu n'as pas le coffret, plonge direct dans la Tamise, ça n'est pas la peine de remettre les pieds ici ! ».

Parx n'était pas homme à s'alarmer pour n'importe quoi ou n'importe qui. D'ailleurs Milton Ferenzy n'était pas n'importe qui. Il avait acquis une certaine notoriété parmi les agents secrets car il avait plusieurs belles opérations à son actif. Cela lui avait valu le droit d'intégrer la garde rapprochée de la famille royale. Savoir qu'il était un agent double avait ébranlé tout le petit monde du MI6. Mais l'information n'avait pas fuité outre mesure. Il y a des secrets qu'il faut à tout prix garder.

Twist aimait tuer les gens. Il prenait ça comme un sport. Certains jouaient au cricket ou au tennis. Lui, envoyait des clients en enfer avec l'assentiment du roi, de la reine et de sir Winston Churchill.

Twist tuait déjà avant la guerre mais pour son compte personnel. Il exécutait des contrats pour des clients fortunés. Il gagnait ainsi sa vie en supprimant celle des autres.

Un jour, il s'était fait arrêter et avait écopé de vingt-cinq ans de prison. Il avait donc attendu sur son lit que le temps passe et puis, on était venu le chercher. C'était la guerre, le MI6 était sur le qui-vive et avait besoin de professionnels de l'exécution. Twist avait accepté la proposition qu'on lui avait faite. Il avait promis de ne tuer que les ennemis de l'Angleterre et il s'y était pour l'instant cantonné.

Le navire était grand. Il mesurait plus de cent cinquante mètres. C'était un paquebot belge qui avait été réquisitionné pour en faire un transport de troupes.

Twist commençait à croire que sa mission était désespérée. Son espion avait dû se dénicher une planque dans un coin. Il avait certainement vu Twist arriver sur sa vedette rapide et s'était dit que ce dernier passager lui était destiné.

Le navire n'avançait pas vite. Ses grosses cheminées crachaient une fumée blanchâtre. Ses machines ronronnaient. Les côtes d'Angleterre avaient fini par disparaître. Il faisait nuit, il faisait froid et il neigeait. Twist cherchait son cadeau de Noël un peu au hasard sur le bateau. Beaucoup de GI dormaient. Il leur plantait sa lampe torche dans la figure en espérant reconnaître sa victime. Il se faisait insulter à chaque fois dans un dialecte yankee bien gras, difficile à supporter pour un Écossais.

Il s'enfonçait de plus en plus dans le navire, descendait dans ses entrailles.

Ferenzy se terrait quelque part. Twist ne comprenait pas qu'on puisse aimer naviguer. Il se tenait le ventre et avait chaud, froid, chaud.

Les marins du bord, eux, avaient le sourire. On les distinguait facilement des militaires. Les visages des hommes d'équipage étaient roses ou rouges alors que ceux des militaires tiraient sur le gris, le bleu, le violet.

Twist, aussi livide qu'un zombie, régurgita une première

fois dans une cale. Il fit quelques pas en se serrant le ventre, remit ça puis encore ça, jusqu'à ce que sa source soit tarie pour l'instant.

— Saleté de flotte salée, dit-il à un militaire en poste devant une porte.

— Oui, mon lieutenant, ça c'est vrai.

Le soldat semblait supporter le traitement que lui infligeait la mer. Il avait plutôt bonne mine et tenait un fusil.

— Vous avez qui là-dedans ? lui demanda Twist en désignant la porte.

— Là-dedans, c'est des Allemands, mon lieutenant.

— Et qu'est-ce qu'ils font là ?

— Ils sont au frais, mon lieutenant.

— C'est-à-dire ?

— On les achemine vers la France, c'est un transport de prisonniers mon lieutenant.

L'agent du MI6 ne comprenait pas pourquoi les soldats répétaient le nom du grade de leur supérieur à la fin de chaque phrase. Il trouvait ça crétin. Cela rendait idiot ceux qui le disaient et ceux qui recevaient du « mon lieutenant », du « mon capitaine » à longueur de journée. Cela avait un côté « je te cire les pompes pour te montrer combien je te suis soumis ». Cela n'avait aucun intérêt pour lui.

— Ils sont nombreux ?

— Trois, mon lieutenant.

— Je peux les voir ?

— Non, mon lieutenant. Les ordres sont formels.

Le jeune gardien regardait les insignes sur l'uniforme de

Twist. C'était un officier. L'espion avait demandé au commandant Limbor un uniforme de gradé afin de pouvoir circuler librement sur le bateau. Le commandant avait répondu froidement: « on ne badine pas avec les grades dans l'armée mon gars ! ». Malgré cela, il avait dû accepter car la guerre a sa raison que l'entêtement d'un commandant ne peut ignorer. Et sa raison consistait en un laissez-passer signé de la plume du grand Churchill lui-même. Dans ce cas, pas question de faire de la résistance. L'homme au gros cigare était comme un totem pour les Anglais, une sorte d'être sacré.

— Je jette juste un œil, dit Twist et je vous rends vos Allemands aussitôt.

Le soldat regardait toujours les insignes de Twist. Il était lieutenant donc son supérieur. Il devait lui obéir. Mais il avait ses ordres. Personne ne devait pénétrer dans la geôle.

L'espion lui montrait son grade de son index en souriant et attendait.

— Alors, c'est pour aujourd'hui ou pour demain ? lança Twist.

— Le commandant a dit de ne laisser entrer personne, mon lieutenant. Je tiens mes ordres directement de lui, vraiment je ne peux rien faire pour vous.

— Je comprends, répondit Twist, c'est normal, oui, je comprends.

Il sortit alors son arme en un éclair et le pointa sur le garde.

— Ouvre-moi ça tout de suite, mon con, où je te refais le dentier à la gâchette ! Compris ?

Twist crut que le jeune allait faire sous lui. Il se mit à trembler, fit tomber son fusil.

— Allez, dépêche-toi, je n'ai pas que ça à faire !

— Oui, mon lieutenant, voilà, tout de suite, mon lieutenant.

Il se dépêcha de saisir son trousseau de clés et ouvrit la porte. L'agent secret passa la tête et vit trois hommes assis à terre, enchaînés à des barres d'acier au sol. Ils se tournèrent vers lui. L'un d'eux portait une casquette blanche. L'espion reconnut là le signe distinctif d'un Kaleunt, un commandant de sous-marin allemand. Son visage portait des traces de brûlures. Il était défiguré. Ses yeux rougeâtres observaient Twist avec une fixité angoissante.

— Salut les terreurs ! leur fit-il en souriant d'une manière cynique, un peu déstabilisé quand même par le regard de l'Allemand.

Une pluie de mots incompréhensibles s'abattit sur lui.

— C'est bien ! leur dit-il, moi aussi, vous passerez le bonjour à vos dames. Allez, au revoir.

Il recula et fit signe de refermer. Le soldat obéit.

— Eh bien, tu vois, c'était rapide, dit Twist.

— Oui, mon lieutenant, lâcha-t-il avec un regard effaré.

— Ce sont des sous-mariniers, tes Allemands, ça se voit à la casquette blanche de l'un d'eux, un commandant de U-Boot, celui qui a la tête de monstre… ça se voit aussi à leur barbe.

— Oui, mon lieutenant, si vous le dites, je vous crois mon lieutenant... aussi celui à la casquette, c'est un vrai barjot, vous savez.

— Ah ! oui. Pourquoi ?

— Il a failli tuer un de ses gardiens quand ils l'ont amené sur le bateau, mon lieutenant, il lui a sauté dessus, a voulu l'étrangler, il s'en est fallu de peu pour que le malheureux y passe.

— Un vrai furieux, alors.

— Oh ! oui, mon lieutenant. Il paraît d'ailleurs qu'il n'en est pas à son premier coup de sang. Il a déjà tué à ce qu'on dit. On prétend même qu'ils l'emmènent en France pour lui faire subir un traitement électrique pour lui calmer le cerveau.

— Allons donc, les Français possèdent un humour qui leur est propre, moi, je lui collerais une balle dans le crâne direct et ce serait vite terminé.

Le soldat lui fit un signe de la tête pour lui apporter son approbation.

— Tu veux que je m'en charge tout de suite ? demanda Twist.

— Ce ne serait pas de refus, mon lieutenant, mais j'ai des ordres, il faut que mes Allemands restent en vie jusqu'à la France.

— Qu'est-ce qu'il a eu pour avoir une tête comme ça, l'affreux ?

— À ce qu'on dit, son bâtiment a pris feu. Il est resté le dernier à bord, il a voulu mourir dedans, dévoré par les flammes, mais le bâtiment a sombré d'un coup et il a été éjecté puis recueilli.

— La guerre, c'est la guerre, fiston ! Sans rancune pour le coup du flingue ?

Il n'eut pas le temps de répondre. L'estomac de Twist se rappela de nouveau à lui. Il se vida encore. Son pistolet tomba à terre. Le soldat le ramassa et le lui rendit.

— Sans rancune, mon lieutenant !

Twist lui tapota l'épaule.

2

Je vais aller sur la passerelle, se dit l'agent secret. Si notre homme a du cran, il y sera, au milieu de tout le monde, dans un endroit tellement visible qu'on ne le remarquerait même pas.

Il remonta de pont en pont et s'introduisit dans le saint des saints. À la tête du commandant, il vit qu'il n'était pas le bienvenu.

Une dizaine d'hommes occupait les lieux. L'atmosphère était tendue. Les jumelles visaient l'horizon de tous côtés. Que voyaient-ils avec la nuit ? Sans doute pas grand-chose. Et puis avec les flocons qui tombaient sans relâche, certainement rien du tout. Ils regardaient toutefois avec insistance. Leurs visages étaient fermés, graves. Il y avait un drame, là, sous les yeux de Twist, et il ne comprenait pas ce qui se passait. Il se retenait toutefois de leur en demander la raison. Il y a des fois où l'on sent qu'il ne faut surtout pas ouvrir la bouche. Trop de tension !

Personne ici ne semblait avoir la tête de Ferenzy. C'était décevant pour l'homme du MI6 qui affectionnait les adversaires coriaces. S'il s'était glissé là, sur la passerelle, en endossant un uniforme au nez et à la barbe de tout le monde, cela aurait été méritant, pensait-il, au point d'obtenir une médaille virtuelle dans la catégorie des grands espions. Mais non, pas de Ferenzy dans les environs.

Limbor tourna plusieurs fois la tête vers Twist, d'un air menaçant qui lui demandait de quitter les lieux. L'agent du MI6 restait car la tension sur la passerelle l'intriguait. Il se demandait ce que cherchaient tous ces hommes avec leurs jumelles dans cette purée de pois.

— Vous regardez quoi ? murmura-t-il, quand même, à un jeune homme devant lui.

— Des sous-marins allemands, mon lieutenant ! On en a repéré un dans les parages. On n'a pas envie de lui servir de petit-déjeuner.

Limbor, voyant qu'on chuchotait, inclina de nouveau la tête vers Twist et le fusilla du regard en lui faisant un signe de tête semblant lui dire : « Dégage, toi, avec tes questions en carton, tu ne vois pas qu'on bosse, nous, ici ! ».

Twist se décida à quitter les lieux. Il monta sur le pont supérieur, longea les énormes cheminées. Le vent était glacial. Les hommes étaient rares à cet endroit, emmitouflés, la tête dans des couvertures. Les fumées vomies par le navire s'entortillaient dans des tourbillons qui s'évanouissaient dans la nuit.

La croisière n'avait rien de romantique. À voir les hommes blottis comme ils l'étaient, on eut dit une croisière d'émigrants de troisième classe en partance pour le nouveau continent au début du XXe siècle.

L'espion commença à soulever une à une les couvertures. Quand il pointait sa lampe de la main gauche, il était prêt à dégainer de la main droite. Mais le moment tant attendu du duel n'arrivait pas.

Il descendit vers la poupe du navire. D'autres embarcations suivaient derrière. C'était un convoi.

Et si mon gus est sur un autre navire ? se demanda Twist. Ils se sont peut-être plantés en m'envoyant sur celui-là !

Il continua sa promenade, sillonna entre l'odeur du café, de la mer et des régurgitations. Les minutes passaient, s'étiraient sans résultat. Elles étaient même devenues des heures.

Il se retrouva à l'avant du navire, distingua les remous blanchâtres du bâtiment que le Léopoldville suivait. Il voyait les hommes de la passerelle de là où il était. Ils ne lâchaient pas leurs jumelles et leurs faces inquiètes.

Il revint à l'intérieur d'une coursive, redescendit, arriva dans la salle des machines. Le bruit assourdissant et l'odeur d'huile lui étaient insupportables. Il croisa un mécanicien au visage maculé de noir. Là encore, un moyen idéal pour jouer la planque se dit l'agent secret.

— Montre-moi ta tête, toi, dit-il en l'arrêtant.

Mais l'homme, petit, en cotte bleue et avec une casquette, ne l'entendit pas avec le bruit des moteurs. Il lui fit un signe en lui montrant son oreille.

Twist le visa mieux. Il avait une tête toute ronde alors que Ferenzy l'avait plutôt longue.

— Allez, file, mon bonhomme, lui dit-il, je te laisse la vie sauve.

— Quoi ?

Il poursuivit son périple, pointa sa lampe sur d'autres mécaniciens qui le visèrent d'un œil méfiant. Rien, absolument aucune tête de Ferenzy dans les environs. Il quitta les machines et avança parmi les coursives sans ménager ses efforts. Ce bateau lui paraissait interminable. Au bout d'un moment, il ne savait même plus s'il était déjà passé à tel ou tel endroit.

Il sortit de nouveau sur le pont extérieur. Il était à la proue. En regardant au loin, il lui sembla apercevoir comme de minuscules lumières à l'horizon. Était-ce la France ? se demanda-t-il. Était-ce bientôt la fin du voyage ? Il ne l'espérait pas du tout. Il avait son carton à faire et n'avait jamais déçu le colonel Parx. Il n'était pas question de commencer aujourd'hui.

Il continua sa recherche avec l'énergie du désespoir. Il accéléra le pas, monta de nouveau les escaliers, les descendit, passa et repassa aux mêmes endroits. Si c'était la France qui approchait, il fallait faire vite.

Mais tout à coup, plus rien. Une énorme explosion retentit. Il fut projeté contre la cloison puis catapulté au sol comme un vulgaire moustique balayé par un revers de main sur la peau. Il crut qu'il allait être broyé, disséqué, avalé par le souffle de l'explosion. Il vit la mer arriver sur lui dans une vague sortie de nulle part, et le sang jaillir de sa jambe. Il comprit qu'il était sérieusement touché. La douleur l'envahit et les cris autour de lui déferlèrent tels des hurlements de morts échappés de leurs tombes.

Allongé sur le dos, il ne parvenait pas à se relever. Des faces étranges passaient au-dessus de lui. Des militaires ensanglantés l'enjambaient dans un nuage de fumée noire. Il les voyait se démener au ralenti, dans un océan de voix déformées et de bruits indistincts.

Tout s'était brouillé en lui. L'eau salée lui lavait le visage. On le bousculait, lui marchait dessus. Il fallait qu'il se relève, qu'il se sorte de là à tout prix.

Il tendait les bras en l'air pour qu'on l'aide, hurlait, sans résultat. Il était comme invisible aux yeux des autres qui passaient et repassaient sans arrêt. Sa jambe lui faisait affreusement mal. Il devait se lever malgré tout puisqu'il était encore en vie. Un cadavre à côté de lui n'avait pas eu cette chance-là. Sa vie s'était envolée comme un oiseau de malheur qui ne lui avait pas demandé son avis.

Il força sur sa jambe encore valide, de toutes ses forces, se cramponna à la cloison, essaya de se soulever, n'y arriva pas, recommença, se battit contre lui-même avec la rage d'un animal fou. Il fit des efforts surhumains pour finalement se retrouver debout. Il avança droit devant lui, dans la fumée et l'eau qui montait de plus en plus.

Un voile rouge lui recouvrit un œil. Il passa sa main sur son visage, la regarda, elle était en sang. Il devait avoir une plaie à la tête. Sa jambe blessée, inerte, était un poids mort. Il s'appuyait sur les cloisons et avançait tout doucement mais le navire penchait. C'était difficile. Il se faisait bousculer et manquait de chuter à chaque pas. Il crut entendre le mot « torpille » dans la bouche de quelqu'un. Ils avaient dû être touchés par un sous-marin.

Il arriva devant un escalier, empoigna la rampe et se mit à sauter de marche en marche. Il réussit à en monter une, deux, trois, avant de glisser et de tomber sur sa jambe blessée. Il hurla. C'était terrible. Il avait l'impression qu'un requin lui avait dévoré la jambe.

Il fut soudain soulevé par deux soldats, un de chaque côté, et fut acheminé sur le pont du dessus. Puis les hommes s'évaporèrent au milieu des cris et du chaos.

Il poursuivit au hasard, marchant comme il pouvait. Les lampes grésillaient. Les passagers qui couraient dans tous les sens faisaient résonner leurs pas comme des roulements… Le bâtiment penchait de plus en plus.

Et puis des coups de feu se firent entendre subitement, des cris, des coups de feu et encore des coups de feu. Des balles tirées, des hurlements en allemand. Il ne comprenait rien à tout ce nouveau vacarme, encore plus chaotique que ce qu'il vivait déjà.

Ça tirait sans cesse. Il ne savait pas si cela venait d'en bas, d'à côté ou d'en haut. Il y avait des tirs continus de mitraillette et des coups de pistolet, plus espacés dans le temps. Et toujours ces cris allemands pareils à des hurlements de bête que l'on châtre.

Il vit alors un soldat débouler vers lui, semblant fuir un

déferlement de monstres. Sa tête explosa avant qu'il tombe lourdement. Et derrière, il reconnut l'Allemand au visage brûlé, le commandant de sous-marin prisonnier dans la cale. Il tenait une arme. C'était lui qui venait d'abattre le soldat. Il tirait sur tout ce qui bougeait, il avait des yeux de fou, il regardait partout, et ne cessait pas de hurler.

Twist vit alors le sol bouger. Il perdit l'équilibre et chuta une fois de plus. L'Allemand tomba également. Le bateau s'était affaissé brusquement, comme pour annoncer son trépas. Car, penchant comme il penchait, il allait couler, c'était sûr.

L'espion leva la tête vers l'Allemand. Il ne bougeait pas, allongé sur le ventre, la face dans l'eau. Il commença à ramper dans sa direction, sortit son arme.

Mais le commandant de U-Boot, qui ne portait plus sa casquette blanche, se redressa soudain et lui pointa son arme sous le nez. Il tira mais le bateau s'inclina encore dans un élan vif au même moment. Il glissa sur le côté et sa balle toucha un soldat qui courait au mauvais endroit au mauvais moment.

Twist voulut alors ajuster l'Allemand. Mais son arme ne voulut rien savoir. Il tirait sans qu'elle daigne lui répondre. L'eau de mer avait dû la gripper.

Il s'écarta alors, voyant que l'Allemand se redressait avec son arme dans sa main et passa en roulant dans une cabine. Il se retourna, vit que le commandant de U-Boot lui emboîtait le pas. Il rampa en voulant sauver ce qui lui restait de vie, passa dans une autre cabine et ressortit dans une coursive.

Mais lorsqu'il se retourna une fois encore, l'Allemand était juste derrière lui. Sa bouche était en sang, son visage aussi. Il était encore plus terrifiant qu'auparavant. Il semblait complètement possédé. Ses yeux rouges parachevaient sa face de démon.

Il crut alors sa dernière heure arrivée. Il baignait entièrement dans l'eau. Il ne rampait plus mais tentait de nager, de surnager.

Le navire fit un énième mouvement encore plus appuyé. Twist glissa jusqu'à l'intérieur d'une cabine, des milliers de litres d'eau l'emportant dans une cascade glacée.

L'Allemand fut happé à son tour dans la cabine. Une troisième personne fut aspirée, elle aussi. Elle tenait un coffret qu'elle perdit dans les flots.

La porte de la cabine se referma. Twist entendit un grand bruit d'acier broyé et vit, à travers le hublot de la cabine, que les cloisons s'étaient effondrées derrière. Il tenta d'ouvrir la porte. Elle était coincée. Il essayait de toutes ses forces, rien à faire pour sortir.

Il se retourna, vit l'Allemand avec de l'eau jusqu'au cou, en train d'avancer vers lui.

Le commandant de U-Boot n'avait plus de pistolet mais un couteau, une énorme lame menaçante qui se rapprochait de Twist. Celui-ci fit un mouvement de côté pour lui échapper et y parvint. L'Allemand porta un nouveau coup, encore évité. Il redoubla encore de rage en fonçant sur Twist. Il fut alors désarçonné par le troisième personnage, celui au coffret, qui jaillit de dessous la surface et le projeta en arrière.

Twist aperçut son visage juste devant lui. Il n'en crut pas ses yeux. C'était lui, c'était l'homme sur la photo, c'était son espion, c'était Milton Ferenzy !

L'Allemand revint aussitôt à la charge, mais sans couteau. Twist plongea, se rua au fond de l'eau, passa ses mains sur le sol et mit la main sur le couteau. Il remonta et embrocha littéralement l'Allemand en lui transperçant le cou.

L'eau montait sans arrêt avec une vitesse fulgurante. Il n'y avait plus qu'une dizaine de centimètres d'air jusqu'au plafond.

Ferenzy essayait d'ouvrir la porte sans y arriver. Ils étaient prisonniers tels deux poissons dans un bocal. Mais deux poissons qui ne savaient pas respirer sous l'eau.

Twist voulait vivre. Ferenzy venait de lui sauver l'existence. Malgré cela, l'Écossais avait une mission. Il devait aller jusqu'au bout, même s'il devait mourir.

Il fonça donc sur Ferenzy. Les deux hommes avaient maintenant la bouche presque collée au plafond. C'était une question de secondes avant que la pièce ne soit complètement submergée.

Ferenzy évita un premier coup de couteau, reçut le second dans le ventre, repoussa Twist et le plaqua au fond de l'eau. Il lui serra le cou de toutes ses forces. Il le maintint comme ça jusqu'à ce que l'Écossais ne bouge plus, et il remonta à la surface.

Ferenzy ne pouvait plus respirer. L'eau avait tout recouvert dans la cabine. Il souffrait. Son sang s'échappait de son ventre. Sa vie fuyait sous ses yeux désemparés. Il forçait sur la porte qui ne répondait pas à ses appels. Il n'avait presque plus d'air dans les poumons. C'était la fin. Il n'y avait plus rien à espérer. Il se débattait en sentant ses forces le fuir et son air se raréfier. Il voyait les corps des deux hommes voler devant lui, les yeux ouverts, tels des trépassés lui demandant de les rejoindre.

Encore quelques secondes. Il ne bougeait presque plus, il coulait lentement et paraissait résigné face au sort qui l'attendait.

Il avait de moins en moins mal. Il se sentait flotter. Il eut alors l'impression d'apercevoir une lumière blanche qui l'appelait. Il vit cette lumière enfler devant lui, emplir complètement sa vision. Il se sentit bien, sans douleur, sans attache ni regret.

3

De nos jours.

Pour un détective privé drogué au macchabée, ne pas avoir d'enquête en cours revenait à être privé de messe pour un curé.

Joshua Pastorius était dans ce cas. Il aurait dû normalement avoir le blues puisqu'il n'avait aucun corps ensanglanté à déterrer, à examiner, à éplucher sous tous les angles.

Personne ne l'avait appelé durant les cinq dernières semaines pour lui proposer de rechercher le coupable d'un meurtre ou d'une série de crimes ignobles. Les désespérés, les veuves inconsolables, les haineux de tous bords semblaient l'avoir oublié.

Dans ce cas, d'ordinaire, c'était sa bouteille de whisky qui le consolait. Il finissait même par lui parler certains soirs, lorsque plus personne ne daignait l'écouter. Il lui racontait n'importe quoi, faisait les questions et les réponses et remplissait son verre comme s'il buvait de l'eau.

Là où il se trouvait, au volant de sa vieille Jaguar, le spleen du détective semblait l'épargner. Il était gai, n'avait pas l'âme au whisky. Son anglaise rutilante avait fait plusieurs centaines de kilomètres sans se plaindre. Le lecteur C.D crachait joyeusement la B.O de *Bullitt* par le grand Lalo Schifrin. Il se prenait presque pour Steve McQueen dans les rues de San Francisco avec sa Ford Mustang survitaminée.

Une différence tout de même, et de taille, il n'était ni aux États-Unis ni à San Francisco mais en France, et se dirigeait vers Cherbourg. C'était beaucoup moins glam, moins californien, moins enivrant, moins…

Il avait quitté La Rochelle où il habitait quelques heures auparavant. Plus il s'éloignait de cette ville et plus il respirait. Il avait l'impression de fuir un cauchemar, et pas seulement parce qu'on ne lui proposait que de mauvaises affaires de cocufiage. Il y avait aussi cette fille, Mona, dont il voulait oublier la tête et le nom. C'était une Espagnole ou une Gitane ou les deux. Il ne savait pas car il avait surtout évité de le lui demander. Mona était grande, brune… et moche, et lui courait après depuis des semaines, un peu comme une sale maladie qui essaie de vous attraper.

Il lui avait dit « non » un nombre incroyable de fois mais elle n'avait pas compris, l'avait dans le collimateur comme un snipper qui lorgne sa cible dans son viseur. Elle avait jeté son dévolu sur lui, le suivait dans les rues, les escaliers, les ascenseurs, les ponts, les routes, les corniches, les souterrains. Elle s'agrippait à lui avec une énergie surprenante, sans relâche, avec une constance qui avait plongé le privé dans un blues magistral.

Il en était arrivé à éviter de sortir de chez lui car il l'a trouvait sur le trottoir, au garde-à-vous, à l'attendre bien sagement. Enfin, la sagesse, c'était au début, car après elle était devenue de plus en plus entreprenante et avait commencé à le traiter de tous les noms. Il l'avait alors invitée à boire un verre en terrasse. Elle était arrivée, apprêtée comme pour une cérémonie.

Il l'avait toutefois bien vite calmée, lui avait réexpliqué qu'elle ne devait rien espérer de lui. Elle avait alors pleuré toutes les larmes de son grand corps mal proportionné. Son visage tout mou s'était décomposé. Il avait cru un instant qu'elle se mettrait à fondre devant lui, littéralement, au sens propre, pas au figuré, tellement elle se transformait, là, sous ses yeux médusés.

Il était resté avec elle longtemps pour la heurter le moins possible, pour lui faire avaler cette pilule dont elle ne voulait surtout pas entendre parler.

Le panneau indiquant Cherbourg allait bientôt être en vue. Le temps oscillait entre nuages et soleil timide. Mona ne suivait pas dans sa petite voiture rouge. Pastorius avait surveillé plusieurs fois son rétroviseur en quittant La Rochelle. Il avait eu peur de l'apercevoir dans son grand imper noir derrière son volant. Mais non, il roulait tranquillement, enfin presque car il ne pouvait s'empêcher de regarder le rétro de temps en temps au cas où.

Elle lui avait déjà fait le coup après son verre en terrasse, l'avait suivi dans les rues mais en gardant le silence, et en le bombardant de coups de téléphone et de mails. Et à chaque fois elle ne disait rien, n'écrivait rien, se contentait de montrer qu'elle existait. C'était angoissant, infernal et dérangeant. Et le manège durait comme ça depuis des jours, donc la fuite vers Cherbourg était un cadeau du ciel.

Ce présent magnifique, inespéré, il le devait à un de ses vieux amis, le dénommé Paul-Louis Hemerzogh. Pastorius avait reçu un coup de fil de lui alors qu'ils ne s'étaient pas parlé depuis des années. Il lui avait proposé de venir à Cherbourg. Il ne lui avait pas donné beaucoup de détails. Un nom seul avait suffi à décider le détective. Il lui avait dit que le Jeremiah O'Brien devait entrer dans le port le lendemain.

Le privé avait alors remercié les dieux, les prêtres, les déesses, les enfants de chœur et tout le barnum religieux qui allait avec. Hemerzogh était envoyé par le Très-haut, c'était certain. Quitter Mona la traqueuse et monter sur le Jeremiah O'Brien valaient bien quelques heures de route.

Pastorius passa presque le panneau Cherbourg en agitant les

poings comme un pilote qui gagne un grand prix de Formule 1. Il ne vit aucun drapeau à damier, juste un radar avec deux policiers posés derrière pour décorer.

Lorsqu'on arrive à Cherbourg par la route nationale qui traverse tout le Cotentin, on pénètre dans la ville par ses hauteurs. On est aussitôt saisi par la mer, droit devant soi. Elle semble nous appeler pour une grande virée jusque de l'autre côté de l'Atlantique, comme les paquebots qui partaient d'ici autrefois. On peut apercevoir la digue du large, une monumentale barre de béton, percée par endroits, qui encercle la rade. Et puis il y a une autre digue à l'intérieur, plus petite et puis les quais. Cherbourg est un port Lego bâti au fil des siècles, avec des morceaux ajoutés de toutes parts.

Plus prosaïquement, l'entrée dans Cherbourg se fait par une longue voix descendante avec une vue plutôt triste sur un quartier d'immeubles pour aborder le port qui est véritablement le poumon de la cité.

Pastorius connaissait un peu la ville. Là encore pour une histoire de filles. Mais dans ce cas, c'était lui qui avait été le chasseur et non le chassé. Il avait suivi une certaine Marylène jusqu'ici lorsqu'il avait vingt ans, comme un enfant suit une luciole dans la nuit, sans savoir pourquoi. Il l'avait croisée gare Saint-Lazare sans pouvoir se détourner d'elle. Il l'avait tout de suite aimée. Elle avait d'abord gentiment refusé ses avances puis s'était laissé embarquer par son infatigable soupirant. Ils s'étaient aimés comme on peut s'aimer à vingt ans, sans limite, comme si chaque jour vécu avait été le dernier.

Du moins c'est ce qu'avait cru Pastorius qui avait suivi Marylène jusqu'à son Cherbourg natal. Aussi une fois arrivée chez elle, la belle avait avoué à son chéri de la gare Saint-Lazare qu'elle en aimait déjà un autre. Il s'agissait d'un beau capitaine de chalutier cherbourgeois. Elle devait se marier avec lui le mois suivant. Elle lui expliqua qu'elle ne pouvait pas aimer deux hommes à la fois, l'embrassa une dernière fois avant de lui proposer de repartir d'où il venait. Pastorius resta droit comme une bitte d'amarrage, littéralement planté dans le goudron sans aucun moyen de bouger. Il vit Marylène s'éloigner le long du quai en se retournant pour lui faire un dernier sourire. Puis il ne vit plus rien. Il ne pouvait plus faire un pas, avait envie de régurgiter. Il était mal comme jamais, comme on peut l'être lorsqu'on reçoit son premier chagrin d'amour en pleine face. Il était annihilé.

Lorsqu'il put faire un pas puis un deuxième, il n'essaya pas de reconquérir sa Cherbourgeoise. Il n'avait plus d'énergie, plus d'envie, plus rien du tout dans ses chaussures qui pesaient des tonnes. Son corps, son cœur, ses bras et ses jambes s'étaient vidés de leur chair. Il ne savait plus où il était. Il repartit en se promettant de ne plus jamais remettre les pieds ici.

Cherbourg restait donc dans la mémoire de Pastorius comme un vieux souvenir amer de mer. Le temps l'avait dilué malgré tout et l'avait effacé, car ses vingt ans étaient loin et ses péripéties avec le sexe, que l'on disait faible avant la libération de la femme, étaient aussi nombreuses que les pages d'un dictionnaire.

Il coupa le moteur de la Jaguar sur le port, resta au volant, sortit une cigarette. À quelques mètres devant lui, des camions frigorifiques attendaient portes arrière ouvertes devant des chalutiers. C'était le retour de la pêche et des hommes déchargeaient des caisses de poisson.

La pêche faisait partie de ces métiers nobles que Pastorius admirait. Les pêcheurs risquaient leur vie pour pouvoir la gagner. Cela devenait de plus en plus rare à l'heure où le danger principal du travailleur était celui d'avoir le doigt coincé dans la machine à café. Chez les pêcheurs, il n'y avait aucune tricherie ni sensiblerie possibles, aucun moyen de biaiser le danger. Il fallait juste travailler et revenir entier.

Pastorius descendit de la voiture et passa à côté d'eux. L'odeur des poissons était forte, prenante, comme celle de la mer bien présente. Le lieu respirait la vie à pleins poumons. Ce n'était pas un bord de mer aseptisé pour touristes au nez fragile. Le privé sentait qu'il était là dans son élément. Le lieu n'était pas un décor maritime pour amateurs de glaces à la vanille. La mer ici était sans concession. Pastorius le sentait. Les visages durs des pêcheurs le confirmaient.

Le privé sortit son portable et appela Hemerzogh. Il ne savait pas où le trouver, il lui avait juste dit de venir sur le port pour voir le Jeremiah O'Brien. Et à première vue, il n'apercevait pas sa coque caractéristique.

— Tu me dis où tu es, dit Pastorius et je te rejoins.

— Ok, c'est comme tu veux mais ça va être difficile.

Hemerzogh répondit sur le ton de l'ironie. Le privé aperçut au même moment des fourgons de CRS. Il y en avait cinq ou six de garés le long d'une rue à une cinquantaine de mètres.

— Je suis en mer, Joshua, sur le Jeremiah O'Brien, j'ai embarqué sur le bateau-pilote.

— Tu n'as pas pu résister !

— Tu en aurais fait autant.

— Et tu arrives quand ?

— Dans deux heures environ. J'ai demandé au pilote de gagner le navire plus tôt que prévu pour profiter un peu du voyage.

— Et il a accepté ?

— Il n'a pas eu le choix, ici on ne peut rien me refuser, je t'expliquerai.

— Il est comment le papy américain ?

— Il ronronne comme un vieux chat, tient mal la mer et tremble de partout comme s'il allait se casser en deux à chaque vague.

— Bien, on se voit tout à l'heure.

— Tu ne pourras pas me louper, on va entrer dans le port toutes sirènes hurlantes !

Les CRS déployaient des barrières. Était-ce pour la venue du navire américain ? Si c'était le cas, Pastorius se demandait bien pourquoi. Le Jeremiah O'Brien était l'un des deux derniers liberty-ships encore en état de naviguer. C'était un musée flottant, un bateau inoffensif, l'un des nombreux cargos américains à avoir servi de transport de troupes et de matériels durant la Seconde Guerre mondiale.

Pastorius avait deux heures à tuer. Il était treize heures passées. Des bars et des restaurants affichaient leurs couleurs sur le quai d'en face. Il ne lui restait plus qu'à s'occuper de son estomac.

Il passa sur un pont métallique, longea une brochette d'établissements aux devantures vives, voyantes, comme pour happer des clients qui n'avaient pas envie d'y entrer.

Il marcha. L'un des restaurants était envahi par des plantes de toutes sortes. C'était plutôt agréable à regarder. Pastorius passa tout de même son chemin. Il poussa finalement la porte du dernier établissement, à la vitrine sans effort ni nom. La devanture était jaune, d'une couleur passée, moche même, mais elle l'inspira. Il entra. Une clochette tinta comme dans les boutiques d'antan.

Il commanda une pression au comptoir. Le barman chétif et mal rasé le servit. Il le toisa d'un œil morne et globuleux. Pastorius le trouva froid comme sa bière, bonne de surcroît.

— On peut manger ? demanda le privé.

— Pourquoi ? Vous attendez un régiment ? lâcha le barman sur un ton mal aimable.

— Pardon, qu'est-ce que vous dites ?

— Vous avez dit « on », « on peut manger », je vous demande donc combien vous allez être.

— Je suis tout seul.

— Dans ce cas, on dit donc « je » et pas « on ». Je vous sers de mon gratin ?... c'est des patates, du lard et de la crème.

— D'accord.

Pastorius s'installa à une table. Il n'y avait pas de décoration ici, juste des murs lambrissés et des miroirs. Tout y était usé, les chaises, les tables, le pavé. Le comptoir était poli, martelé d'entailles. Il n'y avait pas beaucoup de monde, quelques têtes de marins qui discutaient.

— Minute, Donni ! entendit alors Pastorius, tu ne vas pas servir ce type sans savoir qui c'est.

Celui qui venait de s'adresser au barman se retourna vers Pastorius. C'était un gros bonhomme barbu avec une chemise rouge et noire à carreaux. À son regard d'ours qui n'aurait pas eu son compte de sommeil, le privé comprit que le type ne lui voulait pas que des gentillesses.

— Donni, il ne sert que si je lui dis qu'il peut le faire. Sinon il reste derrière le comptoir !

Le gaillard portait des Ray-Ban fumées qui laissaient à peine voir ses yeux. Il faisait le méchant et aurait presque fait peur à Pastorius s'il n'en faisait pas un peu trop, façon méchant dans les westerns spaghetti.

— Donni, tu attends !

Le freluquet derrière son comptoir posa son assiette fumante et se mit aux ordres.

— Mon gars, faut que tu me dises pour qui tu roules, dit le gros à Pastorius.

Les clients autour s'étaient arrêtés de parler. Ils regardaient le détective avec les yeux de ceux qui attendent les résultats du tiercé après une arrivée sur le fil.

— C'est simple, tu roules pour nous ou tu roules pour Blue ?

— Ça rime, ton truc, mais je ne vois pas de quoi tu causes.

— Fais pas le malin, bonhomme, tu sais parfaitement de quoi je cause, t'es avec eux ou avec nous, entre les deux il n'y a personne.

C'était le genre de situation où il fallait faire preuve de beaucoup de philosophie. Assurément, le brave d'un quintal et demi confondait le privé avec un autre. Il y avait maldonne, erreur sur la personne, rien de grave en somme. Il suffisait juste de lui expliquer.

— Vous devez vous tromper de personne, lança Pastorius, toujours d'un calme bouddhiste zen.

— Il n'est peut-être pas au courant, suggéra Donni.

— Donni, s'il te plait, ferme-là ! balança aussitôt le balourd. Il sait très bien de quoi il retourne. Avec sa petite veste noire et ses pompes bien cirées, il est avec eux, c'est sûr. Et c'est peut-être bien lui d'ailleurs qui se prend pour le brûlé… alors, dit-il au privé, est-ce que c'est toi l'ordure qui traîne à la nuit ?

— Je ne comprends toujours rien, rien du tout.

— C'est ça, c'est ça… t'es pas au courant pour le brûlé, bah voyons… Y a un type déguisé en commandant de U-Boot qui se balade sur les quais, la nuit, et qui fout la frousse à tout le monde, et toi tu ne sais rien… les journaux ne parlent que de ça, ici, depuis des semaines.

— Je viens d'arriver.

— Il n'est pas déguisé, lâcha Donni avec l'air effrayé, c'est un vrai commandant de 1944, c'est le brûlé du Léopoldville, il hante les quais pour terroriser et tuer, c'est la légende qui revient et les crimes vont pleuvoir, c'est certain.

— Bon, là, faut vraiment m'affranchir, mammouth ! s'exclama alors le privé, sinon demain on y sera encore. De quoi vous me parlez, là ? Blue, le brûlé, et puis quoi d'autre ?

— Quoi ? Quoi ? Comment tu m'as appelé, là ? aboya-t-il en se levant, et en s'approchant du détective.

Celui-ci ne cilla pas d'un cheveu. Le gros s'arrêta juste devant lui et grommela :

— Et maintenant, répète un peu ce que tu viens de me dire pour voir si ça travaille mon envie de t'envoyer dans le mur.

— Ce que j'ai dit, je l'ai dit, mon gros, si t'as pas compris c'est ton problème. Maintenant, tu bouges ton cul et tu retournes t'asseoir où je te fais goûter à ça à la seconde.

Pastorius sortit son arme, pointa le visage de la terreur qui se liquéfia d'un coup.

— Allez, couché le Saint-Bernard, tu retournes à la niche et toi, Donni, tu m'envoies le gratin. Toute cette agitation m'a ouvert l'appétit.

Le gringalet posa l'assiette sur la table, et Bibendum, ses fesses sur son siège.

— C'est pas réglo ton truc, ajouta-t-il quand même. C'est avec les mains qu'on se bat quand on est un vrai mec.

— Les tiennes font le double des miennes, tu crois que ça, c'est réglo ?

4

Plusieurs poignards étaient alignés sur le petit bureau devant le personnage. La lumière était rouge comme lorsqu'on développe des photos.

Il observait les lames avec admiration, se réjouissait de maîtriser leur maniement, aimait les contempler avant de les utiliser, ou après lorsque le sang avait coulé.

Il prit un couteau dans la main droite, rapprocha la lame de ses yeux, passa un doigt dessus. Une croix gammée ornait le manche. Il adorait ce signe, le considérait comme parfaitement équilibré.

Des centaines de photos recouvraient les murs de l'étroite pièce où il se trouvait. On y voyait des soldats de la Seconde Guerre mondiale, des navires, des sous-marins.

Il passa son couteau devant eux. Ce n'étaient que des Allemands aux regards fiers, bombant le torse pour la photo. Il les caressait de sa lame, les enviait d'avoir participé aux combats.

C'était il y a bien longtemps et pourtant cela lui semblait si proche, presque hier, dans ses pensées. Il enviait cette époque où l'on encourageait les hommes à être des bourreaux.

Il portait un uniforme bleu et une casquette blanche comme

les commandants de sous-marins allemands durant la Seconde Guerre. Il se sentait bien dans cet accoutrement, il avait l'impression d'être vraiment lui-même. C'était lorsqu'il s'habillait en civil qu'il portait un déguisement, songeait-il.

Cet uniforme, il l'endossait pour accomplir sa mission, pour jouer son rôle. Enfin, c'était ce qui aurait dû normalement arriver. Dans les faits, il ne pouvait plus le quitter. Il y avait pris goût. Terriblement. Il était devenu sa seconde peau. C'était ce qu'il avait toujours cherché. Il sentait qu'il allait enfin laisser libre cours à ses penchants les plus intimes. Il venait de commencer, sentait qu'il n'allait plus pouvoir s'arrêter.

Pour l'instant, il souffrait et appréciait la douleur. Ses mollets étaient maintenus par deux grosses mâchoires métalliques. Il les avait serrées pour avoir mal, et il jouissait.

De temps en temps, il appuyait sur un bouton. Cela augmentait la pression. La douleur était intenable mais plaisante à souhait. Il tenait bon. Il voulait endurer son seuil de résistance, et repousser ses limites.

Il appuya encore, se mit à hurler. Il se crispa, serra les dents, résista. C'était comme si ses jambes allaient éclater.

*

Pastorius marchait le long du quai, devant des bateaux de plaisance garés comme des voitures sur un parking de supermarché.

Pour apaiser les enfants agités, on leur raconte une histoire. La plupart du temps le procédé fonctionne. Le petit s'endort et le calme revient dans la maison. Pour les adultes, les histoires ne suffisent pas. Un bon calibre fait souvent mieux l'affaire. Pastorius venait de le constater une nouvelle fois dans le troquet.

Une fois sortie son arme, les grands parleurs avaient cessé leurs discussions. La tension était retombée. En surface du moins. Chacun avait fait semblant de ne pas regarder le type en noir qui mangeait son gratin avec l'air dégagé.

Le balourd n'avait pas fini sa bière, mais avait cessé de donner des ordres à Donni le maigrichon. Il avait quitté les lieux en claquant la porte et en promettant d'avoir sa revanche sur le pistolero en costume sombre.

Le privé avait déjeuné en silence, sans rien dire ni entendre. Donni avait astiqué ses verres en le fixant du coin de l'œil, derrière ses pompes à bière. Ils ont voulu du western, ils en ont eu, songea Pastorius. Qu'ils ne se plaignent pas, on leur offre Clint Eastwood à Cherbourg, c'est quand même mieux que les acteurs locaux.

Le liberty-ship n'allait sans doute pas tarder à pénétrer dans la rade du port. Le détective connaissait et admirait ce bateau comme l'amateur de vieilles coques qu'il était. Hemerzogh aimait lui aussi ce qui avait vécu, que ce soit des navires, des livres, des meubles ou des autos. Il s'était toutefois spécialisé dans le maritime comme écrivain-conférencier. Pastorius l'avait connu comme cela étant jeune.

Le Jeremiah O'Brien était habituellement à quai à San

Francisco. Il ne sortait que très rarement de sa baie. C'était donc une grande occasion pour tous les amateurs de vieux bateaux que de le voir accoster en France. La dernière fois qu'il était venu, c'était en 1994 lors des cérémonies du cinquantenaire du débarquement allié.

Le privé l'avait vu à ce moment-là quittant le port du Havre sous les yeux de milliers de personnes.

Aujourd'hui, ils devaient être quelques dizaines, une centaine peut-être, à attendre sur le quai. Les CRS montaient la garde non loin d'eux. Le détective ne faisait pas le lien entre les hommes en bleu et le bateau.

Il avança vers la petite foule, passa à côté d'un énorme bâtiment. C'était la gare maritime, une sorte de cathédrale des temps modernes autrefois dédiée aux paquebots transatlantiques. L'édifice haut et long abritait maintenant La Cité de la Mer, un lieu d'exposition consacré au monde maritime. Pastorius aurait pu le visiter depuis longtemps mais il n'aimait pas les lieux trop balisés où on promenait le quidam comme un touriste. Des affiches présentaient une exposition sur le Titanic. En effet, le célèbre navire avait mouillé en rade de Cherbourg en 1912 avant d'aller se frotter aux icebergs puis toucher le fond.

Des drapeaux et d'autres affiches annonçaient une nouvelle thématique sur la Seconde Guerre mondiale. Il y était inscrit en gros : *24 décembre 1944, naufrage du Léopoldville*.

Il aperçut alors ce qui faisait la renommée de La Cité de la Mer, un énorme sous-marin noir posé dans une cale sèche. Il s'agissait du Redoutable, le premier submersible nucléaire français. C'était une immense masse noire.

La vision de ce pachyderme métallique échoué dans une grosse baignoire de béton sembla incongrue à Pastorius. Le submersible n'était pas dans son milieu naturel. L'avant, bombé, massif, telle une torpille surdimensionnée, semblait menaçant, prêt à tout avaler devant lui.

Pastorius se mit à marcher le long du mastodonte. Son kiosque dépassait le détective alors qu'il reposait à plusieurs mètres sous la surface du sol. Les visiteurs de La Cité de la Mer pouvaient le parcourir de l'intérieur. Pas lui, car une barricade l'en empêchait.

La poupe du sous-marin arborait une énorme hélice dorée. Tout était surdimensionné dans ce monstre.

Il rejoignit ensuite la petite assemblée massée au bout du quai. Les gens discutaient, appareils photo et caméras en bandoulière. Mais leur sujet de discussion portait plus sur les CRS, les anti- Blue comme ils disaient, que sur l'arrivée du navire. Pastorius ne comprenait pas ce qui se passait ici.

Il vit rapidement arriver au loin une bande de manifestants qui poussaient des cris. Ils se retrouvèrent face aux CRS. La tension monta d'un cran. Il reconnut le balourd du bar, parmi eux, aux avant-postes.

Ceux qui attendaient le bateau les observaient avec inquiétude. Ils criaient, répétaient en chœur « Blue dehors ! », « Rendez-nous le port ! » ou encore « Non aux nazis ! », « Non aux Américains ! ».

Les CRS avaient formé un véritable mur d'hommes. La foule des anti-Blue restait devant, sans essayer de passer. Ils hurlaient, brandissaient des panneaux et des banderoles. Ceux qui étaient là pour l'arrivée du liberty-ship étaient de moins en moins rassurés.

Je suis tombé où, là ? se demanda Pastorius. Entre eux et l'excité du bistrot, cela commençait à faire beaucoup. Tous en avaient après « Blue ». Il ne savait pas qui était ce « Blue » mais la couleur bleue les perturbait, c'était sûr. Pourquoi ? Il n'en avait pas la moindre idée.

Il voulut le demander à l'une des personnes sur le quai. Il ouvrit la bouche et la referma sans dire un mot. Il n'eut pas le temps de poser la question car le Jeremiah O'Brien pointa le bout de son nez à l'entrée du port. Un vent de bonne humeur et de cris de joie déferla alors dans la petite troupe.

Plus loin, les manifestants montèrent le niveau sonore eux aussi. Ils redoublèrent de hurlements et d'insultes tout en essayant de forcer le barrage de CRS. En vain, toutefois. Les hommes en bleu tenaient bon, resserraient les rangs et s'encourageaient mutuellement.

Des sirènes stridentes se firent alors entendre. Un petit bateau entra en trombe dans le port. C'était une vedette de la police maritime.

Elle passa près du liberty-ship, traversa la rade à toute vitesse en dessinant un long trait nacré. Elle termina sa course le long du quai, devant la foule et Pastorius.

Sur le bateau, des hommes en uniformes demandèrent aux gens de se pousser. Ils firent alors monter avec précaution un corps jusqu'au quai. C'était un cadavre recouvert d'un drap.

Le privé s'approcha au moment où la toile glissa et laissa

voir la tête du mort. Un homme apparut alors, la bouche ouverte et le regard béant. Les badauds s'esclaffèrent tout autour. Aussitôt l'un des policiers le recouvrit. Mais ce qu'ils virent s'incrusta définitivement dans leur cerveau. Pastorius fit partie de ceux qui virent ce qu'ils n'auraient jamais dû voir.

Une ambulance arriva au même moment. Les CRS lui dégagèrent un passage en faisant attention à ce que personne ne s'infiltre à l'occasion. Ce qu'aperçut le détective sur le front du cadavre s'ancra en lui comme une marque indélébile. Les gens autour de lui semblèrent se regarder sans se voir. Ils avaient l'air de regretter ce qu'ils avaient vu.

On chargea la personne dans le véhicule. Les portes se refermèrent. L'ambulance s'éloigna lentement.

Pastorius la regarda, avec la vision du front de l'homme en surbrillance, en image virtuelle. Il voyait une croix gammée, gravée par une lame, sur tout le front et au-delà sur l'avant de la chevelure. Le couteau qui avait fait cela devait être une grosse lame car les chairs avaient été littéralement éventrées. Le crâne avait été percé. Des morceaux de cerveau ressortaient telles des boursouflures. Les cheveux, le visage, étaient rouges de sang. L'énorme croix nazie défigurait le malheureux.

Le privé avait vu tout cela en une seconde. L'horreur l'avait saisi d'un coup, l'avait pris à la gorge. Il savait qu'elle n'allait plus le lâcher, qu'elle allait s'installer en lui.

Le Jeremiah O'Brien se rapprochait. Il entamait sa manœuvre d'accostage, aidé en cela d'un remorqueur. De nombreuses personnes se tenaient sur le pont du cargo.

Les manifestants poussaient des cris de l'autre côté. Les CRS résistaient avec difficulté à leur volonté de passer. Les spectateurs, à quai, prenaient des photos. La croix gammée s'était plantée dans la tête de Pastorius. Il avait presque l'impression que le cadavre lui demandait de retrouver son assassin. Il se sentait attiré irrésistiblement par lui.

Le navire crachait une épaisse fumée noire et redoublait de longs coups de corne de brume. À y regarder de près pour un novice, il pouvait apparaître comme n'importe quel cargo, si ce n'était sa couleur grise. Pour les hommes à quai cependant, ce bâtiment n'était absolument pas comme les autres. Il s'agissait pour eux et pour Pastorius d'une magnifique pièce de musée, d'un extraordinaire témoin vivant de la Seconde Guerre mondiale. L'avoir sous les yeux, le contempler, revenait à faire un saut dans le temps vers une époque qu'ils ne connaissaient, pour la plupart, que dans les films et les livres.

Le navire amarré, la passerelle fut déployée et le privé aperçut son ami sur le pont. Il lui fit signe de monter à bord. Un marin le laissa passer. Les autres restèrent sur le quai.

Pastorius mit pied sur le liberty-ship. Hemerzogh alla à sa rencontre, lui serra la main en lui tapant sur l'épaule.

— Joshua, c'est bien toi ? demanda-t-il en le visant de haut en bas.

— Comment tu vas, Paul ?

— Plutôt pas mal, t'as vu mon nouveau joujou, répondit-il en désignant le navire. Il y a pire comme radeau.

— Je veux… les peintures sont rutilantes.

— Ça, c'est mon œuvre, on vient de lui faire une peinture complète, de la cale à la cheminée, on a tout passé au pinceau.

Hemerzogh était un bloc de granit sur pattes, pas très grand, avec une boule de billard en guise de tête. L'homme était rond avec des babines. Dans sa gueule fumait un gros cigare. Il portait un costume sombre un peu trop grand pour lui.

— Viens voir par-là ! dit-il en prenant son barreau de chaise et en se dirigeant vers la poupe.

Des hommes en tenue bleue occupaient le pont. Ils étaient plutôt jeunes. Il ne semblait pas y avoir de vétérans.

— Les Américains ont fait du bon boulot, lança-t-il. Il n'y a plus un point de rouille sur le navire.

Ils avançaient le long du bastingage, près de grosses manches à air et de treuils.

— J'avais hâte de voir le résultat, poursuivit-il. Le Jeremiah O'Brien, ce n'est que le début, la suite va arriver bientôt.

— La suite ? fit le privé, de quoi tu parles ? Qu'est-ce que tu veux dire ?

— Comment, tu ne sais pas ? Tu n'es pas au courant de nos projets ?

— Non, je ne vois pas de quoi tu veux parler ?

Hemerzogh souffla un long jet de fumée.

— Nous allons développer le site, annonça-t-il.

— Explique-moi !

— Nous voulons que les touristes viennent par milliers, nous voulons que ce port vive comme jamais.

Le privé observait son ami. Il avait l'air exalté. Ses yeux bleu vif étaient toujours les mêmes, ceux qu'il avait connu il y a longtemps. Sa voix caverneuse faisait jaillir les mots avec un ton inimitable.

— Nous attendons d'autres bâtiments, continua-t-il. Tout va changer ici.

Il contemplait le port avec fierté tel le découvreur d'une nouvelle île dont il venait de s'emparer.

— Tu dis « nous, nous, nous » mais c'est qui, ce « nous » ? On dirait un capitaine d'équipe de foot qui envisage de faire main basse sur le championnat tout entier.

— Tu ne crois pas si bien dire, mec, quand je dis « nous », je veux parler de moi et de Blue.

— Encore Blue ? C'est quoi ça, Blue ?

— Non ? Ça non plus tu ne connais pas ? Décidément, il faut que je t'affranchisse de tout, mon pote.

— Eux, ils connaissent, apparemment, répondit Pastorius en montrant les manifestants qui brandissaient toujours leurs pancartes.

Certaines d'entre elles avaient pour message : « Non à Blue ! », « Blue dégage ! ».

— Eux, ce sont des pauvres types, ils ne comprennent rien, dit Hemerzogh en souriant.

Pastorius vit une fourgonnette de police suivie d'une voiture grise se garer près des manifestants. Ils se mirent à crier encore plus fort. Il y eut une franche agitation pendant plusieurs secondes. Des barrières tombèrent. Des hurlements. Des tirs. De la fumée se dégagea.

— J'ai l'impression que la police fait le ménage, s'exclama Hemerzogh.

Le véhicule de police quitta alors les lieux en accélérant brusquement sous les sifflets et les injures. La voiture grise avança en direction du liberty-ship. Le privé observa la scène avec un certain effarement.

— Donc Blue, qu'est-ce que c'est ? demanda-t-il.

— Eh bien, c'est un groupe international très puissant, spécialisé dans le domaine maritime. Et c'est en outre mon employeur.

— Et vous voulez…

— Et nous avons racheté La Cité de la Mer pour développer, ici, tout un espace dédié à la Seconde Guerre. Nous voulons créer, à terme, un formidable lieu d'expo avec plusieurs navires et même un sous-marin allemand. Ce lieu qui dort, mon pote, crois-moi qu'on va bientôt le réveiller !

5

La voiture grise que le privé venait de voir, une 307 coiffée d'un gyrophare, s'arrêta devant le cargo. Un homme plutôt jeune en sortit. Hemerzogh fixa ses yeux sur lui, ce que fit également Pastorius. Il portait une veste en cuir marron et un jean usé. Ayant observé le navire un instant, il présenta sa carte de police au marin de faction et gagna le bord.

Les opposants à Blue, eux, poursuivaient leur manifestation avec détermination. Le policier en civil, une main dans la poche et l'autre tenant une cigarette, rejoignit les deux hommes.

— Messieurs ! dit-il en les saluant d'un signe de tête.

Il avait un petit sourire et une allure décontractée.

— Vous êtes content, j'espère, demanda-t-il à Hemerzogh. Mes chiens de garde ont contenu les attardés avec leurs pancartes.

— On n'en attendait pas moins de vous, répondit le gros homme en lui rendant son sourire.

— Je viens de faire arrêter le leader de la bande, notre ami Brasselier, dit-il en toisant Hemerzogh avec un petit sourire. C'est un énergumène qui est parti en croisade contre Blue. Il va goûter un peu de notre commissariat, il commence à en avoir l'habitude.

Le type avait une barbe de trois jours et un air de se foutre de tout. Il était habillé à la Starsky et Hutch, typé 70's, se la jouait flic cool sans surjouer le rôle.

— Joshua, dit Hemerzogh, commissaire Lerner.

Les deux hommes s'observèrent une seconde avec la même réaction. Ils parurent s'étudier, s'appréhender. Pastorius pensa que le type avait dû gravir rapidement les échelons car il avait une trentaine d'années.

— Et vous faites quoi, ici, monsieur Joshua ? lança Lerner.

— Je suis en promenade. Sinon dans une autre vie, je suis

détective privé.

— Un flic à son compte, à la bonne heure. J'aime bien votre job car tout est permis, les types noyés dans les baignoires, les coups de latte et les menaces en tous genres. Moi, pour le moindre ongle cassé, on me fout un rapport au cul.

Pastorius ne répondit pas, il le regarda jouer son numéro de justicier frustré par les affres de l'administration.

— Bien… en attendant, Paul… on a retrouvé un macchabée, expliqua-t-il d'une voix presque débonnaire.

— Ah bon ? Et alors ? En quoi ça me concerne ?

— Eh bien, il paraît que le type a une vilaine croix gammée tailladée sur le front.

— Ça peut avoir un rapport avec nous ?

— Ça m'en a tout l'air, oui. Il s'agit de notre ami Karl Leridan. La coïncidence serait surprenante.

— Il ne manquait plus que celui-là pour nous faire chier !

— Qui est ce Leridan ? demanda le détective.

— Je t'expliquerai.

Le privé suivait la conversation entre son ami et le commissaire. La connivence entre les deux était évidente.

— Tu es chargé de l'enquête ?

— Oui, ça sent le meurtre bien dégueulasse.

— Le type est probablement mort de ses tortures, poursuivit Pastorius. J'ai vu la tête du mort quand ils l'ont sorti du bateau.

— Ah ! Nous y voilà ! s'exclama Hemerzogh.

— C'est une vraie boucherie. Le crâne est ouvert, c'est un massacre. La lame a tout broyé sur son passage, un peu comme si vous attaquiez un pamplemousse avec un poignard de toutes vos forces.

— Il va falloir que je voie ça, dit Lerner en quittant son léger rictus.

— Triste spectacle, s'indigna le détective.

— Triste métier que le mien, renchérit l'autre.

— Chacun porte sa croix, ajouta Pastorius.

— Vous avez raison. Je vais donc continuer avec ce cadavre à porter la mienne. Et tenez, en passant, je vous donne un petit conseil, restez ici en promeneur. N'enquêtez surtout pas sur le meurtre, c'est le boulot de la police. Je dis ça parce que je sais que les détectives sont attirés par les meurtres comme les Japonaises par les sacs Louis Vuitton, le Chanel Numéro 5 et les frenchies pas farouches.

— Ici, les Japonaises ne courent pas les rues, dit le privé.

— Moi, j'en ai connu une, avoua le policier. À Cherbourg, et je peux vous dire qu'elle m'a fait faire plus d'une fois l'aller-retour jusqu'à Paris pour lui offrir ses babioles à trois mille euros.

*

— Voici ta cabine, Joshua, dit Hemerzogh. Ça n'est pas une chambre dans un quatre étoiles mais c'est la cabine du second capitaine. Que demander de mieux ?

— Celle du commandant !

— Non, celle-là, ça n'est pas possible, business, business.

Elle est déjà réservée.

Pastorius posa son sac. Il y avait un petit bureau en bois clair, un lit dans un coffrage massif, un petit lavabo et un canapé en cuir vert.

— Je me suis dit que tu préférerais dormir sur ce vétéran flottant plutôt que dans un hôtel coulé dans le béton.

— Tu as tout bon. C'est une belle cabine, fonctionnelle et de très belle facture. Les Américains savaient y faire.

— Et le calendrier, ici, est d'époque, mon gars, dit Hemerzogh en le montrant, année 1944 comme si on y était.

On y voyait dessus un cowboy juché sur son cheval en plein rodéo.

— Ne pas oublier d'où tu viens, dit Pastorius, permet de se donner du cœur à l'ouvrage pour vouloir y revenir plus vite.

Il y avait une petite glace au-dessus du lavabo avec, à côté, deux petits drapeaux américains et un ventilateur.

— Pour la douche, elle est collective, dit le gros homme. À la guerre comme à la guerre.

— Elle est chaude, au moins ?

— Pour ça, il n'y a pas de problème. Tout fonctionne parfaitement, ici. Question chaleur, on ne craint rien. Les ingénieurs faisaient très attention au confort de leurs hommes. Un bon soldat est d'abord quelqu'un qui mange bien, dort bien et vit bien. Regarde la taille du chauffage, il est grand par rapport à la pièce. Les concepteurs savaient que le froid sévissait durement dans l'Atlantique Nord... Maintenant, si tu veux voir la passerelle…

— On y va.

Ils prirent différentes coursives, passèrent près du carré où étaient assis plusieurs hommes d'équipage avant de pénétrer dans le saint des saints.

— C'est par ici, la guerre, lança Hemerzogh.

— Ok, répondit Pastorius en se plaçant derrière la barre à roue. Tu es prêt pour aller bouffer de l'Allemand ?

— Trace ta route tout droit devant toi.

— Si j'en vois un, je mets plein gaz.

Les deux hommes d'un âge respectable jouaient à la guerre comme deux gamins. Le terrain de jeu était idéal pour ces amateurs de vieilles batailles doués d'une belle imagination.

Les cuivres rutilants et le bois vernis avaient belle allure. Le matériel était le même qu'il y avait plus de soixante ans. Pastorius reconnaissait tout ce qu'il voyait. Il y avait un compas gyroscopique, un sondeur à ultrasons, l'équipement radio de base, un transmetteur d'ordres à chaîne, un tube porte-voix, un sextant à tambour, une corne de brume, une cloche, une pendule...

— Un bien beau joujou que ce vénérable Jeremiah O'Brien, fit-il avec admiration.

— Et ouais... et c'est grâce à qui qu'il est revenu en France ?

Hemerzogh tirait d'épaisses bouffées de son cigare tout en regardant devant lui comme le ferait un officier cherchant sa route.

— Et c'est grâce à qui qu'il va y rester définitivement ?

— Qu'est-ce que tu veux dire ?

— J'ai fait acheter le O'Brien par Blue, maintenant il nous

appartient, bye bye l'Amérique et bonjour la France.

— Mais comment ça ? Ce n'est pas possible. Les Américains n'ont pas pu revendre ce trésor historique ! Ils y tiennent trop !

— La preuve que non, puisque j'étais là quand ils ont fait le chèque, un gros, un joli chèque à la mesure de ce beau cargo.

— Attends, ce n'est pas envisageable, des navires comme celui-là représentent tout ce qui fait leur histoire. Ce bateau est un véritable ambassadeur des États-Unis…

— C'est vrai !

— Et d'ailleurs, maintenant que j'y pense, je n'ai vu aucun vétéran à bord.

— C'est parfaitement vrai. Il n'y a pas de cheveux blancs amerloques, ici.

— Les membres d'équipage ont tous une combinaison bleue qui n'a rien à voir avec un uniforme de la marine.

— Ce sont nos hommes, c'est l'uniforme de Blue. Ce sont eux qui sont allés chercher le navire à San Francisco, sous les sifflets et avec des manifestations comme ici.

— Mais c'est scandaleux ce que vous avez fait... et toi tu participes à ça !

— Tu sais, les Américains aiment tellement les dollars que Blue a gagné son pari. Et ce que nous avons fait avec le Jeremiah O'Brien, nous l'avons fait aussi avec le HMS Belfast et sommes en train de négocier le USS Alabama !

Le privé gagna l'extérieur pour prendre l'air, pour respirer par rapport à ce qu'il entendait. Hemerzogh le suivit.

— Je savais que tu étais un chacal. Tu confirmes et tu

poursuis ton œuvre.

— Quand faut assurer, faut assurer, Pasto. On ne vit pas que d'amour et de whisky bien frais.

Hemerzogh et Pastorius s'étaient connus à une époque où ils cherchaient mutuellement leurs voies. Ils avaient fait toutes sortes de boulots, avaient vendu et revendu ce qu'ils avaient pu. Le détective avait alors constaté combien son ami excellait dans l'art de convaincre des acheteurs récalcitrants. Combien de fois avait-il réussi à faire acheter une voiture, un bateau ou une cheminée à une personne qui n'était pas du tout décidée. Combien de fois avait-il joué avec les gens pour leur faire signer un document qui les engageait pour un paiement mensuel sur dix ans.

— Et c'est toi que Blue a engagé pour faire la sale besogne ? demanda le privé avec une certaine résignation.

— Pas du tout. Là, tiens-toi bien ! C'est encore pire… c'est là que je suis machiavélique, c'est moi qui leur ai proposé de tenter le coup. Quand j'ai su que le groupe rachetait La Cité de la Mer, je me suis dit que l'occasion serait trop bonne, qu'il y avait beaucoup à gagner.

— T'es un charognard, Paul.

— Pour te servir, mon cher. Je continue, car je n'ai pas fini et je te rassure en même temps, car enfin tu me connais, j'aime l'or mais aussi tout ce qui est antique, qui a une mémoire, comme toi, c'est ce qui nous relie.

— Et tu voles leur mémoire, aux Américains !

— Pour une fois que c'est nous qui leur volons quelque chose et pas le contraire. Il vaut mieux que nous mettions leur passé en valeur plutôt que leurs navires finissent un jour à la casse.

— Je ne crois pas que ce soit dans leurs projets de le faire.

— Sait-on jamais.

Un ferry quittait lentement la rade. Pastorius le regardait entamer un virage ample. Des nuages blancs avançaient à pas lents au-dessus du navire.

— Tu as bien parlé de l'USS Alabama ?

— Parfaitement.

— On parle bien du même bateau, du cuirassé de la Seconde Guerre.

— Du même ! répondit Hemerzogh avec le sourire.

Un haussement de sourcils du détective, en toisant son ami, lui fit comprendre qu'il ne croyait pas vraiment à ce qu'il envisageait. Le USS Alabama était un énorme cuirassé de la Seconde Guerre, une véritable légende des mers, un monstre de métal et de canons, une machine imparable faite pour couler des Japonais.

— Je poursuis, le HMS Belfast est une starlette, lui aussi. C'est le croiseur qui est dans le port de Londres devant le Tower Bridge. Il n'y sera plus longtemps. C'est le seul bâtiment de la Seconde Guerre conservé par nos amis d'outre-Manche… et c'est bibi qui a réussi à le faire venir ici pour une nouvelle retraite.

— Je n'y crois pas !

— Et tu as tort car tout ce que je te dis est exact. Il est pas chouette, le Paulo ?

— Tu les as envoutés, c'est pas possible !

— On peut dire ça comme ça. Enfin, on peut aussi appeler ça le talent tout simplement.

Il ralluma son cigare éteint, en tira une énième bouffée. Le personnage s'aimait bien, avait une allure bonhomme, et sa voix de basse achevait complètement d'en faire un être singulier.

— Bien, je termine maintenant. Cerise sur le gâteau, à ces navires, je vais ajouter, attention, attention, un véritable, oui un véritable…

Il s'arrêta, observa Pastorius qui s'attendait au pire et :

— Attention mesdames et messieurs, je vous annonce dès à présent que, que…

— Alors ?

— Ah ! Ah ! Je vous annonce qu'un véritable U-Boot va déferler bientôt dans la rade comme à la belle époque lorsqu'ils terrorisaient les navires dans l'Atlantique.

— La belle époque ? Quoi ? Tu as viré nazi maintenant ?

— C'est une façon de parler, voyons…

— Tu vas faire venir un sous-marin allemand de la Seconde Guerre, ici ?

— Oui, parfaitement. Il est déjà en route et devrait arriver dans quelques jours.

— Je comprends mieux les manifestations, les opposants à Blue...

— Ils s'opposent à tout, ils s'opposent à nous parce qu'on a racheté La Cité de la Mer, ils sont contre la venue des navires, ils sont contre le sous-marin allemand, contre la nouvelle attraction du Léopoldville, ils me désolent.

Cherbourg est une ville qui dort, moi, je suis chargé du grand réveil.

— Je ne sais pas quoi en penser.

— Pour une ville qui construit des sous-marins de guerre français, elle devrait considérer comme un hommage le fait d'accueillir un U-Boot. C'est une cité de sous-mariniers, donc moi j'y amène le mien racheté aux Allemands, c'est un retour à l'envoyeur.

— Tout est toujours simple avec toi.

— Parfaitement. Tu vas voir des milliers de gens affluer ici dans quelque temps pour visiter tous ces bateaux et le sous-marin. Nous allons les faire évoluer dans la rade de temps en temps. On va faire tirer les canons. Un sous-marin d'exploration avec des hublots va emporter les touristes au-dessus de l'épave du Léopoldville, un paquebot qui a coulé au large de Cherbourg en 1944. Une fantastique attraction sur ce sujet va être inaugurée cette semaine dans La Cité de la Mer, ça va bouger, ça va bouger ici, nom de Dieu.

Hemerzogh avait les yeux qui pétillaient. On sentait une âme d'enfant en lui et en même temps une ténacité qui inquiétait le privé. Il avait tellement connu de types de ce genre, prêts à tout pour voir leurs projets aboutir, même les plus fous. Il y voyait une sorte d'inconscience, une absence de raison qui les poussaient toujours plus loin en oubliant toute limite.

— C'est drôle ce que tu dis, ça me fait penser au film *Les dents de la mer*. Il y a des promoteurs, des commerçants qui veulent se faire un fric fou sur le dos des touristes et une bête avec de grosses dents qui rôde.

— C'est marrant ce que tu dis ! Pour le côté fric, je veux bien et encore, nous faisons tout ça aussi dans un but culturel.

— Aussi ?

— Oui, aussi… mais bon passons… toutefois, je ne vois pas de requin ici à ma connaissance ou alors j'ai mal vu…

— Tu as mal vu, oui. Ton requin n'a pas de dents mais un grand couteau, et il s'amuse à dessiner des croix gammées sur le front de ses victimes.

— Tu veux parler du corps qu'on vient de retrouver. Allons bon, ce n'est peut-être pas grand-chose.

— Tu aurais vu ce que j'ai vu, tu réviserais tout de suite ton avis.

— Voyons, voyons, là c'est le détective qui parle et qui a envie d'action. Il y a une malheureuse victime, certes, mais le coupable va être arrêté d'ici peu, j'y crois dur comme fer, Lerner est un bon flic, et il est de notre côté !

— Bien, admettons. Malgré ça, je m'avance peut-être vite mais je sens que ça ne va pas être si simple. Je mettrais ma main au feu qu'il y a un lien entre le meurtre et la venue du sous-marin allemand.

— Eh bien, je n'espère pas car j'ai autre chose à faire qu'une chasse au cinglé dans les rues de Cherbourg.

6

Lerner discutait avec quelqu'un. Pastorius arrivait vers eux. Ils étaient sur un remorqueur qui devait avoir atteint depuis longtemps l'âge de la retraite. Hemerzogh s'en était allé à ses occupations. Le privé avait tracé son chemin le long des quais. Il avait besoin de fuir ses embrouilles. Il n'avait pas changé, était toujours le même, sympathique et délirant, vénale et entreprenant.

Pastorius s'arrêta devant le bateau où se trouvait le policier. Il avait remarqué un va-et-vient continu d'hommes en uniforme sur la vieille embarcation. Sa rouille était cachée tant bien que mal par des couches de peinture de différentes teintes ajoutées çà et là au gré des fonds de pots.

Lerner le sentit derrière son dos et se retourna :

— Vous voulez la place ? lui demanda-t-il.

— Je ne sais pas, c'est-à-dire ?

— Je crois vous avoir expliqué que cette enquête était la mienne.

Ils se parlaient à quelques mètres sans beaucoup hausser la voix. Le navire était à hauteur de quai.

— Bien après tout, montez que je vous présente.

Le privé fit quelques pas et se retrouva sur le pont.

— Joshua…

— Pastorius, ce sera mieux…

— Pastorius, bien… Monsieur Pastorius est détective privé, dit-il à la personne avec eux.

C'était une jeune femme la tête recouverte d'une capuche, petite, avec les mains dans les poches de son survêtement bleu.

— Mademoiselle…

Le privé salua sa jolie frimousse qui lui rendit à peine son bonjour.

— Ariel est la sœur du défunt retrouvé tout à l'heure, annonça Lerner d'une voix solennelle.

— Toutes mes condoléances…

Elle le regarda indifférente avec ses deux petites billes noires qui ne bougeaient pas.

— Je n'aurais pas dû venir, dit Pastorius gêné.

— Mais vous êtes là ! lâcha Lerner avec un petit sourire.

— Je vous laisse…

— Non, non, restez ! Si vous voulez fouiner, eh bien, allez-y, ne vous privez pas, monsieur le privé… parce que je sais aussi faire des jeux de mots pourris !

Pastorius partit d'un pas décidé. Il n'allait pas continuer à causer avec ce type devant cette pauvre fille à la tête de cadavre.

Une voiture rouge se traînait sur un boulevard à une centaine de mètres. Pastorius la fixa, eut soudain une mauvaise impression. Non ! pensa-t-il, ce n'est pas… et si pourtant c'était elle ? Et si Mona la mocheté était dans la place ? Il crut reconnaître sa Fiat Panda. Elle tourna, disparut au coin d'une rue.

En attendant, il avait besoin d'un petit remontant, retourna au bistrot sans nom. Il entra sous le regard assassin de Donni, se posa contre le zinc :

— Je pense que vous devriez partir monsieur, prévint-il. Après ce qui s'est passé tout à l'heure, inutile de vous dire que vous n'êtes pas le bienvenu ici.

— Je ne viens pas remuer la vase, juste boire une bière, est-ce que c'est trop ?

— Je crois, oui.

— Je ne vous veux pas de mal, c'est votre copain qui est monté sur ses grands chevaux.

Les quelques clients présents ne bougeaient pas. Mais leurs regards indiquaient la sortie au privé.

— Détendez-vous les gars ! Bon, elle vient ma bière ?

Donni le regardait de ses yeux globuleux. On aurait dit un poisson dans un bocal qui ne savait pas s'il devait tourner à droite ou à gauche.

— Partez ! Ne faites pas d'histoires ! Des bars, il y en a beaucoup à Cherbourg. Ici, c'est pour les gens du cru et surtout pas pour les Blue. Et vous en êtes un ! On vous a vu sur le navire de guerre qui vient d'arriver.

— Nous y voilà ! Et alors ?

— Ici, c'est un repaire d'anti-Blue !

— C'est pour ça que je viens chez vous.

— Erreur, on ne cause pas à l'ennemi.

— Moi, je ne suis l'ennemi de personne, seulement de ceux

qui me refusent une bière.

— C'est non ! Et ce n'est pas la peine de sortir votre flingue cette fois-ci.

Le privé voyait bien que le barman n'en menait pas large. Encore un peu et il allait faire sous lui. Il faisait le bravache mais il portait mal le costume.

— Je ne vais pas jouer au flingue, non, pas la peine.

Pastorius décocha une belle gifle à Donni. Il poussa un cri aigu, s'étala en arrière dans ses verres qui volèrent en éclats.

— Ma bière, mon garçon ! lança le détective d'un air jovial. J'ai soif, j'en ai assez d'attendre, allez vite !

Donni se releva doucement en se frottant l'arrière-train. Il était gêné, regardait les autres clients qui décidément ne s'agitaient pas.

— Donni, donne une bière à monsieur ! lança alors un client.

Le privé se retourna vers lui. L'homme, assis à une table, lui dit alors :

— Votre perspicacité mérite bien une petite mousse, pas vrai l'ami ?

— Sûr !

— Je m'appelle Jacques Salvador.

Donni fit claquer la bière sur le comptoir.

— Donni est un peu dur d'oreille parfois, fit l'homme mais on l'aime bien. C'est notre Donni national, notre petite teigne à nous.

Pastorius prit place face à lui. Ses cheveux clairs lui descendaient dans le cou. Il avait une gueule de loup de mer, burinée, mal rasée avec de petits yeux rentrés, et une bouche à la Mick Jagger.

— Alors à la vôtre ! proposa le privé en levant son verre.

Salvador lui rendit la pareille.

— Le Cherbourgeois est un brin rugueux, voyez-vous. Il est méfiant, d'autant que vous êtes dans le mauvais camp.

— Je ne fais partie d'aucun camp. J'ai été invité pour la venue du Jeremiah O'Brien, c'est tout. Je ne fais pas partie de Blue. Je ne savais même pas que cette entreprise existait il y a encore deux heures.

— Donni, tu entends, monsieur à l'air sincère, tu crois qu'on peut lui faire confiance ?

Le barman garda le silence.

— Donni se méfie de tout et de tout le monde mais il connaît tout sur tout le monde ici. Vous pouvez lui demander n'importe quoi, il le sait. Après, est-ce qu'il vous le dira, ça c'est autre chose.

— Je m'intéresse au cadavre, fit alors Pastorius qui sauta sur l'occasion.

— À celui qui est marqué de la croix au front ?

— Oui, c'est un dénommé Karl Leridan.

— C'est, c'était un de mes amis.

— Vous m'intéressez monsieur Salvador, vous pouvez m'en dire plus sur lui ?

— Je ne sais pas, répondit-il d'un air plutôt méfiant. Pourquoi le ferais-je ?

— Ne lui dis rien ! lâcha alors Donni. Il n'est pas des nôtres.

— Voilà que ça vous reprend, dit le privé. C'est une marotte chez vous, la méfiance mal placée.

— Peut-être bien, oui.

— Le type s'est fait défoncer le crâne, c'est affreux, fit Pastorius.

— Et alors ? dit Salvador. En quoi cela vous concerne-t-il ?

— Vous venez de me dire que c'était l'un de vos amis.

Salvador avait perdu beaucoup de ses dents. Son nez, un poil tordu, indiquait qu'il aimait bien jouer avec ses poings.

— Ce pauvre Karl était plongeur comme moi. Ce n'est pas facile tous les jours, surtout quand vous avez Blue qui vous tombe dans les pattes.

— On en revient toujours à Blue.

— Oui toujours, ce groupe est une véritable épidémie, lâcha sèchement Salvador, je suis sûr que c'est à cause d'eux que Karl est mort.

— Ça, c'est certain ! renchérit Donni.

Salvador avait d'énormes mains avec des doigts disproportionnés.

— Vous avez des infos sur le crime ? demanda Pastorius.

— Je vous ai dit qu'ici, on savait tout, n'est-ce pas, Donni ?

— Vous, je ne vous dirai rien, balança l'intéressé.

— Karl plongeait sur l'épave du Léopoldville. C'est un paquebot qui repose au large de Cherbourg, par soixante mètres de fond.

— Il plongeait pour quoi ?

— Là est toute la question, si je le savais... Il n'avait pas le droit de descendre sur ce navire car cette épave est réservée,

réservée à Blue, justement !

— D'où votre suspicion à l'égard de cette société.

— Effectivement.

— De quel droit Blue interdit-il de plonger sur ce bâtiment ?

— Du droit que Blue fait ce qu'il veut ici, c'est un groupe très puissant, vous savez. Les autorités maritimes leur mangent dans la main.

Des clients entrèrent, s'accoudèrent au bar, deux gaillards avec des têtes bien rouges. Donni leur servit une pression sans leur demander ce qu'ils voulaient. Ils burent leur verre en entier d'une seule gorgée.

— Le flic a laissé Ariel, lâcha l'un des deux. Il a mis le temps.

— Très bien, dit Donni. Va jouer ailleurs fouille merde, sale vendu !

— Celui-là, fit Salvador, faut pas attendre de lui qu'il retrouve le coupable. Au contraire…

Pastorius observait. Tout le monde se connaissait, ici.

— Vous parlez de Lerner, demanda-t-il.

— Vous connaissez cette raclure ? dit Salvador.

— Je l'ai vu tout à l'heure. Il ne m'a pas fait très bonne impression.

— Tu m'étonnes !

— Et pourtant vous êtes avec lui, fit Donni. Blue l'arrose copieusement pour qu'il gère au mieux les affaires à son avantage.

— C'est vrai, dit Salvador qui se leva au même moment.

Puisque ce con est parti, je vais aller voir Ariel.

— Je peux vous accompagner ?

— Si ça vous fait plaisir, allons sur le Long-John.

Ils quittèrent les lieux sous le regard noir de Donni.

7

— Le temps est clair mais ne vous y fiez pas, dit Salvador. Il peut changer très vite, ici. Cherbourg est un port aux multiples visages.

— Vous êtes de la région ?

— Non, je suis Breton.

Le bateau des douanes avançait sur le bassin. Les deux hommes marchaient à pas lents sur le quai.

— On annonce une tempête pour la fin de la semaine, fit-il en souriant. Blue a prévu de faire une parade dans la baie avec des bâtiments, ce serait dommage que…

— Vous seriez ravi qu'ils ne puissent pas la faire !

— Ouais, ça leur ferait les pieds. Espérons en la météo !

La cité était grise et plutôt morne. Le privé ne voyait que du béton autour de lui. Deux grands immeubles sans âme étaient plantés devant le port comme deux excroissances mal placées.

Salvador fit un signe à un pêcheur passant sur son chalutier.

L’homme le lui rendit.

— Quand j’ai appris la mort de Karl tout à l’heure, je suis aussitôt allé voir Ariel. Elle n’a pas réagi, n’a rien dit, je me demande si elle a vraiment compris ce qui s’était passé.

Pastorius retrouva le remorqueur en sale état.

— Les affaires n’ont pas l’air de bien marcher, fit-il, ce bateau aurait besoin d’un bon coup de peinture.

— Le Long-John, non, c’est son caractère d’être comme ça. C’est le bateau d’Ariel et de Karl, c’est un vieux baroudeur qui n’a pas besoin de se faire beau. Et puis ce n’est que du matériel, vous verriez mon embarcation, je me demande comment elle tient encore la mer avec tous les trous qu’il y a dedans.

Salvador monta sur la passerelle. La porte extérieure était ouverte. Il n’entra pas, toqua, insista. La petite brune se présenta, toujours dans son jogging, capuche sur le dos cette fois.

— Ça va ? bredouilla-t-elle.

— Je viens aux nouvelles.

Elle inclina ses petits yeux sombres vers Pastorius sans bouger la tête.

— On peut entrer ?

— Venez !

Elle les emmena dans le carré, une minuscule pièce avec un hublot ouvert. Des boîtes d’emballage, des couverts traînaient, emplissant la table. Il y en avait aussi sur un petit buffet aux multiples couches de vernis apparentes.

Ils s’assirent, la jeune femme d’un côté et les deux hommes

en face. Ils restèrent sans parler. Le privé avait les yeux sur la table, Salvador sur Ariel et elle sur le mur.

— Je t'écoute, dit-elle en croisant les bras sur la table.

— Je ne sais pas quoi te dire, moi, tout ça est si brutal. Il ne t'a pas trop emmerdé l'autre abruti de Lerner ?

— Il fait son boulot de flic.

Elle avait un visage poupon, un petit nez et de grands yeux noirs.

— Je vais t'aider, lui dit-il.

Le tiroir à émotions de la jeune femme était fermé à double tour. Son visage était sans expression, comme une poupée bon marché, mal faite, trop vite dessinée.

— Je vais t'épauler, tu vas voir.

Il la regardait avec tendresse, avec désespoir, sans doute ne croyait-il pas non plus à ce qui venait d'arriver. Il passa sa main dans son dos. Elle lui fit un petit sourire. Pastorius sentit qu'il y avait plus que de l'amitié entre eux, du moins dans les yeux de Salvador.

— Je peux vous laisser, dit le privé qui se sentait gêné.

— C'est comme vous voulez, répondit le plongeur.

— Restez là, dit la jeune femme, dites-moi plutôt ce que vous voulez me dire.

— Oh ! Je n'ai rien à vous dire de spécial.

— Qu'est-ce que vous faites là, alors ? Vous n'êtes pas croque-mort. Je le croyais presque parce que vous êtes habillé en noir.

Elle lâchait ses paroles sans la moindre intonation.

— Moi aussi, je peux vous aider.

Elle avait le mur en ligne de mire, elle tourna la tête vers Salvador. Il lui sourit avec sa tête d'esquinté de la vie. Le détective crut presque que toutes ses dents allaient tomber là sur la table, tels des dominos dégringolant de leur boîte. Il faisait presque peur à voir.

— Monsieur est détective.

— Ah bon !

— Je peux vous aider, moi aussi.

— Vous voulez tous m'aider, c'est bien.

— Je repasserai plus tard, lança le détective.

— Non, restez, balança-t-elle en le regardant pour la première fois.

— Je peux vraiment vous aider.

— À quoi ?

— À retrouver qui a tué votre frère !

Salvador se tourna vers le privé à son tour, peut-être pour éprouver ce qu'il disait. Puis il sortit un joint de sa poche et l'alluma.

— Tu vas encore fumer tes saloperies ! lui dit Ariel.

— Bah oui.

— Tu sais bien que ça te rend complètement ramollo ces trucs-là, après tu n'es plus le même, t'es au ralenti.

— J'aime bien la lenteur, désolé, et puis là, je suis stressé alors bédo !

— Pauvre con !

— Vous pouvez retrouver le coupable ? dit Salvador au privé.

— J'ai envie de le faire, oui.

— Vous n'êtes pas avec Lerner ?

— Je suis seul, je vous l'ai dit.

— Vous n'êtes pas de leur côté ? demanda Ariel.

— Non.

— Lerner ne fera rien pour mettre la main sur le coupable, dit-elle. C'est bien ça qui me désole. C'est un de leur sale coup. Il va tout faire pour calmer le jeu et noyer le poisson.

— Laissez-moi mener mon enquête !

— De toute façon, vous pouvez la mener sans mon assentiment, non ?

— C'est vrai. Mais si je le faisais avec votre accord…

— Vous auriez l'impression de travailler pour la bonne cause !

— Peut-être, oui.

— Vous êtes un Bon Samaritain ?

— Non.

— Je n'ai pas un rond, vous savez… qui va vous payer si vous le faites ?

— Ne vous tracassez pas pour ça.

Elle ne donna pas son accord, fixa son mur un long moment. Elle fit signe aux deux hommes de partir.

Ils sortirent sur le pont. De fines gouttes tombaient. Pastorius leva la tête. Une couverture blanche recouvrait le ciel. Il ne faisait pas froid. Il n'aimait pas ce temps. Il faisait bon sans qu'il fasse beau.

Un bateau sale se dandinait mollement en faisant pétarader son diesel. Il y avait toujours une coque en action dans ce port. Il apparaissait morne malgré tout. Le privé le voyait triste, au ralenti, vide d'hommes. Il y en avait çà et là, affairés chacun dans leur coin, pris par leurs occupations mais semblant étrangers les uns aux autres.

— Elle est complètement retournée la pauvre, fit Salvador. C'est une fille pleine de vie d'habitude, piquante et drôle.

— Je vais m'occuper de cette affaire.

— Vous en voulez ? fit-il en proposant son joint.

— Non, merci.

— Vous pensez que vous pouvez vraiment faire quelque chose ?

— Oui.

— Alors, retrouvez le chien qui a fait ça ! s'exclama Ariel en les rejoignant. Et prenez ça !

Elle donna un livre à Pastorius.

— Celle qui a écrit ça habite dans la région. Elle en connaît un max sur le Léopoldville, contactez-là, elle est aussi une anti-Blue, c'est une amie.

Elle eut soudain l'air déterminée. Ses yeux auraient pu tuer le coupable d'un coup s'il s'était trouvé dans son champ de vision.

— Vous avez carte blanche, monsieur Pastorius.

— Merci.

— Je ne vous demande qu'un truc, c'est de m'amener l'ordure pour lui faire sauter le caisson.

Il lui décocha un signe dubitatif.

— Vous me le promettez ?

— Mademoiselle…

— C'était mon frère, bon sang !

— Je sais… mais comprenez que je ne peux rien vous promettre.

Elle le toisa. Il ne savait pas ce qu'elle allait dire. Elle parut retenir ses mots puis :

— Il m'avait confié avoir découvert quelque chose sur ce bateau, ajouta-t-elle, un coffret, il n'a pas voulu me dire ce qu'il y avait dedans.

— Le meurtre est lié à ce coffret, vous croyez ?

— J'en suis sûre. Il m'a dit qu'il préférait le cacher sans me révéler ce qu'il y avait à l'intérieur, pour me protéger. Il a juste dit que nous pourrions en tirer un bon prix mais qu'il y avait de gros risques dans ce coup.

*

Léopoldville, GI's tombeau. Une certaine Isalie Valadon avait écrit cet ouvrage d'Histoire dans lequel elle racontait la tragédie du Léopoldville le 24 décembre 1944. C'était le livre qu'Ariel avait donné à Pastorius. Il le découvrait, revenu dans sa cabine sur le Jeremiah O'Brien.

La photo de l'auteure figurait sur le quatrième de couverture. Elle avait un regard énigmatique, presque triste, une bonne quarantaine d'années au bas mot et des cheveux bruns.

La couverture était composée d'une photo de l'épave du navire associée au casque d'un soldat américain. Le privé commença à feuilleter. Il y avait du texte, des photos du bateau avant et après le drame. Blanc, grand, il faisait partie de ces bâtiments qui sillonnaient les mers par centaines, par milliers avant l'arrivée de plus en plus pressante du transport aérien après la guerre.

Ariel avait dit au détective de contacter l'auteure du livre. La jeune femme avait paru se réveiller d'un coup de sa torpeur en déboulant sur le pont pour accepter l'offre de Pastorius. Salvador lui avait dit qu'elle était de nature impulsive lorsqu'elle les avait quittés aussitôt après. Elle les avait laissés sur son bateau et avait tracé sa route sur le quai de ses petits pas rapides. « C'est une chic fille ! », avait lâché le plongeur, presque par dépit, en la regardant partir, et en ayant mal pour elle. Les deux hommes s'étaient ensuite séparés.

Isalie Valadon était présentée comme « historienne, écrivaine et amoureuse de sa région natale, le Cotentin », dixit la quatrième de couverture que Pastorius était en train de lire. Les chiffres annoncés révélaient l'ampleur du drame. Sur 2237 soldats à bord du Léopoldville, 1472 avaient atteint Cherbourg. On dénombrait 782 morts et disparus, militaires ou hommes d'équipage.

Le paquebot mesurait 151 mètres et avait appartenu à la Compagnie Maritime Belge avant la guerre.

Le détective tourna les pages, découvrit des cartes, des photos. Une brochure publicitaire montrait le bateau de trois quarts avant. *Anvers-Congo* était marqué dessus. Et puis un nom sous une photo retint l'attention de Pastorius, c'était Hergé. Il lut : *On peut signaler en guise d'anecdote que le*

Léopoldville a servi de modèle à Hergé pour dessiner le paquebot emmenant Tintin au Congo. Cela témoigne de la popularité de ce navire durant ces années.

Le privé imagina Hergé, à qui il vouait une profonde admiration, en train de croquer les courbes du bateau. À sa table de travail, une photo posée devant lui, il avait dû rêver à ce navire sur les flots. Il avait dû partir avec lui dans ses visions d'Afrique. Étant gosse, Pastorius rêvait aussi devant de telles photos.

Le navire croupissait maintenant au fond de l'eau. Hergé aurait sans doute pu y glisser un trésor dans un album. Mais ça n'était pas le cas. La guerre était beaucoup moins romantique lorsque les torpilles remplaçaient les crayons.

Le privé lisait que le coupable du drame, le U-Boot, avait pour nom de baptême U-486. Une seule torpille envoyée pour un résultat de sept cent quatre-vingt-deux morts et disparus. L'attaque avait été rudement efficace. Ce livre avait l'air vraiment passionnant.

Le récit le serait encore plus, pensa le détective s'il rencontrait directement l'auteure comme le lui avait indiqué Ariel.

8

Le privé alluma son ordinateur portable et chercha dans les pages blanches l'endroit où elle demeurait. Un nom de commune apparut, Laye, hameau d'Auderville, ainsi qu'une adresse précise, un téléphone mobile et un fixe. Pastorius chercha où se nichait Auderville grâce à Google Maps, ça n'était pas très loin.

Il composa le numéro de portable. Personne ne répondit. Il n'y avait pas de messagerie. Le détective se dit qu'il rappellerait plus tard. Il reprit le livre, allait se plonger dans sa lecture lorsque son portable sonna.

— Oui ?

— Bonjour, vous venez d'appeler, j'étais occupée.

— Madame Valadon, bonjour.

Pastorius expliqua rapidement qui il était, proposa de la rencontrer afin d'avoir de plus amples informations sur le naufrage du Léopoldville. Elle parla peu, l'écouta surtout et accepta de le voir. Il lui demanda s'il pouvait venir dès maintenant. Elle marqua son étonnement sans toutefois refuser.

Muni de son plan, il se mit donc en route pour le hameau près d'Auderville. Il était dix-neuf heures passées. La femme avait l'air calme et sympathique au téléphone. Elle avait dit peu de choses mais suffisamment pour que Pastorius en ait une bonne impression. Il avait une trentaine de kilomètres à faire jusqu'au petit village posé devant la mer. Elle lui avait donné des indications. C'était près du cap de la Hague, à l'extrême pointe du Cotentin. C'était isolé, en pleine nature. Elle l'avait mis en garde sur la difficulté de trouver sa maison : « Elle est plantée juste au-dessus de la plage d'Écalgrain, visez la plage, levez la tête et vous verrez la maison. La plage se mérite, par contre, il faut vous enfoncer à travers la prairie et la lande et prier pour ne pas prendre la mauvaise direction… et si vous vous perdez, appelez-moi ».

Il ne fallut pas longtemps pour que la Jaguar atterrisse à Auderville. Après, la route se fit plus abstraite et le hameau ne voulut pas apparaître. Le jour baissait son rideau. Il n'y avait personne à qui demander son chemin jusqu'à ce qu'un vieux monsieur, canne en main, explique la route. Il parlait et regardait l'anglaise avec insistance sans que le privé sache s'il l'admirait ou la dénigrait. Son chien aboyait, le moteur gloussait. Pastorius entendait à peine ce qu'il lui disait. Il comprit tout de même qu'il était presque arrivé. Le vieil homme lui fit un signe de la main pour lui dire de poursuivre devant lui.

La route tournait en virages serrés dans tous les sens. Des maisons se découvraient ici ou là à travers la prairie. Des haies et des barrières en bois clôturaient les espaces, des arbustes dépassaient.

C'était vallonné, encaissé, empêtré. La femme avait dit vrai.

Le détective s'enfonçait dans la verdure en suivant la côte. La grande bleue disparaissait derrière les arbres, une colline, se découvrait, se cachait encore.

Pastorius s'était perdu. Il stoppa, observa la carte sans retrouver l'endroit où il était. Bon, se dit-il, je continue et je tomberai bien sur cette fameuse plage. Il poursuivit donc encore plusieurs minutes sur une route qui se rapprochait de la mer, en petits lacets très serrés. Il déboucha devant une plage, un panneau devant lui avec les mots qu'il cherchait : *Baie d'Écalgrain.*

Il leva la tête, vit la lande partout autour de lui, verte et belle, violette et jaune, très sauvage. Il scruta au loin, tomba sur la maison tout en haut. C'était une habitation de pierre qui regardait vers l'horizon. La route menait jusqu'à elle. Il remonta en longeant la plage. L'endroit avait un charme incroyable. L'étendue de sable était encaissée dans une anse avec deux pointes rocailleuses en hauteur.

La voiture s'arrêta devant une barrière blanche. D'ici, il pouvait admirer un paysage grandiose avec la mer à perte de vue, et la côte tourmentée, majestueuse, d'une puissance évidente et simple. Un petit vent vif lui fouettait le visage.

Il descendit, tira sur la corde devant lui. La clochette cuivrée tinta. Ne voyant personne venir, il recommença. Quelques instants plus tard, il entendit :

— Oui ? à travers l'Interphone.

— Bonjour, je suis Joshua Pastorius, je vous ai contactée tout à l'heure.

— Très bien, entrez !

L'ouverture électrique de la barrière se déclencha. Il marcha sur un chemin de gravier gris, monta sur le palier et se présenta devant une large porte en bois sombre qui s'ouvrit.

Face à face, les deux s'observèrent une seconde sans dire un mot, les yeux noirs dans les yeux noirs, tels deux chats qui tombent l'un sur l'autre au détour d'une rue. Isalie Valadon était habillée en noir comme Pastorius.

— Bienvenue à vous.

— Merci de me recevoir à cette heure.

Deux petites phrases, puis ils se considérèrent de nouveau sans mot, sans sourire, sans animosité, les pensées en lévitation.

— Vous m'avez dit que vous étiez…

— Détective...

— Bien, et qu'est-ce qui me le prouve ?

Sa voix possédait une sonorité originale qui joignait l'aigu et le grave dans un son ample, gracieux.

— Vous voulez une pièce d'identité ?

— Oui, pourquoi pas ! Ça ne prouve rien mais donnez quand même.

Elle vit l'homme devant elle sur la photo, plus jeune, moins usé.

— C'est peut-être une fausse carte ?

— Non.

Elle parlait sur un ton calme. Ses yeux étaient légèrement bridés. Elle avait une beauté particulière, à la limite de la laideur. Sa peau était très blanche, son rouge à lèvres s'affirmait ainsi que ses yeux sombres.

— Vous êtes peut-être venu ici pour m'égorger ?

— Non, ça n'est pas prévu.

Elle décocha cette phrase étrange avec une petite pointe d'ironie. Pastorius en fut étonné. Elle le fut de sa réponse.

— Vous n'êtes pas un maniaque ?

— Non.

— Vous en êtes sûr ?

— Je crois bien, oui.

— Je ne sais pas si je dois vous laisser entrer ?

Encore un moment d'attente, les yeux dans les yeux.

— Alors ?

— Bon… entrez !

Il passa la porte, la suivit. Ses talons claquaient sur le parquet clair. Son tailleur cintré lui allait bien selon les critères de Pastorius, qui ne put s'empêcher d'admirer son fessier s'agitant dans sa longue jupe étroite.

— On va aller au salon.

Ils montèrent des marches, en descendirent. La décoration était épurée, moderne. Des sculptures étranges ornaient les meubles.

— Prenez place ! fit-elle en indiquant le canapé devant elle.

— Quelle vue ! lança-t-il alors d'une voix ébahie en découvrant le paysage sous ses yeux.

— C'est magnifique, en effet.

— C'est mieux que ça, c'est…

Des larges fenêtres laissaient voir la baie, la plage et la mer à perte de vue. Ils étaient au bout de la maison devant l'immensité. Pastorius fut saisi par cette vision à la puissance hypnotique.

— Quel paysage !

— Oui, cela fait vingt-cinq ans que j'habite ici, et je ne m'en lasserai jamais.

— Vous avez beaucoup de chance d'habiter ici.

Un feu crépitait dans la cheminée. Il faisait bon.

— Je suis une enfant du pays, je veux dire de la région. Je me promenais souvent sur la plage d'Écalgrain avec mes parents quand j'étais petite. Je voyais toujours cette maison d'en bas, je rêvais d'y entrer et de voir le paysage de là-haut. Un jour je me suis juré de l'acheter, et c'est ce que j'ai fait. Je ne partirai d'ici pour rien au monde.

Les canapés étaient blancs, les murs clairs et la cheminée arborait un contour doré. Elle était sobre, très pure elle aussi. La table de salon alliait un plateau de verre et une ossature en fer forgé noir.

— J'en viens à ce qui m'amène, fit le détective, *Léopoldville, GI's tombeau.*

— Un de mes bébés, de mes nombreux bambins de papier.

— Vous avez beaucoup écrit ?

— Pas mal en effet, et vous, vous écrivez ?

— Moi, eh bien, j'écris un peu oui, j'ai sorti quelques ouvrages relatant mes péripéties au pays des cadavres, des secrets, des oublis de l'histoire.

— Vous aimez la viande froide ?

— On peut dire ça.

— Moi, j'aime la viande tout court, je suis une carnassière, méfiez-vous car je pourrais bien vous manger.

Elle avait un côté « bourgeoise décomplexée » qui plaisait à Pastorius, le genre tiré à quatre épingles qui sort des énormités.

— Vous commenceriez par quoi ?

Elle sourit. C'était la première fois que son visage s'ouvrait. Cela rapetissait encore plus ses yeux, lui donnait du charme, la changeait complètement.

— Je prendrais le cerveau en premier, je le ferais griller à la poêle avec des aromates et je le boirais avec un bon Bordeaux.

— Vous l'avez déjà fait ?

— Quoi ? Être cannibale ? Oui, bien sûr, pas vous ?

— Ça dépend.

— Vous ne voulez pas qu'on discute de mon livre ?

— Si, bien sûr.

Elle se tenait jambes et mains croisées face au privé. Elle avait l'air sage à l'extérieur et brûlante à l'intérieur, un peu comme sa cheminée qui craquait et rougeoyait, pensa Pastorius.

— Je n'ai pas écrit ce livre par hasard. J'ai une histoire avec lui.

— Expliquez-moi !

— Si je me suis attaquée à ce sujet, c'est parce que mon grand-père a laissé sa vie sur le Léopoldville, c'était un homme d'équipage. Le bateau lui a servi de tombeau, comme aux soldats américains.

— Je comprends.

— Je n'ai jamais vraiment su ce qui s'était passé pour lui le jour du drame. Il s'appelait Hector, était mécanicien. On n'a jamais repêché son corps. Il a laissé une femme et trois enfants dont ma mère.

— Il fait chaud ici

Pastorius retira sa veste.

— Vous voulez que je souffle sur la cheminée ? lâcha-t-elle en souriant.

Il lui rendit un rictus complice.

— Je ne connais pas vraiment le drame, hormis le fait qu'un U-Boot a envoyé le paquebot par le fond le soir du réveillon de Noël 1944.

— Triste cadeau !

Pastorius sortit son paquet de cigarettes.

— Je peux ? dit-il en le lui montrant.

— Oui, allez-y.

— Vous en voulez une ?

— Je veux bien.

Il se pencha. Elle saisit la cigarette. Il l'alluma, sentit son parfum. Là, tout proche d'elle, il la fixa, elle de même, pendant un instant. Elle avait le regard froid. Ses yeux pouvaient changer d'expression en une seconde. Il sentait qu'elle l'observait en voyant à travers lui, eut une impression étrange d'attirance et de répulsion.

— Vous êtes au courant qu'un meurtre a eu lieu ? demanda Pastorius.

— Un meurtre ?

— Oui, c'était un plongeur qui travaillait sur le Léopoldville. On l'a retrouvé avec une croix gammée faite au couteau sur le front.

— Qu'est-ce que vous me racontez là ?

— La vérité, c'est arrivé aujourd'hui.

— Un plongeur sur le Léopoldville, vous dites ?

— Je dis !

Elle prit alors son iPhone posé sur la table, tapota, tritura pour voir l'info sur Internet dans un journal local.

— Vous avez raison ! balança-t-elle en regardant Pastorius d'un air étonné.

— Je vous remercie de me le confirmer.

— Excusez-moi mais un meurtre dans le secteur, ça n'arrive pas toutes les cinq minutes, et en rapport avec le Léopoldville, c'est encore plus...

Elle se pencha de nouveau sur son téléphone, commenta en même temps ce qu'elle lisait :

— C'est Karl, Karl Leridan, je le connais, c'est un ami !

Elle resta figée, regarda son smartphone puis Pastorius, et de nouveau son appareil, comme si elle voulait être sûre d'avoir lu le bon nom.

— C'est Karl ! dit-elle avec stupeur.

Elle lut :

— *Karl Leridan a été retrouvé sur son Zodiac à dix milles nautiques de la cote. La gendarmerie l'a surpris avant-hier à pêcher sur le Léopoldville sans autorisation. Il a été relâché quelques heures plus tard.* Y a-t-il un lien avec cette arrestation ? C'est un coup de Blue, ça !

— Vous aussi, vous faites dans l'anti-Blue ?

— Bah oui, évidemment, pas vous ?

— Eh bien…

Elle ne semblait pas abattue. Elle était saisie, le souffle coupé. Son visage était en pause d'émotion.

— Karl, ce n'est pas possible.

— Je travaille pour Ariel. Je veux retrouver le coupable de ce meurtre.

— Ariel, la pauvre.

— Elle est désemparée.

— Moi aussi, je vous laisse une seconde, je vais l'appeler.

Elle quitta la pièce. Les yeux du privé se baladèrent et s'arrêtèrent sur une statue en glaise devant lui. Il y distinguait trois têtes, des corps allongés et tordus. Un socle doré soutenait l'œuvre énigmatique.

Elle revint quelques instants plus tard en tendant son téléphone au privé. Elle avait les larmes aux yeux.

— Tenez, dit-elle, Ariel veut vous dire quelque chose.

— J'ai oublié de vous dire, lâcha-t-elle sans lui laisser le temps de prononcer un mot, avant de disparaître, car Karl a disparu avant de mourir, je vous l'expliquerai, il m'a laissé un message sur mon téléphone, je n'y comprends rien mais ça peut peut-être vous intéresser. Je vous ai dit qu'il avait découvert un coffret… eh bien ce message, c'était le mot « coffret » et une série de chiffres, de lettres, je ne sais plus ce que c'est, je les envoie par SMS.

Isalie raccrocha presque aussitôt. Le message arriva. Elle tendit son téléphone au détective. Il lut *LCDLM BMWJO-1*. Il l'entra dans son téléphone.

— Qu'est-ce que c'est ?

— Je n’en ai pas la moindre idée.

— Vous désirez boire quelque chose pour vous remettre de vos émotions ?

— Oui, je veux bien.

— Que voulez-vous ?

— Un whisky !

Elle se leva, se rendit dans la cuisine, revint avec un plateau. Pastorius prit son verre, le porta à sa bouche.

— Vous n’êtes pas avec Blue, j’espère ?

— Eh bien, en fait, je ne sais pas. Pour tout vous dire, c’est un ami travaillant pour Blue qui m’a fait venir à Cherbourg. Quand je suis arrivé tout à l’heure, je ne savais pas dans quelle ambiance j’allais mettre les pieds.

— Comment s’appelle-t-il votre ami ?

— Paul-Louis Hemerzogh.

— Ah !

Elle saisit son verre, but, ferma sa bouche comme si elle ne pouvait plus ou ne voulait plus parler. Le détective sentit que dire « Hemerzogh » pour elle était comme parler d’un poison ou d’un virus.

Elle resta, comme ça, plusieurs secondes, en suspension, avec l’air de s’être trompée en le laissant entrer chez elle.

— On ne va pas être amis ! finit-elle par dire plutôt sèchement.

— Vous croyez ?

— Que oui ! Les amis d’Hemerzogh ne sont pas mes amis !

— C’est compliqué tout ça.

— Non, c’est très simple, au contraire ! Vous allez être

obligé de passer la porte, parce que là, vraiment, je crois que je me suis trompée dans le casting.

— Mais si je vous dis que je n'ai pas vu Hemerzogh depuis des années, que je ne suis ni d'un côté ni de l'autre, je ne vois pas pourquoi vous devriez me foutre à la porte ?

Elle finit son verre, le scruta. Ses cheveux attachés en arrière dégageaient son cou. Elle avait l'air sérieux. Pastorius attendait qu'elle se calme car il la sentait tendue. Ses traits s'étaient contractés d'un coup.

— Vous voulez me faire croire qu'Hemerzogh et vous, ce sont les retrouvailles des vieux amis, sans que vous sachiez que c'est une fripouille ?

— Pas tout à fait non, je sais qui il est. Par contre, je peux vous assurer que je ne trempe pas dans les affaires de Blue.

9

— Comment pouvez-vous être l'ami d'une ordure pareille ?

Difficile de répondre à une telle question. Pastorius eut sans doute l'air circonspect. Ce que venait de dire Isalie, c'était un peu comme essayer de comprendre ce qu'est l'amitié. Comme l'amour, c'est irrationnel, tortueux et insaisissable, et l'on plonge dedans à la première occasion lorsqu'on aime la vie un tant soit peu.

— Vous ne dites rien parce qu'il n'y a rien à dire. Ce type est un voyou. Blue est un groupe qui veut faire des profits sur le dos du patrimoine local. Les Américains se fichent complètement de la mémoire des disparus, de l'Histoire, ils ne pensent qu'aux dollars. Ils ont tout privatisé. Il n'y a qu'eux qui peuvent plonger sur les épaves dans les environs, et bientôt ils posséderont toute la région.

— Vous semblez leur en vouloir énormément.

— Oui, et encore plus maintenant. Je suis certaine que la mort de Karl est en lien avec Blue.

— Comment pouvez-vous en être sûre ?

— Je le sens. Ça ne m'étonnerait pas de la part de Blue de tuer un homme, ils sont capables de tout. Moi, je suis indépendante, je respecte la mémoire. Eux, ils veulent exposer un U-Boot, je considère ça comme un affront, un manque de respect vis-à-vis des morts alliés de la Seconde Guerre.

— Et vis-à-vis de ceux du Léopoldville coulé par un même U-Boot.

— Tout à fait. C'est un peu, toute proportion gardée, comme si on exposait une bombe atomique à Hiroshima !

Elle se dirigea vers la cheminée, mit une bûche dans le foyer. Une nuée d'étincelles se dispersa. Elle se retourna.

— Blue m'a proposé de travailler avec eux. C'est Hemerzogh qui m'a approché. Il m'a expliqué ce qu'ils voulaient développer. J'ai refusé, il a insisté car je connais bien mon sujet. Il m'a annoncé un beau salaire, m'a approchée de près, de trop près avec ses sales pattes et son haleine de cachalot.

— Paul-Louis a des manières parfois…

— De porc oui… Blue se croit tout permis. Même la police marche pour eux. Dès l'instant qu'il y a un anti-Blue quelque part, il se retrouve embarqué pour une fausse affaire de vol, pour injures ou que sais-je. Moi, on m'a mis un contrôle fiscal sur le dos pour me punir… Si vous voulez savoir qui a tué Karl, si vous me jurez que vous ne trempez pas dans les affaires de Blue, alors je vous suis.

— Je vous le jure.

— Dans ce cas, comptez-moi parmi vos alliés, suivez-moi si vous le voulez, je vais vous montrer quelque chose.

Elle l'emmena à côté, arriva jusqu'à la cuisine ouverte sur la pièce principale.

— Voyez ceci, en montrant un cadre accroché au mur. C'est le Léopoldville tel qu'il est aujourd'hui. C'est du plomb fondu et travaillé à chaud.

Pastorius vit un tableau avec le paquebot représenté en relief. Il était couché sur le flanc, sa poupe séparée du reste de sa coque ondulée, martelée de coups.

— Mes amis me l'ont offert lorsque le livre est sorti. C'est l'un d'eux qui l'a fait. Il y a passé un temps fou. Vous aimez ?

— Oui.

— Il l'a exécuté à partir de photos de plongeurs. Le navire dort à un peu moins de soixante mètres de profondeur. C'est un sanctuaire qui doit être respecté comme tel. Presque huit cents personnes y ont laissé leur vie. Maintenant Blue va lancer une attraction où est reconstituée l'attaque. Les gens verront ça dans un wagonnet en sirotant des sodas, c'est grotesque !

— Mais ça peut faire parler de la véritable Histoire justement. Ils chercheront après à en savoir plus. Vous allez vendre plus de livres, vous allez voir.

— Ça m'étonnerait fort. Ils vont sortir les leurs, ils vont les mettre en avant. Moi, je ne veux pas participer à cette mascarade. Ça manque de sérieux tout ça, c'est de l'entertainment. Ils n'avaient pas besoin d'acheter la plupart des quais du port pour ça. Un jour, ils vont construire un Las Vegas 2 en plein milieu de la baie, vous verrez !

— Racontez-moi ce qui s'est passé durant la terrible nuit.

— D'accord, dit-elle en s'asseyant sur un tabouret haut perché, devant un mince comptoir.

Pastorius se plaça à côté d'elle. La bouteille de whisky attendait entre eux. Elle sortit deux verres d'un placard, servit sans qu'il demande rien.

— À la vôtre, Pastorius, lança-t-elle en buvant.

— Aux défunts de 1944 !

— En effet. Ils ont quitté l'Angleterre vers neuf heures du matin le 24 décembre. Le Léopoldville était accompagné d'un autre paquebot, plus petit, le Cheshire. Ils étaient escortés par des destroyers, le Brilliant et le Hotham.

Le privé s'aperçut que la nuit était tombée. Il ne voyait plus la baie mais son reflet dans la glace. Le temps passait ici en vitesse accélérée.

— L'alerte est donnée à treize heures car on signale un U-

Boot en Manche. Les navires se mettent alors à naviguer en zigzag. Un autre destroyer a rejoint le convoi, l'Anthony. Une heure plus tard, on hisse le signal noir qui signifie « attaque de sous-marin imminente ». Imaginez l'angoisse sur le navire ! On traque le périscope au ras de l'eau, on prie pour ne pas voir cette mauvaise herbe à la surface qui peut signifier la mort.

Isalie se leva alors, posa son iPhone sur un petit appareil. Une musique classique se fit entendre, légère.

— Les destroyers partent en chasse et l'on s'affaire sur les paquebots car ils ont été équipés de postes de combat.

Pastorius savait que les navires civils avaient été transformés pendant la guerre. Beaucoup avaient des allures de bâtiments de combat avec des peintures de camouflage. Le Léopoldville arborait, lui, une couleur claire.

— Quelques minutes plus tard, l'alerte se termine. La tension retombe. Elle remonte une nouvelle fois à quinze heures car une deuxième alerte se déclenche. Puis c'est de nouveau le calme.

— Les équipages étaient sur les dents et les GI devaient trouver le temps long ?

— Oui, ils rongeaient leur frein. Aussi, Noël oblige, le commandant Limbor fait distribuer de la bière et de la dinde. Il y a deux mille quatre cent soixante-neuf hommes au total sur le bâtiment principal, le Léopoldville.

— Ça faisait beaucoup de monde sur la mer. Il faut compter, en plus, les autres bâtiments. Ça devait être très tentant pour les Allemands, un peu comme une ribambelle de cadeaux de Noël se baladant sur l'eau.

Le privé vit le fond de son verre. Il était temps de faire remonter le niveau. Il l'emplit. Isalie n'avait pas terminé le sien, ce qu'elle fit et le lui tendit. Il lui appliqua le même remède.

— Plus tard, une frégate française, la Croix de Lorraine se joint au convoi. La France apparait sur le radar à dix-sept heures trente. La grande digue de Cherbourg est en vue après plus de huit heures de rude traversée. Ce que je ne vous ai pas dit, c'est qu'il fait froid, il neige et la mer est houleuse.

— C'est une croisière idéale en somme.

— Vous avez raison, les Caraïbes, c'est surfait. Les casinos, les restaurants, les salles de spectacle avec des chanteurs sur le retour emplis de vieux Occidentaux qui s'ennuient, c'est dépassé.

Ils se rendirent leur sourire. Isalie avait une bonne descente. Une de ses jambes croisées, dans un bas ou un collant noir, se faisait entrevoir. Le whisky aidant, Pastorius sentait monter le désir en lui, un peu comme une fusée en attente sur sa base de lancement. Il se disait qu'il avait connu pire comme conférencière historique. Il se rappelait une certaine madame Delabigne, petite, molle, et aussi captivante que le manuel technique d'un robot mixeur.

— Les hommes ont ordre de mettre leurs gilets de sauvetage. Il y a encore cinq milles à parcourir, soit un peu plus de neuf kilomètres.

— Ils se devaient voir la côte de là où ils étaient.

— Oui, ils la voyaient. Leur émotion devait être intense et

leur peur aussi car les GI se doutaient que nombre d'entre eux ne reviendraient pas au pays.

— Ce fut le cas, en effet.

— Ce qu'ils ne voient pas à ce moment-là, c'est le sous-marin U-486. Il est caché près de la grande digue de Cherbourg et attend son heure. Cela fait un certain temps qu'il est ici sans que personne ne le repère. La patience de son commandant, l'oberleutnant zur See Gerhard Meyer est récompensée. Ce qu'il a, face à lui, l'enchante, c'est un magnifique convoi, il va pouvoir faire un carton !

Isalie but, décolla de son tabouret.

— Ça me chauffe un peu, dit-elle en montrant sa tête. Le whisky, c'est bon, mais il y a des effets secondaires.

— Ça rend gai, c'est l'essentiel.

— Ça dépend des gens. Moi, c'est mon cas, j'ai une copine qui, elle, se met toute nue quand dame ivresse fait son effet.

— Ce sont ses amis qui doivent être ravis.

Elle ne sembla pas entendre et disparut tout à coup dans le fond de la maison.

Elle fit son retour avec un ouvrage. Elle le posa sur le comptoir, l'ouvrit.

— Voici la bête ! s'exclama-t-elle en désignant la photo en noir et blanc du U-486.

— Les U-Boot étaient des armes redoutables.

— Redoutables ! reprit-elle sur un ton vif, debout à côté de lui.

Elle le fixa, le troubla. Il la trouva très jolie tout à coup. Son sang se rapprochait de la température d'ébullition. Il était dans la phase où l'on se demande s'il faut attaquer ou non.

— Le sous-marin passa à l'attaque ! Il attendit le passage du Cheshire et il frappa le plus gros des bâtiments, histoire de faire plus de dégâts ! Il lâcha sa torpille.

Elle était à une tête de Pastorius, portait un collier en or, des bagues, des boucles d'oreilles, tout ce qu'il fallait pour qu'il ait du mal à se concentrer sur ce qu'elle disait.

— Une explosion monumentale retentit. Il est dix-sept heures cinquante-sept ! Le Léopoldville est percuté sur tribord arrière, juste sous la ligne de flottaison.

— Un petit whisky ?

— Avec plaisir.

Il versa dans les deux verres.

— Vous essayez de me soûler !

Elle s'assit.

— Je ne me le permettrais pas.

— Non, bien entendu.

Le privé regardait la photo du sous-marin. C'était un de ces trop nombreux loups des mers qui avaient pris l'Atlantique pour un véritable stand de tir. Effilés, robustes, construits en grand nombre, les U-Boot avaient été le grand espoir du Troisième Reich. Ils avaient fait un nombre incalculable de victimes avant de perdre la bataille de l'Atlantique.

— Vous avez faim ? Soif, ça j'ai compris mais se nourrir, ça compte également.

— Eh bien, ce n'est pas de refus. J'avoue que… qu'est-ce que vous avez au menu ?

— Je ne sais pas, on va regarder.

Elle plongea sur le frigo. Il la suivit. La porte s'ouvrit. La cuisine possédait un design moderne alliant l'aluminium, le verre et des boiseries sombres.

— Il y a des poivrons, des tomates, des courges, des olives.

— Ouais…

— Je vois… c'est gentil tout ça n'est-ce pas. Mais j'ai mieux ! Regardez-moi ça, elle est pas belle, la vie ?

— Je crois que c'est clair, on peut y aller pour ça.

— On va la faire façon homme des cavernes, c'est-à-dire à la cheminée.

Ce qui les mettait dans tous leurs états était une belle pièce de viande, une côte de bœuf.

— Je l'ai achetée pour un repas demain avec des amis. Eh bien, ils mangeront des poivrons et des tomates, c'est très bon pour le teint.

Pastorius se rinça le gosier. Elle l'imita. Il se tenait correctement, elle aussi. Ils devenaient de plus en plus imbibés mais gardaient le cap malgré les embruns qui les chassaient sur le côté.

Elle posa le morceau de viande sur le plan de travail, prit un plat, des condiments. Il vint près d'elle. Elle assaisonna. Il but encore. Elle attrapa son verre, le descendit direct comme une piste noire.

— Elle doit faire dans les deux kilos.

— Un kilo huit. Mon boucher choisit toujours les meilleurs morceaux. J'adore la viande. Et vous ?

— Moi aussi.

— Ce que je préfère, c'est le bœuf.

— Moi aussi.

— Le bœuf, c'est délicieux. Les gens ne mangent pas assez de bœuf. Au lieu de les laisser courir dans les prés, on devrait tous les tuer. Les gamins mangeraient ainsi plus de bœuf.

— Ils en mangent chez Mac Do.

— Ne me parlez pas des Américains.

— Mais Blue, ce n'est pas Mac Do.

Elle monta le son de la musique. Des violons, du piano. Elle ouvrit une porte en alu près du frigo.

— Faites vos courses ! dit-elle avant de se propulser jusqu'à la cheminée.

C'était la cave. Il y en avait pour tous les goûts. Les yeux de Pastorius brillaient devant les rangées de bouteilles, comme ceux d'un curé devant le vin de messe.

— Vous êtes plutôt blanc, rouge ou rosé ? fit-il sans avoir de réponse.

Étant d'un naturel pragmatique, il visa les étiquettes. Les dates l'inspiraient. 2002, 1997, 2000, 1984… Madame ne se refuse rien, pensa-t-il. Il en prit plusieurs, tomba sur le tire-bouchon, et la rejoignit. Il posa ses trésors aux pieds de la table de salon.

— Vous avez trouvé votre bonheur ?

— J'en ai bien peur, oui. J'ai pris du blanc, du rosé et du rouge.

— Ce sera du blanc et du rouge pour moi !

— Moi, je prendrai du rouge.

La côte de bœuf était perchée sur une grille, elle-même posée sur un solide trépied.

Le privé déboucha une bouteille de blanc puis une de rouge. Isalie alla chercher des verres à vin. Ils étaient larges, d'une contenance appréciable.

Il fit couler le précieux nectar, lui tendit son verre.

— À notre coopération ! dit-il en levant la main.

— À notre coopération !

Ils goutèrent le vin, assis l'un en face de l'autre.

— Il est très bon, ce Bordeaux de 1984, lança-t-il.

— Le mien est sympa, lui aussi… je vais retirer ma veste, je sens que ma température corporelle monte.

Elle la posa. Sa chemise blanche cintrée apparut. Elle retira aussi ses talons. Pastorius huma l'odeur de la viande qui cuisait. Elle sentait rudement bon.

10

— Il faut imaginer ce qui s'est passé la nuit du 24 décembre 1944, dit Isalie. L'eau s'engouffre dans le navire en quelques secondes. Quantité d'hommes ont été tués ou blessés dès l'impact de la torpille.

Pastorius constata qu'elle avait repris son récit là où elle l'avait laissé. Elle avait toujours les idées claires.

— Le commandant Charles Limbor est un vieux routier de la mer. Il garde son sang-froid et fait lancer un SOS. Tous les navires disponibles se rendent sur place.

— Ce devait être une belle pagaille tout de même sur le bateau.

— En effet. Les blessés surgissent du ventre du navire comme des zombies sortant de terre. Des hommes calcinés se jettent à l'eau. On essaie de les discipliner, de les rassembler, on les soigne. Ça crie, ça fuit de partout.

— Et le U-Boot ?

— Il a réussi à fuir… au bout de quelque temps, le commandant se résout à faire évacuer le bâtiment. On met les chaloupes à la mer. Plus tard, le Brilliant accoste le Léopoldville pour embarquer des survivants, et c'est un nouveau drame. La mer est trop forte, les haussières se rompent et deux canots, des radeaux de sauvetage sont broyés entre les grosses coques.

La viande brunissait. Les herbes de Provence dégageaient un parfum agréable. Les pommettes d'Isalie rougissaient.

— Le Brilliant réussit quand même à secourir plus de sept cents soldats. Les navires de secours tournent autour du Léopoldville. Il y a des remorqueurs, des barges, des patrouilleurs… on sauve des hommes, on récupère des morts noyés ou empoisonnés par le mazout. C'est devenu la panique sur le Léopoldville.

— Le navire coule à quelle heure ?

— Il s'enfonce lentement vers vingt heures trente. Son arrière atteint le fond. La proue reste en surface pendant vingt minutes. Les machines s'arrêtent au bout d'un moment, et le bateau disparaît définitivement. Le ballet des navires de secours continue. On sauve encore des malheureux. Le calme prend alors le pas sur l'agitation. On ne récupère presque plus personne. Au bout d'un certain temps, on se résigne à regagner le port. Sur les quais, on a allumé des feux, préparé des couvertures. Le va-et-vient des ambulances est sans interruption. Au final, on repêche deux cent quarante-huit cadavres. On aura, en tout, sept cent quatre-vingt-deux morts et disparus.

Ils en avaient presque oublié la pièce de bœuf. Le grésillement de la viande leur fit tourner la tête en même temps vers la cheminée.

— Elle est à point !

— Oui, mangeons.

Pastorius posa le morceau sur une planche à découper. Ils se placèrent face à face à la table du salon. La côte fumait à côté des assiettes. Il saisit un grand couteau de boucher posé là et voulut trancher mais :

— Non, laissez ! dit Isalie en lui prenant le couteau des mains, j'adore découper.

— Alors, allez-y.

Elle saisit le couteau du bout de ses doigts fins et asséna un premier coup vif, découpa. Le sang, la sauce, coulèrent dans le plat.

— Regardez comme elle se taille bien, elle est souple et dure à la fois.

Elle avait l'air très concentrée sur ce qu'elle faisait. Elle laissa les tranches s'empiler sur la planche.

— Servez-vous ! Et voyons ce que ça donne.

Ils goutèrent, redoublèrent de superlatifs pour qualifier la côte. Ils burent encore pour accompagner. Elle déboutonna un bouton de son corsage. Elle avait de plus en plus chaud.

— Je parle, je parle, ça me donne soif, fit-elle en descendant son verre. Parlez-moi un peu de vous.

— Je n'aime pas parler de moi.

— Vous préférez laisser parler les femmes.

— Oui, pour ça, elles n'ont pas besoin de moi comme sujet.

— Oh ! Mais vous nous faites votre vieux macho à la gomme, dites-moi.

Il reprit de la viande.

— Une petite tranche ?

— Oui, moi je vous offre du vin, dit-elle en emplissant son verre. C'est un liquide qui délie les langues des hommes réservés.

— Vous essayez de me piquer, je crois qu'il y a peu de chances que ça marche avec moi, je préfère garder le mystère.

— Et qu'est-ce qui a des chances de fonctionner avec vous ?

Il mâchait tranquillement sa viande. Son regard était vitreux, ses idées embrumées. Il y avait toutefois ce petit corsage devant lui qui l'intriguait. Il se demandait ce qu'il y avait dedans. Il sentait bien que son instinct d'explorateur allait être mis en avant. Il n'avait pas besoin de prendre la mer. La sirène venait directement à lui.

Madame l'historienne avait envie de s'envoyer en l'air avec lui, il le sentait. À la bonne heure, on ne refuse pas le voyage à une lady, même pas par grand vent, quand le bateau prend l'eau.

— Vous venez d'où, Joshua ?

— Si je le savais…

— Énigmatique le détective, vous êtes un être venu d'ailleurs.

— C'est ça oui, appelez-moi E.T.

— Non, pas E.T, il est affreux, le petit gnome. Vous, vous n'êtes pas beau mais vous êtes mieux que lui quand même.

Il lui décocha un sourire de coin.

— J'ai découvert beaucoup de choses, lança-t-elle alors, lorsque j'ai travaillé sur le Léopoldville. Je suis sûre que ça va vous intéresser.

— On laisse tomber E.T et on revient sur le Léopoldville ?

— Oui.

— Je vous écoute.

— Un tueur a sévi sur le bateau la nuit du naufrage, un Allemand fou au visage brûlé, un sous-marinier.

— Ça me dit quelque chose, ça, fit-il en songeant à ce qu'il avait entendu dans le bar.

— Et puis il y a un espion qui s'est caché sur le navire, et un tueur du MI6 qui l'a recherché.

— Il y a eu tout ça ? Ça fait un peu film d'action quand même.

— Et pourtant c'est vrai.

— Il va falloir que vous m'expliquiez tout ça.

— Oui, mais pas tout de suite, mes idées se troublent, mon cher monsieur.

— Les miennes aussi, j'irai bien sentir la mer d'ailleurs, ça me les rafraîchirait certainement.

— Ah ! oui, très bien ça, bonne idée, venez, on y va.

Elle attrapa ses chaussures, ouvrit la baie vitrée, le prit par la main et l'emmena à l'extérieur.

Ils avancèrent à travers le noir jusqu'au bout du jardin.

— Évidemment, on ne voit pas grand-chose, dit Isalie en plaisantant.

En fait, on ne voyait rien du tout. C'était le néant absolu devant eux.

— Mais on entend le ressac, précisa le privé. Ça me suffit, ne reste qu'à imaginer le décor.

— Alors imaginons, imaginons donc, vous apercevez quoi devant vous ?

— Si je voulais pécher par excès de réalité, je dirais que j'aperçois ce que j'ai vu tout à l'heure, une façade rocailleuse et une plage au fond de la baie.

— Oui, mais ce n'est pas ça que je vous demande, faites un peu preuve d'imagination.

Elle était près de lui. Il avait envie de fumer mais son paquet était dans sa veste.

— Alors c'est un paquebot qui passe là devant, sa grosse cheminée est jaune, et rouillée. Le navire entier est envahi par la rouille. Je ne sais pas comment il flotte car il est martelé de trous faits par la rouille. C'est une grande masse qui fut blanche autrefois. Comme un fantôme, il surgit du brouillard.

— Eh bien, en voilà de l'imagination, ce ne serait pas le Léopoldville par hasard ?

— Allez savoir. Il avance lentement. Le fond de la mer l'appelle et les hommes dessus hurlent des cris en américain. Leurs visages sont pétrifiés et gris, leurs yeux noirs, ce sont des morts-vivants.

— Et qu'arrive-t-il alors ?

— Il advient ce qui doit arriver.

— C'est-à-dire ?

— Le vaisseau fantôme se rapproche de la côte, tenez, voyez, il arrive droit devant.

— Ah ! oui.

— Et les morts-vivants, que vont-ils faire ? Eh bien, on va leur servir de dîner.

— Ah bon ?

— Parfaitement.

— Il faut faire quelque chose, alors.

— Vous avez raison. Comme je suis un homme d'action, sans peur et sans reproche, je vous sauve des griffes de ces monstres.

Il se tourna alors vers elle et l'embrassa. Elle se laissa bercer, enlacer. Leurs baisers se firent langoureux, fougueux.

— C'est comme ça que vous sauvez les dames, vous ? finit-elle par dire.

— Je crois oui, mais il y a mieux.

Il la fit basculer en arrière et la prit dans ses bras.

— Rentrons au bercail, ma belle, les zombies ne viendront pas nous chercher jusque-là.

Ils revinrent au chaud, se laissèrent tomber dans un atterrissage progressif sur le canapé.

La bouche de Pastorius mangeait celle d'Isalie. Elle était allongée, lui près d'elle. Il sentait sa chair prête à prendre feu. Il embrassait son cou. Le gout de sa peau le rendait fou.

Ils se caressaient, se découvraient, retiraient ces habits qui les gênaient. Ils étaient partis dans une sarabande où plus rien ne compte.

Elle avait de petits seins magnifiques dans son soutien-gorge noir. Il les avalait sans retenue, lui caressait le ventre, l'embrassait.

Il lui ôta sa jupe, fouilla en elle. Elle gémit, se contorsionna dans tous les sens. Il l'enfourcha, la prit. Elle se cabra. Il l'embrassa, sentit son souffle chaud nimbé d'alcool. Elle le regarda, lui griffa le dos. Il redoubla d'intensité. Elle cria.

Elle avait gardé ses escarpins. La vue de ses bas sur ses jambes fines décuplait l'excitation de Pastorius. Elle lui pressait les fesses pendant qu'il se ruait en elle.

Il se retira, la fit basculer sur les genoux. Il la saisit de toute sa force et lui fit l'amour avec rage. Elle cria encore plus. Il redoubla de hargne. Ses cris se firent de plus en plus forts. Il se plaqua contre elle, la maintenant avec ses mains fermes.

Plus il était déterminé et plus elle gémissait. Ils étaient en fusion. Il la malaxait, l'emboutissait, elle éructait. C'était un carnaval, une fête, des montagnes russes sans fin. C'était bon, terriblement bon. Pastorius dévorait ce corps qui fondait sous lui.

Il la retourna de nouveau, recommença ses mouvements qui leur faisaient tant de bien. Elle le regarda dans les yeux un moment. Ils s'embrassèrent. Il continua à la perforer de ses coups de boutoir. Elle poussa un cri délicieux, se contracta puis se libéra définitivement.

Il reprit son irrépressible ballet jusqu'à ce qu'il jouisse. Il se sentit partir littéralement en elle, eut l'impression qu'il pourrait jouir indéfiniment.

Ils s'embrassèrent, se tinrent nus, l'un contre l'autre dans le canapé.

Il ne savait plus où il était. Elle ne savait plus comment elle s'appelait. Ils s'étaient aimés, ça ils le savaient.

Ils restèrent longtemps ainsi, sur le canapé, à regarder le plafond, à écouter le crépitement des flammes.

Ils voyaient leurs ombres bouger, jouer au-dessus d'eux. Ils les laissaient parler à leur place. Ce qu'elles se disaient était facile à comprendre. Il y était question d'amour, de passion et d'éternité.

11

Cherbourg, quatre heures trente du matin. Le port était désert. Une légère brise faisait claquer la mâture des voiliers. Les bateaux dormaient le long des quais. Des pêcheurs arpentaient la mer au large.

Une silhouette marchait, passait de l'ombre à la lumière au gré des réverbères. Ses pas étaient lents. Une casquette blanche ornait sa tête.

Il stoppa devant le Long-John. Après quelques secondes d'observation, considérant une voiture qui passait de l'autre côté du bassin, il mit délicatement le pied sur le bateau.

Il essayait de faire le moins de bruit possible. Ouvrant tout doucement la porte, il plaça ses jumelles à infrarouges sur ses yeux et s'engouffra dans une coursive.

Il savait comment marcher en étouffant ses pas. Il suffisait d'être souple sur ses jambes, de ne pas se précipiter, de faire de petits gestes, un peu comme si on progressait sur un fil au-dessus du vide.

Les jumelles de nuit lui donnaient une vision verdâtre dans le noir complet. Il évoluait tel un insecte dans un conduit sous terre, cherchant sa proie.

Il arriva sur la petite passerelle, vit le bassin calme illuminé par endroits. Un véhicule de police roulait à vitesse réduite sur le pont de fer à une trentaine de mètres. Il le voyait. Les flics à l'intérieur, eux, ne pouvaient le voir. La nuit le protégeait. Il fit semblant de se mettre aux commandes du bateau.

Il dut s'asseoir un instant. Il avait très mal à son bras gauche. Il remonta sa veste. Son bras était en sang. Il s'y était posé un collier étrangleur, l'avait serré le plus fort possible. Les griffes de métal lui avaient transpercé la peau. La douleur était intense, lancinante, mais il la ressentait comme son moteur. Son corps avait tout de même du mal à encaisser la souffrance qu'il s'infligeait. Il avait envie de desserrer le collier. Non, il ne fallait surtout pas qu'il le fasse.

Un combattant doit prendre les coups comme ils viennent, songeait-il. Il puise sa force dans sa capacité à recevoir la douleur pour pouvoir mieux la renvoyer après à ses ennemis. Il doit la comprendre et la dompter pour mieux l'infliger et punir par la suite.

Il fit des mouvements de respiration, essaya de dérouter ses pensées de la douleur. Il se releva une fois qu'il eut fait le vide en lui.

Il descendit des marches, atteignit la chambre d'Ariel en poussant la porte le plus délicatement possible. La jeune brune devrait parler.

Il la vit, plongée dans le sommeil, resta devant elle un long moment. Il repéra une boîte de médicaments sur la table de chevet. Il reconnut le nom d'un somnifère. Elle dormait sur le côté. Sa couette remontait jusqu'à sa poitrine. Elle portait une nuisette en coton.

Il était temps d'agir. Il sortit son poignard de son fourreau, se pencha sur le lit, plaqua sa lame sur son cou. Elle se mit à hurler, se débattit. Il lui saisit les bras avec fermeté.

Il faisait noir dans la pièce. Elle ne voyait rien. Il l'observait gémir. Les yeux de la jeune femme étaient horrifiés, elle ne comprenait rien à ce qui se passait. Il ne disait rien, avait envie de l'insulter mais il devait garder le silence.

Elle sentait la lame sur sa peau. Elle hurlait. Il la fit taire. Il posa son couteau et lui mit la main sur la bouche. Il la tira vers lui, alluma la lumière. Il lui décocha alors une énorme gifle qui la fit tomber. Il fondit sur elle, la retint au sol. Lui faisant signe de se taire en posant son doigt sur ses lèvres, il commença à lui caresser les cheveux avec son autre main. Ses genoux sur ses épaules l'empêchaient de faire tout mouvement de fuite.

Les yeux d'Ariel étaient exorbités. Debout sur elle se tenait un être monstrueux au visage brûlé. De grosses croutes maculaient son visage. Elle voulait crier mais il plaça de nouveau sa main sur ses lèvres. Puis encore le couteau.

Il sortit un papier avec quelques mots inscrits dessus. Il voulut le lui faire lire. Elle essayait de le pousser. Il lui décocha une nouvelle claque, appliqua la lame sur le cou en appuyant. Le sang commença à couler. Il lui présenta encore le document. Elle lut cette fois : *Ferme-la où tu crèves !*

Elle lut en dessous : *Donne-moi le coffret du Léopoldville, je sais que tu l'as, si tu me le donnes, je te laisse en vie sinon la croix gammée va te recouvrir le front.*

— Je ne sais pas de quoi vous parlez, dit-elle quand il libéra sa bouche.

Il agita le papier pour lui signifier d'obéir à son injonction.

— Je n'ai pas ce coffret, je ne l'ai jamais eu, c'est Karl qui l'avait et vous l'avez tué.

Il continua à brandir le document sans dire un traître mot.

— Je ne sais pas ce qu'il y a dedans, je ne l'ai pas.

Il appuya encore avec sa lame. Ariel commença à se sentir mal, toussa. Il releva son poignard, montra encore le papier.

— Je n'ai rien.

Il se saisit alors d'une autre feuille et la montra à Ariel.

Elle lut : *Tu as jusqu'à demain minuit pour me donner ce coffret. Sinon tu finiras comme ton frère, petite salope. J'ai tranché son crâne comme une bonne pièce de viande. Je ferai pareil avec le tien.*

*

Ses aigreurs d'estomac l'avaient réveillé. Pastorius regarda son portable : cinq heures quarante. Il alluma la petite lampe près de lui. Isalie n'était pas là.

Elle lui avait proposé de rester chez elle pour la nuit. Ils avaient gagné le lit, s'étaient de nouveau enlacés avant de faire l'amour une seconde fois. Plus calmement, plus tendrement, yeux dans les yeux, ils s'étaient parcourus avant de s'endormir l'un contre l'autre.

Le privé se leva, alla aux toilettes, gagna le salon, s'assit sur le canapé, et alluma une cigarette. Les vestiges du feu, des braises à l'agonie, donnaient leur dernier souffle.

Il était dans le noir, une infime lueur rougeoyante entourait la cheminée. Il entendait le vent à l'extérieur. Il avait un peu mal au ventre. Les cadavres de bouteilles trônaient sur la table. Il y avait encore du vin dans un verre.

Il but ce qui restait. C'était physique, il ne pouvait pas voir un verre avec de l'alcool dedans. Un peu comme ceux qui ont des troubles obsessionnels compulsifs, qui vérifient dix fois qu'ils ont bien fermé leur porte. Lui, c'étaient les verres, quand ils étaient pleins ou à demi ou au quart, ils devaient être vides au bout du compte.

Il tirait sur sa cigarette sans penser à rien. Il était nu. Il entrouvrit la baie vitrée, sentit l'air frais. La mer chantait en contrebas, et avait de la voix. Pastorius adorait entendre cette diva jouer sa partition. C'était pour cette raison qu'il habitait à La Rochelle.

Souvent chez lui, il restait comme maintenant, à l'écouter, à fumer, à se laisser faire par cette vieille compagne qui ne le trahissait jamais. Un jour, il finirait tels les marins morts en mer se disait-il, il se laisserait glisser au fond. Comme les hommes disparus sur le Léopoldville, la mer serait son cimetière. Il se ferait manger par les poissons. Que ce soit par les vers ou les flammes, qu'est-ce que ça pouvait changer de toute façon ? pensait-il. Il fallait y passer un jour ou l'autre alors pourquoi pas sous les eaux.

Le détective vit son boxer qui traînait, l'enfila. Il passa dans la cuisine. Il n'y avait personne. Dans la salle de bain non plus. Il poussa une porte, c'était le bureau d'Isalie. Les étagères croulaient sous les livres. Elle n'était pas là non plus.

Il se demandait où elle pouvait être. Un ordinateur portable était posé sur le bureau.

Il regarda les tranches des ouvrages. Il y avait de beaux livres d'art sur l'architecture, la sculpture, la peinture… Il y avait des romans aussi, de livres d'Histoire en grand nombre. Beaucoup d'ouvrages sur la Seconde Guerre mondiale, sur l'Allemagne en particulier, sur le nazisme, la Waffen-SS, la Gestapo...

Et puis il découvrit toute une littérature érotique, pornographique, avec des titres évocateurs comme

Kamasutra et camisole, Petit traité de la jouissance féminine, Sodomie et révolution ou encore *Comment avaler sans tromper, Ton vagin est ton ami* ou bien aussi le très célèbre et inoubliable *Philosophie théorique de la partouze.*

Pastorius avait lu ce dernier ouvrage il y a longtemps. Il l'avait trouvé très convaincant à l'époque, très éclairant, et avait expérimenté philo et parties fines, comme le préconisaient les philosophes.

— Alors, on fait le tour du propriétaire ?

Il se retourna. C'était Isalie en tenue de sport, avec une capuche sur la tête.

— Waouh ! On ne peut pas être plus matinale.

— Quand je ne dors plus, je vais prendre l'air, dit-elle. Je marche dans la nuit le long de la falaise.

— Et tu n'as pas peur comme ça, toute seule ?

— Non. Je suis comme les chats, je vois dans le noir. J'ai une lampe torche. J'ai souvent beaucoup de mal à dormir.

Ses traits, comme ceux de Pastorius, étaient tirés. Elle s'approcha de lui, l'embrassa avec tendresse. Il la serra, lui retira sa capuche.

— Tu as froid ?

— Oui.

— Tu grelottes.

— C'est vrai.

Il lui frotta le dos, l'embrassa dans le cou.

— Si on allait se réchauffer, lança-t-elle.

— Voilà une bonne idée !

Ils se retrouvèrent au lit, s'aimèrent de nouveau tels des

damnés du plaisir, à s'en faire brûler la peau. Ce fut comme la première fois, torride, intense, ruisselant, ensorcelant. Ils s'examinèrent, se goûtèrent, se dégustèrent dans tous les sens. Elle cria. Il crut la broyer tellement il y mettait de la fougue.

— Tiens-moi les poignets ! ordonna-t-elle, complètement excitée. Ne te gêne pas pour me faire du mal, je suis une vilaine fille.

Il la maintint alors avec une poigne de fer, les bras au-dessus de la tête pendant qu'il la prenait sauvagement.

Elle hurlait, souriait. Il avait des yeux de fous, adorait qu'on lui demande d'oublier sa sagesse.

À la fin, il tomba raide sur le lit. Elle resta inerte.

Ils se sentaient bien, comblés.

Le jour se levait sur la baie. Le soleil pointait au loin. Ce serait certainement une belle journée.

12

Le café fumait. Pastorius le buvait en se brûlant les lèvres. Son portable sonna. C'était Ariel. Elle expliqua ce qui s'était passé durant la nuit. Réfugiée chez Jacques Salvador, elle ne voulait plus quitter son bateau.

Le privé décida de la rejoindre. Isalie voulait venir avec lui mais elle avait à faire, ses invités devaient débarquer à midi. Pastorius la salua par un gros baiser.

La Jaguar brouta plusieurs fois avant de cracher sa fumée. Il fila dans la campagne en espérant bien ne pas se perdre. Isalie lui avait dit de suivre la direction de Cherbourg. Il ne se trompa pas, retrouva bientôt les abords de la ville.

C'était l'heure où les Cherbourgeois allaient au travail, l'heure où les poussettes, les cartables, faisaient leur apparition. C'était cette heure où tout le monde va du même côté, en même temps, avec la mine des mauvais jours car plus loin c'est l'école ou le boulot.

Pastorius avait le sourire, lui. Avec la nuit qu'il venait de passer, il lui aurait été difficile de ne pas voir la vie du bon côté. Cette Isalie était une furie, une fée, une diablesse et une princesse des mille et une nuits à la fois.

La voiture se gara près du Long-John. Le privé appela Ariel. Il ne savait pas quel était le bateau de Salvador. Il vit l'homme à la face usée lui tendre la main. L'embarcation était non loin du vieux remorqueur. C'était un petit pêche-promenade en piteux état lui aussi. De la mousse verte recouvrait une partie de la coque. Le bateau de Salvador avait pour nom *Salvador*. Au moins, on était sûr de ne pas se tromper.

Le détective monta à bord, entra dans la cabine. Ariel était assise à la table. Ils se saluèrent, elle raconta en détail ce qu'elle avait vécu. Pastorius but un nouveau café.

Elle portait une doudoune cintrée noire se terminant à la taille et un bonnet bleu marine. Salvador avait un caban bleu, un bonnet de la même couleur.

Un journal trônait sur la table avec la photo du port de Cherbourg en une. Le titre était évocateur : *Crime barbare dans la baie*.

— Vous avez rencontré Isalie ? dit Ariel.

— Oui.

— Ça s'est bien passé ?

— Oui, très bien. Elle m'a conté l'aventure du Léopoldville.

— Et ?

— Et quoi ?

Elle fixa Pastorius avec une moue presque souriante, surtout interrogative.

— Je connais bien Isalie, elle est plutôt open et…

— Et ?

— Non, laissez tomber !

Pastorius sentait bien qu'Ariel le trouvait trop calme après avoir rencontré Isalie. Elle devait bien connaître son amie, pensa le privé, ou bien s'étaient-elles appelées en se livrant à certaines confidences.

— Expliquez-moi ce qui s'est passé exactement pour Karl ? demanda Pastorius. Il a plongé sur le Léopoldville, et après ?

— Et avant, plutôt ! répondit Salvador. C'est avant que les emmerdements ont commencé.

— Expliquez-moi.

— Ariel, Karl et moi, on travaillait tous les trois pour La Cité de la Mer avant que Blue débarque. On ne faisait pas que ça, on bossait aussi pour nous à côté, on faisait un peu de tout. On est des indépendants, on aime bien notre liberté.

Pour La Cité de la Mer, on participait aux programmes d'exploration des sites marins de la région. On faisait plonger des groupes sur les épaves, on faisait de la découverte, de l'archéologie.

— Et puis le grand méchant Blue est arrivé, affirma Ariel, avec ses grandes envies et ses dollars qui ont tout balayé sur leur passage.

— Ils nous ont dit qu'il fallait voir plus grand, qu'il fallait être plus professionnels, plus commerciaux, plus, plus, plus… Avec nos vieux bateaux, on faisait tache, donc soit on acceptait de devenir des salariés de Blue à part entière en mettant nos navires à la casse, en obéissant aux ordres, en suivant leurs directives, soit on giclait tout de suite, maintenant.

— Et vous avez giclé tout de suite, maintenant.

— Bah, oui, c'est ça. On est partis avec nos embarcations pourries voguer vers d'autres mers plus clémentes.

Une odeur de moisi imprégnait les lieux. Le privé avait horreur de ce genre de fragrance. Et puis Salvador sentait le type qui ne s'est pas lavé depuis huit jours.

— On est partis plein sud vers la Méditerranée, dit Salvador. Le Long-John est allé de son côté, et le Salvador du sien.

— Vous avez appelé votre bateau par votre nom, amateur du culte de la personnalité ?

— Oui, je m'aime bien… Non, en fait, c'est plus simple que ça, si tu cherches la barcasse de Salvador sur un quai, c'est écrit dessus, tu peux pas te tromper donc tu me trouves à tous les coups.

— On a fait ce qu'on a voulu, on a bricolé çà et là et puis Karl en avait assez du sud, on est remonté plein nord et retour à Cherbourg, car après tout, on a le droit d'aller où on veut.

Il y avait une petite photo de Karl incrustée dans une plus grande sur le journal. Il avait l'air d'un homme sympathique au caractère affirmé.

— Mon frère m'a dit, il y a quinze jours : « on va plonger dans le coin, et si Blue se pointe, on les scalpe, ces bandes d'emmerdicains de quatrième zone ! »

— On a fait quelques plongées sur le Léopoldville, et la police s'est pointée. On s'est fait embarquer.

— Karl ne voulait pas en rester là. Il s'est battu avec Lerner qui l'a de nouveau coffré. Il est encore ressorti, et cette fois on l'a repêché comme vous savez. C'est Lerner qui l'a tué, et a fait croire à un crime de détraqué avec cette histoire de croix gammée.

— Il n'avait pas besoin de le tuer, dit Pastorius. Il lui suffisait de le coffrer à nouveau. Pour tuer de la sorte, il faut une bonne raison.

— Vous le défendez ?

— Non, j'essaie juste de comprendre ! Vous commencez à me fatiguer avec vos raisonnements de sales gosses. À chaque fois qu'on parle de Lerner ou de Blue, vous montez sur vos grands chevaux. Vous êtes avec nous, contre nous ! Ce n'est pas comme ça qu'on va comprendre quelque chose à toute cette affaire.

— Te fâche pas, bonhomme, lança Salvador sur le ton de la menace, ici, t'es sur mon bateau.

— Très bien, donc Karl plonge sur le Léopoldville, et après ?

— Il est parti tout seul, déjà, releva Ariel. On ne plonge jamais seul d'habitude, je ne sais pas ce qui lui a pris.

— Il ne vous a pas prévenu lorsqu'il est parti ?

— Non. Il ne fait jamais ça. D'autant que le Léopoldville est une épave difficile. Il y a de forts courants, on ne voit pas grand-chose, et il faut utiliser des mélanges de gaz, c'est une technique particulière, il faut faire très attention. Entre le moment où il a plongé et le moment où on l'a retrouvé, il s'est passé environ vingt-quatre heures. Que s'est-il passé pendant ce temps-là ? Je ne le sais pas.

— Il y a eu ce message sur le téléphone avec les lettres.

— Oui. Il a disparu à la suite de cette plongée. Je l'ai appelé sur son portable, rien. Je n'ai pas alerté les autorités car il n'avait pas le droit de plonger sur le Léopoldville, il n'avait pas d'autorisation, et seul Blue est habilité à le faire.

— Une fois sa plongée terminée, il vous a appelé.

— Oui, je vous ai dit qu'il m'a parlé de ce coffret. C'est celui-là même que cherche le tueur. Il a dû le planquer quelque part.

— Votre frère a donc dissimulé le coffret ?

— Oui, je pense. Et ce qu'il y a dedans a dû mériter qu'on le tue.

— Le tueur a été en contact avec Karl après sa plongée. Comme celui-ci ne lui a pas fourni ce qu'il cherchait, ce fameux coffret, il l'a tué et s'est dit que vous deviez savoir où il était.

— Il a très bien pu le cacher à terre, proposa Salvador. Après la plongée, il est peut-être revenu en Zodiac sans se faire remarquer, a planqué le coffret quelque part et là, le tueur lui tombe dessus, le massacre et le ramène en mer pour faire croire que le meurtre a eu lieu là-bas.

— Vous feriez un excellent détective, Jacques, dit Pastorius.

— Merci, mais moi, plongeur, ça me va très bien.

Tu peux aussi très bien être le tueur, songea Pastorius. Avec tes airs de bon copain, d'ami pour la vie, tu pourrais parfaitement avoir eu envie du coffret, toi aussi.

Le suspect se niche partout, possède tous les visages. Le privé avait acquis cette certitude par l'expérience. Il ne fallait jamais négliger personne et surtout pas les bons amis, les fidèles, les êtres au grand cœur, ceux qui sont toujours prêts à tendre la main.

— Karl a pu remettre le coffret sur le Léopoldville, dit le privé, au lieu de le cacher à terre.

— C'est peu probable. Plonger une fois, tout seul, sur cette épave, c'est déjà dangereux, alors deux fois…

— Avait-il des ennemis connus, de vieilles histoires qui auraient mal tourné, ce genre de choses ?

— Non, pas à ma connaissance, répondit Ariel. Mais c'est vrai qu'avec les années, il avait accumulé certaines animosités, des rancœurs par-ci par-là, il avait tellement rencontré de monde dans son travail que…

— Et puis il devait du fric à pas mal de monde, renchérit

Salvador. Karl ne savait pas compter. Mais de là à ce que ça se termine en meurtre, je ne crois pas que ça pourrait aller jusque-là.

— Vous travailliez avec votre frère depuis longtemps ?

— Depuis cinq ans. Au début, je faisais de la plongée pour le plaisir, c'est lui qui m'a initiée. Et puis après, j'y ai pris goût et j'en ai fait mon métier.

— Mais moi, je plonge moins profond que Karl, je n'ai pas du tout son expérience. Vous savez qu'il a participé à des missions d'exploration importantes à bord de l'Alvin ?

— L'Alvin ? Qu'est-ce que c'est ?

— C'est un célèbre sous-marin d'exploration. Il est descendu à bord à quatre mille cinq cents mètres de fond. Il a vu de ses propres yeux les fameuses sources hydrothermales avec leurs sortes de cheminées à deux mille cinq cents mètres de profondeur.

— J'aurai bien voulu en être, dit Salvador.

— L'Alvin, enfin une réplique de l'Alvin est exposée à La Cité de la Mer. Vous l'avez vue ?

— Non. Je n'y suis pas allé.

— Vous devriez.

Salvador tenait la main d'Ariel. Pastorius voyait la marque du couteau sur son cou.

— Je vais m'y rendre.

— Moi, je ne peux plus mettre les pieds là-bas, affirma-t-elle. Avec ce qui s'est passé, je suis interdite de Cité.

Une sirène retentit. Ils tournèrent la tête vers le bruit. Salvador sortit sur le pont, vit le navire qui se faisait entendre.

— C'est le Blue-One. Il va accoster. Venez voir !

Pastorius le rejoignit ainsi qu'Ariel. Un navire bleu et blanc passait sur le bassin principal.

— C'est le navire amiral de la flotte de Blue, c'est un bateau de recherche. Il vient sans doute pour la parade prévue en fin de semaine.

— Il est doté de tous les équipements les plus modernes en termes de détection, de localisation, d'exploration… Il paraît que c'est une Rolls dans le domaine.

— Il doit faire une centaine de mètres de long, suggéra le détective.

— Oui, il fait cent douze mètres, c'est ce qu'on fait de plus gros dans l'exploration. À l'Ifremer, ils n'en ont pas des comme ça.

Il était haut sur la mer, muni d'une forêt de mâts, d'antennes, de radars. Il avait l'air puissant, prêt à affronter du gros temps. Sa proue massive était relevée comme les remorqueurs de haute mer.

— Il ne manquait plus que celui-là pour que la fête soit complète, râla Salvador. C'est l'invasion.

— Ils attendent d'autres bâtiments, ajouta Pastorius, comme le HMS Belfast.

— Ils pillent tous les musées maritimes du monde pour faire leur parc aquatique où les billets seront vendus à prix d'or. Ça va être la fête du dollar, ici.

Le détective prit son téléphone. Il venait de recevoir un message. C'était Hemerzogh qui s'inquiétait car il ne lui avait pas donné signe de vie depuis la veille.

Il l'appela, lui expliqua qu'il n'avait pas dormi sur le Jeremiah O'Brien sans lui fournir plus de détails. Il lui indiqua qu'il voulait faire une visite de La Cité de la Mer. Son ami lui dit qu'il désirait l'accompagner. Il l'attendrait devant l'entrée.

— Vous êtes sûr que vous ne jouez pas sur les deux tableaux ? demanda Salvador. Vous nous dites que vous êtes avec nous et vous faites le cheval de Troie pour leur compte !

— Faites-moi confiance.

— Moi, je vous fais confiance, s'exclama Ariel. Si vous avez plu à Isalie, vous ne devez pas être un mauvais gars.

— Et pourquoi lui aurai-je plu ?

— Eh bien, parce qu'elle me l'a dit. Le téléphone, ça sert aussi à ça, non ?

Tout à coup, le bateau bougea. Quelqu'un montait dessus. Pastorius reconnut le mammouth du bar avec qui il avait eu des mots. Il passa la tête dans la cabine.

— Qu'est-ce que tu fais là, toi ? s'écria-t-il en dévisageant le privé.

— Calme-toi, François ! Il est des nôtres.

— Ah ! bon, c'est nouveau ça !

— Oui, viens et assieds-toi.

Le détective sentait qu'il était prêt à lui bondir dessus. Il se tenait sur ses gardes comme s'il était face à un gros chien qui montre ses crocs. Il prit place autour de la table sans lâcher Pastorius du regard.

— Si vous cherchez quelqu'un à qui Karl devait du pognon,

dit Ariel, vous en avez un devant vous.

— François est, comme qui dirait, le chef des anti-Blue. C'est un patron pêcheur, un Cherbourgeois pur souche qui ne s'en laisse jamais compter.

— Parfait ! fit le privé. C'est vous qui avez été arrêté par la police hier pendant la manifestation, sans doute.

— Oui, c'est moi, François Brasselier, l'emmerdeur public numéro un, et je ne vais pas me gêner pour continuer. Une fois de plus, ils m'ont emmené et comme il n'y avait rien contre moi, ils m'ont relâché, ces bandes d'abrutis.

Il avait l'œil sévère. Son ventre s'enfonçait sur la table tellement il était gros.

— Je vais devoir vous quitter, dit le privé. Je vais faire la visite de la Cité. Ariel, par rapport aux menaces…

— Quelles menaces ? interrompit Brasselier.

— On t'expliquera.

— Ne quittez Salvador sous aucun prétexte. Je viendrai vous rejoindre ce soir. À nous tous, le tueur n'osera pas nous attaquer.

— Qu'est-ce que vous racontez là ? s'inquiéta Brasselier. De quoi parlez-vous ?

— De votre ami le sous-marinier, répliqua Pastorius, celui de la légende, le grand méchant nazi brûlé, il cherche un coffret mais nous allons le trouver avant lui.

13

Toute cette histoire donnait mal au crâne à Pastorius. Il quitta le bateau, se dirigea vers La Cité de la Mer.

Il ne comprenait rien à ce film de guerre qu'il vivait comme acteur et spectateur. Le scénario restait flou. Il y avait les bons et les méchants mais qui était réellement bon ou méchant au-delà des apparences ?

Hemerzogh l'attendait face à l'entrée. Ce dont le privé était sûr, c'était que son vieil ami était dans le mauvais camp. Mais il fallait faire avec, il n'y avait pas de possibilité de repli, ni de fuite possible. L'amitié peut avoir un goût amer, elle l'avait pour le moins en ce moment.

— Alors, mon vieux, je commençais à croire que tu voulais m'éviter.

— Non, pas du tout, répondit Pastorius en lui serrant la main mais tu sais, on rencontre des gens et…

— Ah oui ! Tu fais bien de m'en parler, tiens. On m'a dit que tu fréquentais certaines personnes qui… enfin…

— Oui… qu'est-ce que tu veux dire ?

— Des infréquentables, quoi, des… c'est ce qu'on m'a dit… moi je…

— Je ne vois pas de quoi tu veux parler ?

Il se mit à rire et :

— Allons, viens visiter La Cité, on en reparlera plus tard, mais tu vois, on sait tout ici.

Ils pénétrèrent dans le hall d'entrée. Des sous-marins de recherche aux couleurs vives y étaient exposés. Il y avait un grand escalier. L'ancienne gare maritime était très haute, large, monumentale.

— Bientôt on va tout changer, ici. On va créer un paysage de hauts-fonds de toutes pièces, un énorme décor marin avec une baleine géante, un cachalot, des orques. Et il faudra payer pour le voir parce que pour l'instant, ce premier hall est gratuit, c'est n'importe quoi, non mais quelle idée ?

— Moi, je le trouve très bien, ce hall.

— Mais non pas du tout, ça manque de fun, voyons ! Il faut du tape-à-l'œil, de l'époustouflant, pour attirer le curieux, l'hésitant. Il faut que ça donne envie ! Là, on se croirait dans un cimetière de sous-marins. Moi, je veux qu'on ait l'impression d'être chez Disney.

— Je n'ai pas la même impression que toi. Moi, ça me donne vachement envie.

— C'est le fait de côtoyer tes amis, les fouille-merde d'anti-Blue, qui te fait penser comme ça ? Allez, non, je déconne, je t'ai dit qu'on en reparlerait plus tard.

Le privé observait les submersibles. Il y en avait un qui était imposant. Jaune et marron, il avait pour nom Archimède. Un grand panneau bleu indiquait les profondeurs correspondant à chaque bâtiment.

— Il est descendu à moins onze mille mètres celui-là ?

— Oui, c'est lui qui détient le record du monde. Il est allé tout au fond, dans les abysses. Lui, on va le garder, les autres on verra bien ce qu'on en fera. On les mettra sans doute dans un coin pour les exposer mais pas à l'entrée. Tu comprends, ça fait un peu décharge pour vieilles coques.

— Moi, j'aime beaucoup.

Le détective vit l'Alvin au-dessus de sa tête, celui dans lequel Karl avait plongé. Il était blanc, surmonté d'un petit kiosque rouge. L'avant était équipé de bras avec des pinces. De minuscules hublots servaient à se repérer.

— Viens, je t'emmène voir notre nouvelle attraction, c'est beaucoup mieux, on va faire un malheur avec ça.

— Tu aimes les vieux bateaux mais pas les sous-marins !

— Si, je les aime, j'attends le U-Boot avec impatience. Là, ce sont des submersibles scientifiques, c'est bien mais les bâtiments de guerre, c'est plus parlant, plus à même de frapper l'imagination. Et le spectateur de La Cité de la Mer, ce qu'il veut c'est en prendre plein les mirettes, apprendre un petit peu mais surtout s'amuser.

— Il en prend déjà plein les yeux.

— Mais non. Laisse tomber, viens par là, tu vas comprendre.

Ils passèrent dans un autre hall. Le paquebot Léopoldville était représenté sur une immense affiche en relief au-dessus du passage. Un titre, tout aussi immense, indiquait : *24 décembre 1944, naufrage du Léopoldville*. Sur le côté se dressait le U-Boot mortel au ras de l'eau. Son commandant observait le paquebot avec ses jumelles. Un petit train de wagonnets attendait sur des rails devant un tunnel.

— C'est un manège forain, ton attraction !

— Non, c'est beaucoup mieux que ça. Gino ! dit alors Hemerzogh à l'un des techniciens qui travaillaient là, lance-nous le programme !

— Eh bien, c'est que j'ai des collègues qui bossent à l'intérieur.

— Ils en ont pour longtemps ?

— Je ne sais pas.

— Va te renseigner, mon brave, et reviens pour me dire que c'est bon.

De grandes fresques sur les murs représentaient des scènes de combat maritime. Les bateaux, les soldats héroïques sortaient du décor comme les personnages monstrueux le font dans les trains fantômes.

— C'est bon, annonça le technicien qui revint en courant. Ça fonctionne, je lance le programme, vous pouvez grimper dans le wagon.

— Alors c'est parti, Joshua, tu vas voir, c'est surprenant !

Le technicien attacha la ceinture des deux hommes.

— Il n'y a aucun danger, prévint Hemerzogh, la ceinture, c'est juste pour créer l'ambiance.

Le train s'ébroua, avança lentement dans le noir puis des flashs apparurent, des explosions se firent entendre.

Après plusieurs virages serrés dans un étroit corridor, la voix s'élargit. C'est un immense espace qu'ils découvrirent. Ils étaient au pied du paquebot. C'était une reproduction géante du bâtiment, presque à l'échelle d'origine. Les wagons suivaient un bassin agité par des vagues. Sous un ciel gris tombait de la neige.

Hemerzogh affichait un sourire radieux. On sentait l'air iodé. Le son des vagues qui déferlaient était saisissant. Des mannequins de GI très réalistes saluaient les wagons.

Le petit train stoppa. Le paquebot avançait lentement. Les GI criaient, on entendait les machines du bateau. La sirène mugit.

Le train repartit, accéléra, fit le tour du bâtiment en le contournant par l'arrière. Le bassin était énorme. Le train s'écarta de la grosse embarcation. L'obscurité se fit d'un coup puis un périscope se présenta sur l'eau. Ils entendirent des mots en allemand. Une torpille passa juste devant eux en sifflant.

Le train vrombit et partit à vitesse rapide en se rapprochant du paquebot par l'autre côté. La torpille atteignit son objectif. L'explosion fut énorme. Le paquebot fut touché de plein fouet. Les wagonnets vinrent fouetter le lieu de l'impact. Le bâtiment se mit à trembler, des soldats et marins, en images projetées, sautèrent dans l'eau. Les vagues se firent plus importantes, la neige également.

Le Léopoldville commença à couler. Les cris des hommes étaient terrifiants. Des canaux étaient mis à la mer. L'un d'eux rompit sa chaîne, termina sa course dans les flots.

Le bâtiment coula de plus en plus vite. Les wagons s'agitèrent, avancèrent lentement, des lumières se virent. C'étaient celles des bateaux de secours.

Une minute plus tard, il ne restait plus que la proue à la surface, puis plus rien. Le petit train jaillit en furie car une grosse vague arrivait, et il s'engouffra dans un couloir sombre, prit de la vitesse, ralentit brusquement. Il était revenu à son point de départ.

Hemerzogh scruta son ami avec de la neige dans les cheveux.

— Alors ? s'écria-t-il, triomphant. Elle n'est pas belle, mon attraction ?

— C'est, en effet, surprenant.

— Quoi ? C'est tout ? Pas plus que ça ?

— Oui, c'est vraiment très bien, les gamins vont adorer.

— C'est exactement ce que je veux, du spectacle pour les mômes, et des explosions.

Ils descendirent des wagons.

— Ce soir, c'est l'inauguration ! En grande pompe avec cocktail et tout et tout.

Pastorius était en train de se recoiffer. Hemerzogh alluma un cigare.

— Allez, on poursuit la visite. Tu es, bien entendu, invité ce soir. Après l'inauguration, il y a une réception sur le Jeremiah O'Brien. Vicky Warwick sera là en personne. Tu verras, elle est extra.

— C'est qui, Vicky Warwick ?

— Tu ne la connais pas ? C'est la présidente-directrice générale de Blue, ma patronne quoi. Elle vient d'arriver sur le Blue-One, tu ne l'as pas vu entrer dans le port ?

— Je l'ai aperçu, en effet.

— Vicky Warwick est la grande prêtresse de Blue, c'est elle qui a repris les rênes du groupe après la mort de son fondateur légendaire, le grand Marcus Brockson.

— Tellement légendaire que je n'en ai jamais entendu parler.

— Bah, il faut te documenter, mon vieux. Brockson est un nom éminemment connu dans le monde maritime. Il est parti de rien dans les années cinquante et il a gravi tous les échelons. Blue est maintenant le second groupe maritime dans le monde. Bientôt nous serons les premiers.

— C'est mieux, en effet !

— Nous touchons à l'exploration, au transport maritime avec des pétroliers, des navires spécialisés de tous types. Nous faisons dans la recherche, le tourisme avec une compagnie de croisière et puis il y a beaucoup d'autres secteurs où nous sommes présents. Le groupe grossit à vue d'œil, il est à l'affût, rachète tout ce qui brasse du dollar, quand c'est possible.

— Et quand ce n'est pas possible ?

— Il le fait quand même, tiens. On sait gagner chez Blue, toujours, les dollars et les moyens de persuasion, il n'y a rien de mieux.

— Tu es bien endoctriné dans la secte, à ce que je vois !

— Une secte comme ça, j'en veux bien une tous les jours, tu sais combien je palpe ici, mon pote ?

Ils entrèrent dans une grande et magnifique salle.

— Annonce le salaire !

— Eh bien, je prends quinze mille billets par moi, ouais,

quinze mille euros !

Le privé se dit qu'il devait au moins être ministre à ce tarif-là, ou bien Blue avait-il tant d'argent à perdre qu'elle le distribuait n'importe comment. Quinze mille euros dans les poches de cette vieille canaille, c'était sûrement pour de bien mauvaises raisons.

— C'est l'ancienne salle d'embarquement de la gare maritime, expliqua Hemerzogh. Celle-là on va la garder, elle est splendide. Tu sais, il y a de la place pour toi ici, si tu veux en prendre un peu, il n'y a qu'à se servir et en plus, on fait un job intéressant, que demande le peuple ?

Pastorius trouvait la salle très élégante. Toute en longueur, dans le plus pur style Art Déco, elle resplendissait avec son parquet ciré et ses grands comptoirs de bois au centre. Une lumière bleuâtre savamment mise en scène créait une ambiance agréable et esthétique.

— C'était la salle des bagages. Le bâtiment a échappé par miracle à la Seconde Guerre. C'est par ici que les grandes stars passaient lorsqu'elles débarquaient du Nouveau Monde.

— Ça met en évidence la fabuleuse épopée transatlantique.

— Oui, des trains entiers amenaient les immigrants jusqu'ici. Le flux était permanent. Après, ils embarquaient sur les passerelles géantes que tu vois là. Ils espéraient trouver une vie meilleure sur le nouveau continent.

Ils sortirent, virent de gros portiques gris attaqués par la rouille. Ils donnaient sur le quai, avaient l'air de monstres usés par les ans, voûtés mais tenant bon.

— On les utilise encore quand les paquebots actuels

accostent ici, dans la darse transatlantique.

— Ce sont de beaux vestiges.

— On va les garder aussi, ceux-là.

— Tu me rassures.

— On ne peut pas tout garder, Joshua. Nous, bientôt, on va nous jeter quand on aura fait notre temps, personne n'est immortel.

— Heureusement.

— Je ne vais pas te faire faire la visite complète. Je sais que les panneaux explicatifs t'ennuient à mourir. On va passer par là, c'est une évocation du drame du Titanic, c'est sympathique.

Ils prirent des couloirs aux lumières tamisées qui rappelaient le plus célèbre des paquebots. On y voyait des photos sur les murs, des éléments du navire, le tout dans une mise en scène très moderne mais respectueuse du climat de l'époque.

— Tu gardes l'expo Titanic ou tu la jettes à la poubelle ?

— Le Titanic et ses glaçons tueurs, ça plaît aux filles, ça leur rappelle Léonardo DiCaprio avec sa mèche au vent, donc je garde mais on va chambouler tout ça, on va la jouer plus spectaculaire mais pour l'instant top secret, je ne peux rien dire.

— Qui est le directeur de La Cité de la Mer ?

— Je ne te l'ai pas dit mais tu as deviné, je pense.

— C'est le gros Hemerzogh ?

— Lui-même. J'ai de grands projets pour ce site, tu sais, et j'ai carte blanche. Pour le Titanic, je suis en contact avec monsieur James Cameron en personne !

— Rien que ça ?

— Eh ouais, carrément, THE James Cameron ! C'est qui le meilleur ? Eh bah c'est moi, tu en doutais encore ?

Ceux qui souffraient de manque de confiance pouvaient prendre des cours avec Hemerzogh. Il ne se démontait jamais, avait toujours réponse à tout.

— On va faire un tour dans le Redoutable, la balade devrait te plaire.

Ils longeaient le sous-marin nucléaire français que le privé avait vu de l'extérieur puis entrèrent dedans par la poupe. Ils déambulèrent au sein du bâtiment, le remontant petit à petit par l'avant.

Ils discutaient tous les deux de ce qu'ils voyaient. Ils marchaient dans un couloir étroit entre des centaines et des centaines de tuyaux de toutes sortes et de toutes dimensions. Des pupitres de commande possédaient un nombre incroyable de boutons, de manettes, de cadrans…

Ils passèrent le long des compartiments vides de stockage des missiles nucléaires, non sans émotion, puis arrivèrent dans la salle des commandes baignée dans une lueur rouge. Le fameux périscope, symbole par excellence des sous-marins, trônait en plein milieu.

Ils continuèrent par les cabines des hommes d'équipage, la cuisine, et terminèrent la visite par des torpilles allongées et se faisant admirer comme de belles donzelles aux jambes interminables. C'est du moins par cette comparaison qu'Hemerzogh les présenta avant de quitter le submersible.

Pastorius avait adoré visiter le sous-marin. C'était beaucoup mieux selon lui que des pancartes explicatives, des reconstitutions, ou bien un manège à sensation.

14

— Qu'est-ce qui vous a pris de buter ce type ? Vous avez perdu les pédales ou quoi ?

— Ça m'a bien plu de lui charcuter la gueule. Si vous aviez vu comment il couinait, on aurait dit un vrai porc.

— Vous deviez juste faire peur à tout le monde en faisant le sous-marinier. Vous avez attiré l'attention sur nous avec vos inqualifiables âneries. Veuillez considérer ça comme une faute, une faute grave même. Vous n'échapperez pas aux sanctions.

— J'en suis bouleversé, vraiment, je crois que je vais faire caca dans mon slip.

— Ne jouez pas au malin et pensez plutôt à votre mission.

Le Kaleunt parlait devant son ordinateur portable. Il utilisait un logiciel comme Skype mais crypté. On ne trouvait pas ce type de programme dans le commerce, il était réservé aux professionnels avertis. L'homme sur l'écran, avec qui il conversait, portait un costume et une cravate. Il devait avoir une cinquantaine d'années.

— Vous devez vous ressaisir et vite, dit-il. Trouvez-moi ce coffret et qu'on en finisse avec toute cette affaire !

Le sous-marinier nageait toujours dans une lumière rougeâtre comme s'il était sous les flots. Il s'était passé un fil électrique autour des deux épaules, un peu comme s'il avait enfilé un sac à dos. Il pressa un bouton qui déclencha le courant, trembla de tout son corps et poussa un cri de douleur.

— Qu'est-ce qui vous arrive ? demanda l'homme sur l'écran, qu'est-ce que vous avez ?

— Ce n'est rien, c'est une souffrance passagère.

Il appuya de nouveau, hurla encore.

— Eh bien, qu'est-ce que c'est ? dit l'autre.

— C'est bon ! lâcha le sous-marinier, la douleur est délicieuse.

Il frappa sur la table.

— Vous êtes barjot, cessez tout de suite vos conneries.

— Si je veux.

— C'est un ordre.

— Tu es loin avec tes ordres, alors ferme-là, connard !

— Quoi ? Qu'est-ce que vous dites ? Vous savez à qui vous parlez ?

— Ouais, je sais.

— Si vous ne vous contrôlez pas, j'envoie quelqu'un d'autre pour vous remplacer. Vous ne vous êtes pas fait repérer au moins ?

— Non, tout va bien.

— Eh bien alors, qu'est-ce qui ne va pas ?

— Je vous répète que tout va bien.

— Alors, on coupe la communication. Limitez-vous à votre mission et ne faites pas de nouvelle bavure.

L'homme derrière l'ordinateur quitta le programme. Il était assis sur un grand fauteuil en cuir devant un immense bureau design. Une baie vitrée laissait apercevoir une ville, plus bas. Un fleuve passait au pied de l'édifice où il se trouvait.

Il quitta son bureau, gagna un couloir, croisa une femme en tailleur sombre puis un homme en costume. Il arriva dans un autre bureau, échangea des mots en anglais avec une femme assise, là.

— Nous avons un problème avec Cherbourg, indiqua-t-il, je crois que notre agent est en train de péter les plombs.

— Non ?

— Oui, nous allons le perdre si ça continue.

— Mais comment est-ce possible ?

— Je ne sais pas. C'est un de nos meilleurs éléments, je ne comprends pas. Préparez-vous à partir au cas où il faudrait le remplacer. Nous allons voir dans les heures à venir ce qui va se passer là-bas.

L'interlocuteur du Kaleunt retourna dans son bureau. Il s'assit dans son fauteuil moelleux, pivota lentement et regarda la ville sous ses yeux. La Tamise était immuable, calme, imposante mais cela ne le rassurait pas du tout.

*

La pluie avait fait son apparition sur Cherbourg dans l'après-midi. Elle était venue puis était repartie, avait lavé les quais encore maculés du sang des poissons tombés des caisses. Chargées dans les camions, elles gagnaient les étals ou les restaurants. Elles étaient attendues dans la ville, plus loin, à Paris et ailleurs.

Pastorius avait été invité par Hemerzogh dans un petit restaurant de sa connaissance. Ils avaient dégusté une excellente sole, et bu de bonnes bouteilles. Le repas avait traîné en longueur, les digestifs s'étaient succédé.

Ensuite, le privé avait eu droit à une visite complète du Jeremiah O'Brien. Il l'avait inspecté, de la passerelle aux cales, en passant par les ponts et l'ensemble des coursives.

Ils avaient devisé ensemble sur la guerre, sur leur passé. Le gros homme avait essayé plusieurs fois de savoir ce que le détective fricotait avec les anti-Blue. Pastorius n'avait pas lâché le moindre mot là-dessus. Il s'était contenté de dispenser de vagues réponses.

Au retour, alors qu'ils étaient à pied, le privé avait encore cru voir la voiture rouge de Mona-la-mocheté. Elle était passée près de lui à toute allure. Il s'était écarté pensant qu'elle voulait lui rouler dessus. Pastorius n'avait pas reconnu le conducteur ou la conductrice mais c'était une Panda rouge. Hemerzogh avait ri en voyant son ami faire un écart. Il n'avait pas eu peur, lui, avait mis ça sur le compte du repas bien arrosé.

Le soir était arrivé et l'inauguration de la nouvelle attraction du Léopoldville également. Une foule importante s'était rendue sur place. Le privé était resté dans sa cabine pendant ce temps-là. Il s'était assoupi.

Il était ensuite allé voir Ariel qui était revenue sur le Long-John en compagnie de Salvador. Il leur avait expliqué qu'il devrait assister au cocktail sur le liberty-ship avant de les rejoindre. Il leur rappela de faire attention et de ne quitter le bateau sous aucun prétexte.

La foule s'était maintenant déplacée de La Cité de la Mer vers le Jeremiah O'Brien. Plus d'une dizaine de véhicules de CRS gardait les environs. Des barrières en nombre étaient disposées un peu partout.

Des manifestants s'agitaient à une distance respectable. Ils ne pouvaient pas s'approcher. Les hommes en bleu étaient plus nombreux qu'eux. Ils criaient de loin, brandissaient des pancartes en essayant de troubler l'inauguration le plus possible.

Les invités s'étaient rassemblés sur les ponts du liberty-ship recouverts par des toiles. Pastorius les rejoignit.

Il y avait du monde, beaucoup de monde pour inaugurer *24 décembre 1944, naufrage du Léopoldville* comme indiqué sur les affiches placardées un peu partout.

Le champagne ne coulait pas encore. On attendait le discours officiel de madame la présidente-directrice générale de Blue, « la grande, la fantastique, la majestueuse » Vicky Warwick, dixit les invités impatients de la voir.

Des gens que Pastorius ne connaissait pas, avec robes de marques et costumes faits sur mesure, qui ne tarissaient pas d'éloges sur elle. Encore un peu, se dit-il, et il va falloir lui dresser une statue géante sur le port de Cherbourg. New York n'a qu'à bien se tenir.

Et comme une fête n'en serait pas une sans invité surprise, les manifestants continuaient à scander, au loin, avec des haut-parleurs. On les entendait du bateau. Les invités officiels, eux, faisaient semblant de ne rien entendre.

Le détective ne voyait pas Hemerzogh. Il devait être dans les coulisses.

— Alors on se mêle à la foule ? lui dit-on alors derrière lui.

Il pivota. Lerner le regardait avec un petit sourire narquois.

— Oui, je prends part à la petite fête de la secte.

— Blue est une secte, vous croyez ?

— Non, pas vraiment, c'est juste une grosse araignée qui dévore tout sur son passage.

Il rit, affichant des dents jaunâtres.

— C'est pas faux, ce que vous dites.

— Je pense qu'ils vous payent bien pour arrondir vos fins de mois.

— Oh là ! Attention, non, faites gaffe à ce que vous dites, moi je suis un simple et honnête fonctionnaire.

— Oui, bien sûr.

— Il faut savoir être accommodant avec les opportunités. Vous devriez vous aussi essayer la méthode Blue.

— Et c'est quoi, la méthode Blue ?

Son téléphone sonna. Il écouta brièvement son interlocuteur.

— Tenez, Pastorius, je vais vous prouver que je suis un bon petit fonctionnaire. Tu peux y aller, dit-il à celui à qui il parlait au téléphone. Regardez par là-bas, ajouta-t-il en s'adressant au privé, et en pointant en direction des manifestants.

Durant quelques secondes, il ne se passa rien. Enfin, une valse de cris déferla. De l'eau également, beaucoup d'eau. Les policiers utilisaient un canon à eau pour faire fuir les anti-Blue. Tout le monde s'éparpilla, reflua. Les haut-parleurs se turent. Il y eut des coups de fusil, de la fumée.

La foule, sur le Jeremiah O'Brien, applaudit. Les blagues fusèrent contre « les gauchos, les cégétistes, les loosers… »

Pastorius avait envie de les remettre à leur place, de foutre le camp d'ici. Il ne le fit pas. Un tonnerre d'applaudissements envahit les ponts du Jeremiah O'Brien. Les invités se groupèrent vers la poupe comme un nuage de sauterelles. Le privé suivit les insectes.

Le détective reconnut la voix caverneuse d'Hemerzogh dans un micro. Il se retrouva dans le fond, derrière la masse des invités. Le balourd avait sorti un costume gris étincelant qui lui donnait des airs de star de la chanson. On aurait dit un Barry White blanc sans cheveux mais avec une belle donzelle près de lui comme aimait le chanteur.

Elle portait une robe fine dans les tons cuivrés. Elle était métisse, avait des cheveux courts. Elle souriait, balayait du regard la foule de gauche à droite comme le rayon d'un phare irradiant les côtes plongées dans le noir. Tous semblaient se prosterner devant elle, n'avaient d'yeux que pour elle.

Hemerzogh parla peu, proposa quelques mots bien sentis au public impatient, avant de passer le micro à la reine d'un soir.

Miss Warwick entra en scène, mena son discours avec un petit accent *made in USA*.

Elle commença à pas feutrés, avec une petite voix. Puis son ton se fit plus affirmé, plus entreprenant, plus démonstratif.

Elle monta en température au fur et à mesure qu'elle vantait les mérites de la nouvelle attraction. Elle prit de l'altitude dans le propos, déversa des tonnes de chiffres, des résultats mirobolants en dollars.

Les applaudissements succédèrent aux applaudissements. Une fois la machine lancée, ce fut presque Aretha Franklin sur scène. Sa voix poussait haut et fort, et les gens médusés en redemandaient comme des groupies en extase. À défaut de chansons, elle scandait des bilans comptables, des perspectives mirobolantes de bénéfices.

Pastorius hallucinait de voir un tel concert. L'artiste qui se produisait était une véritable bête de scène. Plus les chiffres étaient hauts, plus le public riait, tapait joyeusement des mains. On aurait dit un séminaire d'azimutés avec un compte en banque à la place du cerveau.

Enfin, le discours se termina en feux d'artifice de promesses en tous genres, la plus extravagante étant de créer d'ici à cinq ans un gigantesque parc à thème sur le débarquement. Blue devrait racheter la plage entière d'Omaha Beach pour en faire « un monumental lieu d'Histoire et de détente ».

Tourbillon d'applaudissements, public sous le charme, conquis et reconquis. Il se jeta sur les bouteilles de champagne. Les bouchons sautèrent, les verres se levèrent très haut au son de Glenn Miller.

Le privé se fraya un passage jusqu'au bar, prit un whisky, une coupe. Il alla ensuite voir Hemerzogh blotti près de sa chère patronne.

— Vous désirez du champagne ? demanda-t-il à Vicky Warwick.

— Avec plaisir, fit-elle avec un sourire de convenance.

— Voici Joshua, annonça Hemerzogh. C'est un bon ami.

— Enchantée, répondit-elle en levant son verre.

— Joshua va certainement travailler pour nous, j'ai besoin de lui.

— Ah oui ? Et pour faire quoi ?

— Comme conseiller historique, entre autres.

— Très bien.

Pastorius regarda son ami d'un air agréable. Il ne voulut pas le mettre mal devant sa chère présidente-directrice générale. Il était hors de question qu'il œuvre pour Blue. Hemerzogh devait s'en douter mais il lui forçait la main comme à son habitude, c'était sa marque de fabrique.

— Mais pourquoi dites-vous « certainement » ? fit Vicky Warwick. C'est « oui » ou c'est « non », et avec Blue on n'hésite pas, on fonce ou on fuit, il n'y a pas de juste milieu.

— J'ai cru le comprendre durant votre brillant exposé.

— Merci.

Le visage de la jeune femme d'une trentaine d'années ne montrait rien, juste un indicible sourire de façade. Elle se tenait bien droite, était de la même taille que Pastorius.

— Blue a un grand avenir, vous savez, il faut nous rejoindre et vite. Si Paul-Louis vous veut, alors je vous veux aussi.

— Bien.

— Tout va changer ici. Bientôt on ne reconnaîtra plus l'endroit. Paul-Louis m'a dit que nous étions dans la plus grande rade artificielle au monde, il faut donc un complexe à la hauteur de l'endroit. On va d'ailleurs commencer par le nom, La Cité de la Mer, c'est beaucoup trop ringard, on va trouver mieux, bien mieux. Il faut quelque chose de plus rapide, de plus accessible.

— LCDLM ! lança alors Hemerzogh, ce sont les initiales de La Cité de la Mer. LCDLM, c'est bien, non ?

— Non, c'est minable, Paul-Louis, s'exclama Vicky Warwick. Trop compliqué, out ! Zéro ! Il faut quelque chose comme Maritimia, Merimia, Aquamiria, vous voyez le genre, il faut un nom qui sonne et fasse maritime, parc d'attraction, et surtout pas vos lettres qui se succèdent et me font penser à la SNCF ou la RATP.

Pastorius prit son téléphone pour remonter ses messages. Il trouva vite ce qu'il cherchait, celui d'Ariel quand elle avait envoyé celui de son frère, le dernier avec les lettres. Il lut : *LCDLM BMWJO-1*.

— Bingo !

La Cité de la Mer, c'était donc le début du message. Et si Karl avait caché le coffret dans La Cité de la Mer ? songea le privé. Ça pouvait être parfaitement possible.

Il sentit son corps s'échauffer tout à coup. Il resta encore un certain temps à écouter miss Warwick la mégalo, et Hemerzogh le suffisant.

Il se contint gentiment en pensant à ce qu'il venait de

découvrir. Il bouillonnait, il trépignait.

Quand il en eut vraiment assez, il prit la poudre d'escampette. Direction le Long-John, il avait une petite énigme à élucider.

15

Il n'y avait pas une mouette sur le vieux remorqueur, pas un marin, pas d'Ariel avec ou sans son garde du corps.

Pastorius alluma la lumière dans la cabine, appela, fit un tour rapide. Il revint dans la cabine. Où étaient-ils ? Sur le bateau de Salvador peut-être ?

Il quitta le Long-John. Direction le Salvador. Il monta à bord. Pas de Salvador non plus sur le Salvador, et encore moins d'Ariel.

Alors maintenant, où les chercher ? Il réfléchit, se dit que leur absence devait avoir une signification.

Et s'ils étaient retrouvés eux aussi avec une croix gammée plantée sur le crâne, à nager dans le port ? C'était possible.

Non, idée à rejeter, à fuir, à émettre en dernière instance.

Voyons, se dit-il, Ariel est peut-être partie se réfugier ailleurs pensant que les bateaux étaient des lieux trop risqués. Chez son amie Isalie, ce serait une bonne solution.

Il l'appela. Elle répondit rapidement, confirma la présence

d'Ariel et Salvador chez elle.

— Très bien, dit Pastorius. Tout va bien ? Il n'y a rien de grave ?

— Ça va. Ils ont préféré venir ici. Ariel avait peur de rester à Cherbourg.

— Parfait, j'arrive, à tout à l'heure.

Ils raccrochèrent. Le détective était rassuré. Il n'aurait pas eu envie de les repêcher, même il aimait particulièrement les macchabées, un peu comme un collectionneur. Certains entassaient des cravates, d'autres des boîtes à fromages. Il y avait aussi les amateurs de bouteilles de bière, de tableaux, de vieilles montres, de fossiles ou d'animaux empaillés. Lui, c'était les cadavres. Pour un peu il aurait pu les empailler eux aussi, les entreposer chez lui. Il en aurait fait une belle galerie de monstres.

Il monta dans la Jaguar, fila. Il était vingt-deux heures passées. Il n'y avait pas foule dans Cherbourg. Il sortit rapidement de la ville. Après quelques kilomètres, ce fut la campagne, les petites routes, et cette fois la maison d'Isalie sans se tromper.

Il découvrit les deux réfugiés, la maîtresse de maison dans le salon.

— Monsieur Pastorius, lança Isalie, comment allez-vous ?

— Bien, et vous ?

— J'ai accueilli ces deux naufragés. Il paraîtrait qu'ils ont un tueur à leurs trousses ! Ce n'est pas vous, au moins ?

— Non, je ne pratique pas ce sport-là.

— Et quel sport pratiquez-vous ?

— Je vous l'expliquerai plus tard !

Le privé reçut un baiser sur la bouche en cadeau de bienvenue. Il s'assit sur un des canapés, annonça sa découverte.

— J'aurai dû y penser avant, déclara Ariel. La Cité… bah oui !

Salvador tenait la jeune femme par l'épaule.

— Ouais, lança-t-il. Et maintenant, on fait quoi ?

— On pense, Jacques ! dit Isalie. Nous ne serons pas trop de quatre pour résoudre l'énigme de ce message. Donc on a dit :

— LCDLM BMWJO-1 répondit Ariel. Donc La Cité de la Mer… BMW… JO…

— Tu connais quelqu'un qui a une BMW ? lui demanda Salvador.

— Non, pas que je sache.

— JO, dit Isalie… rien à voir avec les Jeux Olympiques je pense, mais bon, sait-on jamais.

— Est-ce que quelque chose se rapporte à BMW à La Cité de la Mer ? demanda le privé.

— Non, dit Salvador, je ne crois pas.

— Même question pour les Jeux Olympiques !

— Non plus, je pense… à vérifier quand même.

Pastorius proposa des cigarettes. Isalie accepta.

— Et ce « 1 », qu'est-ce que c'est ? fit Ariel.

— Ça peut désigner un secteur, le secteur 1.

— Je ne vois pas ce que ça peut être dans La Cité.

— Ou alors ce serait moins 1, dit Isalie.

— Oui, pourquoi pas. Mais moins 1 de quoi ?

Salvador sortit un paquet de tabac, de feuilles et de l'herbe. Il commença à se confectionner une cigarette.

— Moins 1 par rapport à ce qui est écrit avant, lança Ariel, par rapport à BMWJO.

— Oui, mais encore ?

— Eh bien, BMWJO -1 ! lâcha Ariel, égal…

— Égal quoi ?

— Je ne suis pas très calée en math, dit la jeune femme, alors je laisse mon tour.

— De toute façon, fit Pastorius, ce code ne doit pas être très compliqué à trouver car Karl n'a pas dû avoir beaucoup de temps pour l'envoyer.

— Oui, c'est vrai, renchérit Isalie. S'il la fait, c'est qu'il était pressé et dans l'incapacité de téléphoner sans doute. Sinon il aurait tranquillement appelé et expliqué où était le coffret.

— Ou bien, il l'a fait par peur que la conversation soit entendue. Il était peut-être caché quelque part. Le message était le seul moyen de communiquer sans se faire repérer.

Isalie regardait en l'air. Pastorius observait Isalie. Ariel fixait la cheminée. Salvador achevait de rouler son petit cylindre.

— L'inspiration va venir, je le sens, fit Isalie.

— Après deux ou trois taffes de mon super Bob Marley spécial dream, dit Salvador, je vais vous la résoudre, votre énigme.

— Ce n'est pas la peine, dit Isalie, je crois que j'ai trouvé.

Pastorius, qui observait Salvador concentré sur la

préparation de sa cigarette relaxante, fixa la brune en noir.

— Le moins 1, précisa-t-elle, est à utiliser en prenant chaque lettre et en lui retirant une lettre. On fait une lettre moins une lettre.

— Et ?

— B moins une lettre dans l'alphabet donne A, M donne L et ainsi de suite et on obtient… dites-moi ce qu'on obtient ?

— On obtient Alvin ! déclara Pastorius en souriant.

— Eh ouais !

Ils se regardèrent un instant sans rien dire, surpris.

— Ça veut dire, dit Salvador, qu'il a réussi à pénétrer dans La Cité de la Mer, qu'il a grimpé dans le sous-marin qui est suspendu en l'air, et qu'il a mis le coffret dedans. Il est drôlement balaise le Karl s'il a fait ça ?

— Il faut croire qu'il l'est.

Il a dû le faire durant la nuit, suggéra Ariel. Il connaît bien le site, on y a travaillé donc ça aide. Et puis ce serait logique qu'il ait placé le coffret là car c'est le submersible avec lequel il a exploré les fonds marins.

— On aurait pu y penser avant.

— Il faut donc que nous fassions comme lui, lança Pastorius. Nous allons partir en expédition dans La Cité de la Mer.

— Quand va-t-on se lancer ? demanda Isalie toute excitée.

— Dès cette nuit !

*

La Jaguar filait vers Cherbourg. Isalie était au volant. Elle s'était attribué le titre de chauffeur du gang. Pastorius était à ses côtés, Ariel et Salvador à l'arrière.

Personne ne parlait. On regardait la nuit, on écoutait le vent. La tension était palpable.

Ils avaient mis au point leur plan d'attaque, et partaient pour le casse du siècle comme dans les vieux films. Gabin, Pastorius, même combat, les caves et les flics n'avaient qu'à bien se tenir.

Le privé n'avait pas envie de finir la nuit au poste de police. Il allait essayer de ne pas ameuter tout le voisinage. Les balles perdues n'étaient pas non plus au programme. Il avait donc expliqué, réexpliqué à la joyeuse bande qu'il ne s'agissait pas de partir en colonie de vacances.

On n'allait pas faire du feu sous les étoiles ni griller des saucisses. Le risque était réel. Il fallait bien que tout le monde s'en rende compte. Surtout Isalie qui trépignait à l'idée d'aller gambader incognito dans la nuit. Il ne voulait avoir avec sa mort sur la conscience, surtout pas. Il était donc allé lui expliquer en privé ce qu'il fallait faire. Ils s'étaient retrouvés rapidement tout nus.

La brune était concentrée sur l'objectif. Elle prenait chaque virage comme si c'était le dernier, jetait des coups d'œil réguliers dans le rétro pour vérifier qu'ils n'étaient pas suivis. Pastorius mit un moment la main sur le volant pour lui signifier de se calmer, qu'il n'y avait pas lieu de s'inquiéter.

— Faut savoir ce que tu veux ? lui dit-elle. Tu veux un commando ou une bande d'ados en promenade ?

— Va pour le commando, mais tout de même, détends-toi, ça n'est pas non plus la Banque de France qu'on va attaquer.

Ariel avait les mains moites. Elle avait pris quelques bouffées de la cigarette parfumée de Salvador, espérant que ça la détendrait. Ce n'était pas le cas. Lui, par contre, était décontracté.

La voiture traversa Cherbourg. Il était trois heures quarante-cinq. Les réverbères discutaient entre eux de la fraîcheur nocturne et du prix de l'électricité.

La Jaguar s'arrêta dans un coin sombre, un peu à l'écart de La Cité de la Mer. Il était convenu qu'Isalie reste au volant.

Elle avait peur. Pastorius lui dit de s'enfermer, de rester dans le noir. Ainsi personne ne pourrait la repérer.

— Oui, dit-elle, je fais ça, mais j'ai peur quand même.

— Tu as voulu venir.

— Bah oui !

— Alors tu assumes ton statut d'espionne nocturne et tu prends sur toi !

— Ce n'est pas exactement ce que j'aimerais qu'on me dise pour me rassurer, mon cher.

— Ah bon !

Il se pencha alors vers elle, lui susurra un mot à l'oreille qui sembla mieux lui convenir.

— Je crois que ça va aller comme ça, murmura-t-elle en souriant.

Il l'embrassa.

— Au moindre problème, tu m'appelles, ajouta-t-il, j'ai mis mon téléphone sur vibreur.

— Même chose pour vous, vous m'appelez si ça tourne au vinaigre, faites attention.

— À tout de suite.

Ariel et Salvador savaient parfaitement par où il fallait passer.

Ils marchèrent un moment le long de l'ancienne gare maritime, en firent presque le tour et arrivèrent devant une double porte.

— On prend par là, fit la jeune femme, c'est le local à poubelles, c'est le seul secteur qui n'est pas sous alarme.

— Après on attend que le gardien vienne jusque-là pendant sa ronde, dit Salvador et on lui tombe dessus.

16

Pastorius sortit son arme, ajusta son silencieux, tira plusieurs coups sur la serrure qui explosa. Salvador poussa avec force l'une des portes en essayant de ne pas trop faire de bruit. Elle s'ouvrit. Ils sortirent des torches, avancèrent dans un couloir. Le privé avait fait une distribution de matériel avant de partir. Il avait son nécessaire du parfait petit détective dans son coffre, n'était jamais pris au dépourvu.

— Vous mettez vos cagoules ! leur dit-il.

— Ils se retrouvèrent tous les trois comme des gangsters.

— Il n'y a plus qu'à attendre le gardien, prévint Ariel.

— Il n'y a pas besoin, répondit le privé en sortant son portable. Vous savez comment s'appelle celui qui sort les poubelles ?

— Il y a plusieurs personnes qui travaillent au service technique, précisa Ariel, il y en avait je veux dire, peut-être que maintenant ça a changé.

— Et donc ?

— On va vous repérer si vous utilisez votre téléphone, on saura que c'est vous.

— Non, cet appareil est équipé d'un brouilleur, on ne peut pas savoir qui appelle avec, c'est très pratique, c'est un joujou d'espion tout simplement, alors ce nom ?

— Eh bien, essayez Tony !

— Et sinon, il y a qui d'autre ?

— Il y a Victorien.

Pastorius regarda Ariel de cagoule à cagoule. Il la trouvait ridicule avec ça sur la tête. Il devait avoir l'air aussi idiot qu'elle. C'était le même genre qu'utilisent les voyous dans les films américains, avec un gros rond pour la bouche et les yeux. Il en avait récupéré tout un lot dernièrement lors d'une virée à Saint-Ouen. Il ne fallait surtout pas les retirer à cause du gardien et des caméras de surveillance.

— Va pour Victorien ! lâcha-t-il. Maintenant il me faut le numéro du gardien, comment s'appelle-t-il, le brave homme ?

— Il s'appelle Fournier, Mathurin Fournier. Il n'a pas changé. Mais je n'ai pas son numéro.

— Ce n'est pas grave.

Pastorius appela les renseignements, demanda le numéro de portable de Fournier. Une machine, à la voix suave comme une boîte de conserve, le lui donna.

— La vie est si simple parfois, dit-il en souriant sous sa cagoule.

Il composa le numéro. Fournier répondit.

— C'est Victorien du service technique.

— Comment ça ? Quoi ?

— Service technique, Victorien, tu me remets ?

— Oh oui ! Oui, euh…

— J'ai dû le réveiller pendant la sieste, fit Pastorius aux deux cagoulés en écartant le téléphone.

— J'écoute, je…

— Je suis coincé dans le local à poubelles, dépêche-toi de venir, j'en ai marre d'être là, ça pue la crevette là-dedans.

— Quoi ? Que ? Le local à p…

— À poubelle, oui ! Tu me suis ?

— Mais comment tu as eu mon n… ?

— Laisse tomber et viens, j'en peux plus moi, ici !

— Bon, bon, très bien, j'arrive.

Le détective coupa, leva le poing en l'air en signe de victoire.

— Mathurin la terreur se pointe, soyons prêts à l'accueillir dignement !

Une casquette bleue passa une porte cinq minutes plus tard. Il marcha dans le couloir, appela. Personne ne lui répondit. Les poubelles étaient à leur place. Elles empestaient. Tout allait bien.

— Victorien ! lança-t-il plusieurs fois sans réponse. Tu es où ? Tu es où ?

Fournier vit une ombre devant lui.

— Victorien ?

— Oui, c'est moi !

Pastorius plaqua son arme sur sa joue. Le pauvre homme ne cilla pas. Ariel lui braqua la lumière dans les yeux. Salvador les rejoignit.

— Tu bouges et tes dents copinent avec ton cerveau ! lâcha le privé en prenant une voix de tueur. C'est clair ?

— C'est clair, oui, oui.

— Bien. On va bien s'entendre, alors.

— Ok !

— Au niveau alarme, on est comment ?

— Je n'ai déconnecté que celles qui mènent jusqu'ici.

— Tu fais bien ton travail, tu es un brave, Mathurin. Donc on va s'occuper de ça, on va dans ta loge, allez, avance, ducon !

Fournier avait un long nez, se rapprochait de l'âge de la retraite et n'en menait pas large.

— Calme-toi, mon pépère ! dit le privé, on ne va rien te faire, tu vas pouvoir retrouver bobonne tout à l'heure, ne te fais pas de souci pour ça.

Ils traversèrent différents corridors, montèrent des marches. Pastorius était obligé de pousser Fournier car ses jambes ne le portaient plus.

— Comment elle s'appelle, ta bobonne ? demanda-t-il au

malheureux.

— Elle s'appelle Christian.

— Ah bon ? Et qu'est-ce qu'il fait dans la vie, mon bon Christian ?

— Il est mécano.

— Parfait, si tu obéis bien sagement, tu vas pouvoir les revoir bientôt, les gros bras de ton mécano.

Ils pénétrèrent dans une petite pièce avec un mur d'écrans et un pupitre.

— Tu me déconnectes toutes les alarmes, mon grand, et tu t'assois gentiment sur la chaise.

Fournier appuya sur différents boutons et prit place sur le fauteuil. Salvador le ficela solidement, lui passa un foulard sur la bouche et le coucha au sol.

Les trois cagoules prirent alors la direction du hall où attendait l'Alvin. Leurs lampes torches leur ouvraient la route.

Ils passèrent près de la nouvelle attraction du Léopoldville. Le drame mécanique attendait l'heure de l'ouverture pour faire ses premières victimes. Tout était prêt pour son premier jour de fonctionnement qui devait avoir lieu dans quelques heures.

Il n'y avait pas un bruit. Ils entendaient leurs pas, leurs souffles. Il faisait chaud sous les cagoules. La tension de l'expédition faisait augmenter la température sous le crâne d'Ariel. Elle rêvait de son lit, de son bateau. Salvador, lui, semblait flotter dans une autre dimension. La cigarette jamaïcaine faisait effet. Et Pastorius affectionnait ces moments où il se prenait pour un disciple d'Al Capone. C'était festif, dangereux, bref l'idéal.

L'Alvin apparut. Salvador crut qu'il était sous l'eau. Pastorius fut obligé de le secouer car il sentit qu'il commençait à disjoncter au moment où il leva les bras en l'air.

— Tu restes avec nous ! lui lâcha-t-il.

— Mais moi, je nage.

— Non, pas pour l'instant.

Ariel, qui était légère comme une plume, monta sur les épaules du plongeur, et s'agrippa au sous-marin maintenu en l'air par un gros câble métallique.

Elle commença à grimper jusqu'à l'ouverture sur le dessus.

— Je crois que j'entends des sirènes, s'inquiéta alors Salvador en scrutant l'extérieur. C'est seulement dans ma tête ou quoi ?

— Non, c'est pas seulement dans ta tête ! Dépêche-toi, Ariel, on a de la visite.

La cavalerie arrivait dans la nuit. Fournier avait dû appuyer sur un bouton d'alarme sans que les cagoulés s'en rendent compte. Le téléphone de Pastorius sonna.

— Oui.

— Tu entends ? Tu entends ? s'exclama Isalie, c'est les flics, qu'est-ce que je fais ?

— Tu te calmes !

— Mais non !

— Mais si… alors Ariel, ça vient ?

— Je ne trouve rien.

Elle était à l'intérieur du submersible, le fouillait.

— Qu'est-ce que je fais, Joshua? fit Isalie terrorisée.

Salvador planait. Il tournait en l'air, agitait les bras.

— Je suis une raie manta, dit-il.

— Tu ne crains rien, tu es loin de La Cité, ils ne viennent pas vers toi.

— Je vous attends ? Je m'en vais ?

— Je ne vois rien ! cria Ariel.

— Cherche partout ! Retourne tout ! Dévisse ! Déboîte !

— Vous avez vu les gyrophares dehors, dit Salvador, on dirait des méduses, de belles méduses bleues.

— Alors, ça vient, là-haut ?

— Non.

— Calme-toi, cria Pastorius dans le téléphone, on arrive, on est là.

À ce moment, Ariel hurla un énorme « J'ai ! » triomphateur, comme une joueuse qui subtilise le ballon pour perforer le but adverse.

Elle jaillit du sous-marin, lança le coffret dans les mains du privé. Elle sauta. Pastorius empoigna Salvador par la veste.

— Allez, viens, le nageur, on rentre au vestiaire.

Ils se mirent à courir, quittèrent le hall des sous-marins. Les policiers pénétrèrent dedans au même moment par l'autre bout, à plus de cent mètres.

Les cagoulés filèrent en suivant leurs lampes, coururent sans se retourner, dévalèrent les escaliers sans rencontrer d'hommes en bleu.

Ils regagnèrent le local à poubelles avant de retrouver

l'extérieur. Les policiers étaient entrés par l'autre côté.

La Jaguar était en vue. Ils sautèrent dedans. Isalie voulut démarrer en trombe mais Pastorius hurla, lui intima l'ordre de ne surtout pas le faire.

— Roule doucement, au contraire, et n'allume pas les phares.

— Bien, chef.

— S'il y a du grabuge il sera toujours temps d'accélérer.

L'anglaise roula en passant sous les réverbères, alluma ses phares plus tard, et disparut sans être inquiétée.

Tous respirèrent à l'intérieur. Ils avaient le coffret et personne n'était blessé.

— Mission commando réussie ! conclut Pastorius. Maintenant on rentre à la base.

17

Les phares de la Jaguar s'éteignirent. Elle était revenue à bon port dans la baie d'Écalgrain.

« Écalgrain » signifie « écailler le grain » comme il est écrit dans les dépliants publicitaires. Le terme vient des moulins à blé qui existaient ici autrefois, au bord du ruisseau se jetant dans la baie. La région est très belle, reconnue comme un morceau de choix par les touristes avides de nature et de grands espaces. La baie se localise entre Goury et le Nez de Jobourg. C'est une plage de sable et de galets nichée dans un paysage verdoyant battu par les vents d'ouest. C'est le royaume des landes, bruyères et ajoncs.

Les dépliants touristiques affirment que les vents importants dans la baie permettent la pratique du surf ou du parapente. Ils ajoutent que la baie offre une vue splendide sur les îles anglo-normandes et le Raz Blanchard. Ils poursuivent et indiquent que les promeneurs se trouvent dans un écrin situé entre l'immense étendue d'eau et la lande à perte de vue. Ils sont unanimes pour vanter la beauté des lieux. Et le lieu est beau en effet. Il est à découvrir absolument pour quiconque recherche une côte sauvage et enivrante.

Mais à ce moment précis, à l'instant où les membres du commando pénétrèrent dans la maison d'Isalie, ils n'en avaient strictement rien à faire. Leur attention était happée, attirée, totalement aspirée par leur trésor.

Ils prirent place dans le salon. Le coffret fut posé sur la petite table.

Ariel souffla. Isalie l'imita. Salvador ne bougeait pas. Pastorius regardait le coffret entièrement recouvert de rouille. Il se demandait ce qu'il y avait à l'intérieur, se fichait complètement de la beauté de la baie.

Il aurait pu se trouver partout ailleurs, au pied de l'Everest ou de la pyramide de Khéops, rien n'aurait pu le détourner de ce coffret devant lui. Ils étaient quatre à présent à zieuter cette boîte de métal d'une vingtaine de centimètres sur une douzaine de large.

Ils étaient quatre à avoir complètement oublié ce qu'il y avait autour d'eux. Et la planète aurait pu s'arrêter de tourner, juste pour voir l'effet que ça fait, qu'ils ne s'en seraient pas aperçus. Et si des nazis revenus d'outre-tombe s'étaient mis à débarquer sur la plage, ils ne leur auraient pas prêté attention. Pas plus qu'à une horde de martiens verts et gluants, ou qu'un troupeau de buffles apeurés.

C'est Ariel qui eut l'honneur d'ouvrir le coffret. Elle regarda ses camarades pour se donner une ultime dose de courage avant le grand saut.

Elle passa à l'action. Ils se penchèrent. Et là surprise, il y avait un autre coffret à l'intérieur ! En cuir marron, tout en longueur.

La jeune brune l'ouvrit. Elle découvrit un petit papier, le saisit lentement. Une sorte de carte était placée dessous. Elle déplia le document, lut :

Londres.

11 novembre 1944.

Top secret

Propriété de Milton Ferenzy.

Carte magnétique à introduire dans la machine Enigma Ferenzy, modèle unique de machine Enigma.

Indique les noms d'éminents sujets britanniques.

Ces vénérables personnages sont également des espions allemands. Surprise ! Le diable se cache là où on ne l'attend pas. Mais est-ce vraiment le diable ? Allez donc savoir...

God Save the Queen......elle en a bien besoin, la brave dame...

Le même texte était écrit en anglais en-dessous.

Pastorius saisit la carte, l'observa. Elle était constellée de dizaines de petits trous rectangulaires. Il y avait des chiffres et de minuscules inscriptions en allemand.

— Qu'est-ce que ça veut dire, exactement ? demanda Ariel. Il n'y a rien d'autre dans ce coffret.

— C'est déjà beaucoup, répliqua Pastorius. Cette carte placée dans la machine doit donner les noms d'espions.

— C'est essentiel ! reprit Isalie en lisant la feuille.

— C'est un document top secret.

— De la plus haute importance ! insista Isalie. C'est une véritable bombe. Je connais ce Milton Ferenzy. J'ai découvert son existence lorsque j'ai travaillé sur le Léopoldville.

Elle prit le coffret en cuir, le regarda par le dessous.

— Enigma était une machine allemande qui servait à crypter les messages, expliqua Pastorius. En théorie, l'ennemi ne pouvait pas savoir ce qui se disait dans l'autre camp. C'est une célèbre machine.

— Si Ferenzy en a fabriqué une de spéciale, fit Isalie, il faut la retrouver pour savoir qui sont ces célèbres sujets britanniques qui espionnaient pour les Allemands.

— La tâche ne va pas être simple !

— Voire très compliquée !

— Karl a été tué pour ça ! s'exclama Ariel, ce n'est pas possible !

Ils se regardèrent. Personne ne prit la parole, comme si aucun d'eux ne savait quoi dire, quoi répondre, comme des élèves qui sèchent devant la question d'un professeur.

— Mon pauvre frère n'a pas été tué pour ce vieux bout de papier et cette carte trouée ! Non, non, ce n'est pas vrai !

— Certains ont intérêt à mettre la main sur ce coffret à tout prix, lança Pastorius, même au prix de la mort d'un homme.

— Mais qui ? Qui a intérêt à ça ?

— C'est toute la question !

Isalie se leva.

— Un café ?

Les réponses furent unanimes. Elle se rendit à la cuisine.

— C'est peut-être un archéologue sous-marin, le coupable, proposa Salvador. Le coffret et ce qu'il y a dedans ont une valeur marchande.

— Mais ce n'est pas ce qui intéresse le tueur. Il veut le contenu du coffret. Il veut les noms des espions.

— Il veut les faire chanter ?

— Qui ? Les espions ? Je ne le pense pas, suggéra Pastorius. Ils doivent être très vieux ou morts, plus simplement, à l'heure qu'il est.

— Il peut faire chanter leurs descendants, dit Salvador.

— Ça, c'est plus envisageable.

Le détective avait du mal à croire que cette boîte en ferraille posée sur la table cachait des secrets à ce point importants. Qui étaient ces noms qui nécessitaient qu'on tue, qu'on s'acharne par un signe nazi sur un crâne ? Quel était le lien entre une pareille barbarie et ce coffret qui avait dormi au fond de l'eau pendant plus de soixante ans ? Il y avait là un lien que Pastorius n'arrivait pas à faire, une incompatibilité.

Isalie revint avec un plateau, le posa près de l'objet au cœur de toutes les interrogations. Elle servit.

— Et si le tueur était un espion actuel ? dit Ariel. Un Anglais ou un Allemand.

— C'est possible, acquiesça Isalie.

— Ce qui m'ennuie là-dedans, poursuivit le privé, c'est le côté atroce du crime, ça ne colle pas avec la pratique normale d'un agent secret. Ces gars-là travaillent normalement en toute discrétion. Là, on a un crime de boucher, c'est incohérent.

— Vous parlez d'un travail ! lança Ariel.

— C'est pourtant le cas.

— On se croirait en plein James Bond, ironisa Salvador. Elle est où l'Aston Martin avec les plaques d'immatriculation qui tournent, le jet d'huile sur la route, et le siège éjectable ?

— Il n'y en a pas, dit Pastorius. On se contentera d'une Jaguar, c'est anglais c'est déjà pas si mal.

18

— Vous deux, vous rentrez à Cherbourg, annonça Pastorius en désignant Ariel et Salvador.

— Ah, oui ?

— Oui, il ne faut pas éveiller les soupçons, vous devez reprendre votre train-train, ça doit être l'effervescence là-bas, si on ne vous voit pas, ça aura l'air suspect.

— Vous nous chassez ?

— Il le faut.

— Mais on doit s'occuper du coffret.

— Isalie et moi, nous allons nous en charger.

— Mais je veux participer, répliqua Ariel.

— Pas pour l'instant. Retournez à Cherbourg, fondez-vous dans le décor !

— Bon, très bien, accepta Ariel, alors on y va !

Salvador ne réagit pas. La brune le prit par la main pour le forcer à se lever. Il s'actionna lentement tel un pantin lourd à déplacer. Elle le poussa, une fois debout. Il semblait déconnecté. Elle passa devant lui. Il la suivit comme un gentil toutou en laisse. Ils quittèrent la maison.

— Bien, j'ai deux, trois choses à te montrer sur Milton Ferenzy, déclara Isalie. Viens avec moi !

Elle le guida devant une porte. Pastorius ne l'avait pas remarquée jusqu'alors. Elle sortit une clé, ouvrit. Ils descendirent par un escalier en bois jusqu'à une cave. Basse de plafond, sans décoration, elle était pleine de livres sur des étagères.

La brune emprunta un long couloir lui aussi placardé d'ouvrages sur toutes les surfaces des murs.

Une autre porte laissa apparaître un bureau dans une pièce dont le plafond était plus haut. Il y avait encore des livres, de beaux ouvrages. Un tapis, des éléments de boiserie sur les murs de ciment apparent en faisaient un endroit agréable. Des marches dans une petite anfractuosité aboutissaient jusqu'à un hublot au contour cuivré derrière le bureau au centre. Un corridor partait d'un côté jusqu'à une petite porte au fond.

— Où est-on ici ? demanda le privé, intrigué.

— Dans un ancien bunker allemand, Herr Pastorius, lâcha-t-elle en prenant l'accent approprié.

— Tiens donc !

— Il s'agissait, ici, de surveiller la côte. Il y avait une petite batterie de canons également, suis-moi !

Elle s'approcha du hublot. Une porte massive, rivetée, en acier, se dressait là. Elle tourna une grosse clé, tira une large poignée. Un courant d'air se fit, un vent frais vint taquiner les narines du détective. Il se retrouva alors sur un mince passage au-dessus de la mer, le long d'une paroi rocheuse. Une rampe métallique empêchait que l'on tombe.

— D'ici, on accède à l'observatoire. On continue la visite.

Pastorius suivit ses petits pas. Il leva la tête, constata qu'il était presque en haut de la falaise.

Ils montèrent un escalier en colimaçon taillé dans la pierre, débouchèrent sur une plateforme en béton. Le privé se retrouva devant la mer. Le point de vue dominait les alentours. Les premières lueurs du jour commençaient à émerger dans le lointain.

— Les guetteurs se plaçaient à cet endroit stratégique, expliqua Isalie. Ils voyaient ainsi les bâtiments qui se dirigeaient vers Cherbourg.

— Tout ceci est à toi ?

— Oui. J'ai acheté la maison et le bunker.

— On peut faire ça, acheter un bunker ?

— C'est ce que j'ai fait.

Pastorius posa ses mains sur le parapet. Le ciel commençait à frémir de minces traits de cuivre, d'infimes teintes de jaune, de bleu encore hésitantes dans la noirceur qui ne daignait pas laisser sa place.

Le privé adorait se trouver dans ce genre d'endroit. Un sentiment de puissance le saisissait, tel un explorateur découvrant un territoire inconnu, et se l'appropriant.

Il sentit Isalie derrière lui, la saisit, la fit tourner. Elle se retrouva devant lui. Il l'embrassa fiévreusement. L'immensité des lieux lui donnait des ailes. Il lui dévora le cou. Elle gloussa, se contorsionna.

Il la plaqua. Elle s'offrit alors à lui comme une bête enragée.

Ils firent l'amour, là, au-dessus des flots, dans les embruns, affolés l'un par l'autre, fébriles, transcendés.

Lorsqu'ils semblèrent reprendre leurs esprits, ils se

regardèrent surpris, hagards, comme s'ils émergeaient d'un tunnel du plaisir en se demandant où ils étaient arrivés, à moitié déshabillés.

Son attirance pour Isalie surprenait Pastorius par sa brutalité. Elle l'observait avec stupeur, victime consentante elle aussi de cette pulsion sauvage qui la taraudait, qui s'était complètement emparée d'elle. Ils s'embrassèrent encore, regagnèrent le bureau du bunker bras dessus, bras dessous.

— J'ai rencontré Milton Ferenzy en travaillant sur *Léopoldville, GI's tombeau,* dit Isalie. Je suis tombée sur un rapport du MI6 mentionnant sa mort sur le bateau la nuit du naufrage.

— Tiens donc !

— Oui. Il ne s'agissait que de quelques feuillets dans lesquels était expliquée la disparition de ce personnage. J'y ai appris que c'était un espion du MI6.

— Que faisait-il sur le bateau ?

— Le rapport ne dit rien là-dessus.

L'historienne et le privé étaient assis l'un à côté de l'autre au-dessus du bureau.

— Le MI6 est obligé de mentionner par écrit la disparition de ses agents. J'ai utilisé une importante base de données accessible sur Internet concernant la Seconde Guerre mondiale. C'est en tapant le mot « Léopoldville », en compulsant des dizaines de pages que Ferenzy est apparu. Il était juste cité, sans détails.

— Et il t'a intriguée !

— Oui. J'ai vu le mot « espion ». Et quand mes yeux

tombent sur ce mot, ils s'ouvrent d'un seul coup, et mon cerveau fait « tilt ! ». C'est mon côté amoureuse folle de James Bond.

— Alors, le préféré de madame, qui est-ce ? Sean Connery ? Roger Moore ? Les autres tueurs en costume impeccable ? Ou bien le petit dernier, le sombre Daniel Craig ?

— Eh bien… eh bien…, dit-elle en le fixant de sa moue coquine, j'aime plutôt les vieux modèles, ceux qui ont de la patine, alors va pour Sean Connery, rien ne vaut l'original.

— Bon choix !

Elle se leva, chercha quelque chose sur une étagère.

— Ce doit être dans ce coin-là. Je dois avoir une photo et des infos sur notre espion.

Une brochette de petites affiches encadrées se dressait sur le mur devant Pastorius. C'était la même dans des couleurs différentes. On y voyait des soldats SS au visage menaçant, en pleine course, fusil en main. Le détective observait autour de lui. C'était une sorte de musée de la Seconde Guerre avec des livres, des affiches, des objets. Il était écrit sur un panneau métallique posé sur une porte au bout d'un couloir : *Verboten*, interdit en français.

— Qu'y a-t-il dans ce lieu où l'on n'a pas le droit d'aller ?

— Quel lieu ?

— La porte du fond.

— Là ! Je ne sais pas, tu iras plus tard si tu es sage !

Isalie fouillait. Elle avait déposé des dossiers au sol. Le privé aperçut une petite bannière nazie sur un mur, dans un coin. Et puis un uniforme de la Wehrmacht accroché, bien visible celui-là.

— Tu sais que les néonazis sont plutôt mal vus de nos jours ? dit-il.

— Oui je sais, et alors ?

— Et alors, tu as l'air d'aimer particulièrement tout ce qui touche au Troisième Reich.

— Oui, c'est vrai, et donc ?

— Et donc, je me demande si…

— Arrête de te demander, mon bonhomme, tu fais fausse route, je te le dis tout de suite.

— J'espère !

— Rassure-toi ! Je suis une amoureuse de la démocratie. Je ne suis pas du tout une néonazie, adoratrice d'Hitler, d'Himmler et du gros Goering.

— Ce serait gênant !

— Oui, surtout pour une historienne, murmura-t-elle d'un air léger. Par contre, et ça n'a rien à voir avec l'idéologie nazie, j'aime l'esthétisme des uniformes allemands. Ils étaient rudement bien taillés. J'avoue que je suis un brin fétichiste.

— Tu connais leur histoire, bien entendu, c'est la firme Hugo Boss qui a été engagée pour les dessiner. Il fallait, dans l'esprit des nazis, que les soldats allemands impressionnent leurs ennemis, et que les blondes allemandes soient attirées par les valeureux soldats.

— Oui, je sais. Il n'y a pas de hasard là-dedans. Il y a même un aspect démoniaque assumé.

— Et toi, tu aimes le démon !

— Oui pour certains côtés. Ah ! J'ai trouvé ce qui concerne Ferenzy.

Elle revint jusqu'au bureau, ouvrit une fine pochette, passa plusieurs documents et dénicha une photo.

— Voilà l'homme, pas mal, n'est-ce pas ?

Il était dans une rue. Moustachu, portant imper et chapeau, il souriait, tenait une brune vulgaire par la taille. On aurait dit un client ivre, fier de poser avec une aguicheuse des boulevards.

— C'est ça, notre espion ?

— Oui, je te l'accorde, il est moins glam que Sean Connery. La réalité est souvent plus décevante que la fiction. J'ai quelques infos sur lui mais pas grand-chose. Je n'ai pas tellement creusé de ce côté car c'était surtout le paquebot qui m'intéressait.

— Quel âge avait-il quand il est mort ?

— Il est né en 1919, il avait donc vingt-cinq ans en 1944.

— Il était jeune, la guerre a mangé des milliers de gars comme lui, dans la force de l'âge.

— Il a participé à une mission commando très périlleuse en Allemagne en 1942. Il a été parachuté en plein cœur du territoire ennemi, a abattu un espion anglais capturé par les Allemands. L'homme détenait trop d'informations sensibles. Il fallait le liquider, on ne pouvait pas le ramener au pays car il était blessé. Il y avait un risque important qu'il passe à table. Il avait déjà donné des signes de faiblesse auparavant. Il a donc été éliminé. Voilà, c'est tout ce que je sais sur lui.

— C'est ce personnage énigmatique qui est la cause du

meurtre de Karl. Et de bien d'autres choses, je pense. Il faut de ce pas que nous en sachions plus sur lui.

— Pour sa mort, ce n'est pas difficile de savoir quand ça s'est passé puisqu'il fait partie des disparus du Léopoldville. Milton Ferenzy, 1919-1944, victime de la guerre. Né après la première, décédé pendant la deuxième, un chanceux, le gars !

— Je ne sais pas ce qu'il a caché sur sa carte déchiffrable avec Enigma mais… comment peut-on faire pour enquêter sur lui ? Et sur sa machine personnalisée ?

— On va commencer par mes ouvrages et Internet. Après on verra bien.

— Pour l'instant, je vais regagner Cherbourg moi aussi, dit Pastorius. Je dois me montrer. Il ne faut pas avoir l'air de se cacher.

— Tu as raison.

Ils s'embrassèrent longuement, restèrent à se regarder, sans parler. Une petite musique tournait dans la tête du privé. Une douce mélodie qui le rapprochait de plus en plus d'Isalie. Les notes défilaient, s'associaient parfaitement en lui, à travers elle.

Elles composaient un air qu'il n'avait surtout pas envie de voir s'envoler.

19

Les écrans du tueur projetaient tous le même programme. Assis devant eux, il observait avec acuité les images qui défilaient devant ses yeux.

Une lame de rasoir était glissée dans sa main. Il la pressait, faisant couler le sang à travers ses doigts. La lame avait troué sa peau. Il sentait l'orgasme monter en lui. Jouir par la souffrance le rendait hagard. Atteindre le plaisir en s'appliquant le mal le rendait animal, hors de lui.

Il avait disposé des caméras autour de La Cité de la Mer pour observer, ne rien perdre du spectacle des vivants. Elles avaient fonctionné durant la nuit. Une Jaguar s'était garée. Des personnages masqués en étaient descendus.

Il se repassait l'image de ce coffret que ce commando mystérieux avait trouvé. Cette vision focalisait son attention. Il devait récupérer ce coffret envers et contre tout.

Il appuyait sur la lame. L'orgasme se rapprochait. Il était à deux doigts de s'évanouir. Il puisait sa force destructrice de ce mal qui l'engloutissait. Il tirait parti d'elle, la repoussait, la désirait comme un corps embrasé par la folie des sens.

La frustration de ne pas posséder le coffret lui devint tout à coup insupportable. Il vit un cadavre se dresser devant lui, sentit la mort l'appeler pour en faire son bras destructeur. Il devait passer son envie de tuer sur n'importe qui. Une bouffée délirante s'abattit sur lui comme un raz-de-marée de sang.

Il devait tuer, absolument tuer pour s'apaiser, pour contrôler le mal, et empêcher qu'il s'empare de lui. Il devait détruire pour ne pas se détruire irrémédiablement. La mort lui parlait, lui disait de belles phrases car elle savait qu'il était son confident le plus sincère.

*

Pastorius s'essuyait après une bonne douche. Il était revenu sur le Jeremiah O'Brien au petit matin, avait aperçu des voitures de police aux abords de La Cité de la Mer. Mais la grande cavalerie avait disparu. On ne l'avait même pas contrôlé en montant à bord.

On frappa à la porte de sa cabine.

— Il faut que je te voie, balança Hemerzogh. C'est urgent, je suis sur le pont.

— Ok, je m'habille et je te rejoins.

Le privé gagna les coursives jusqu'à l'extérieur.

— Salut, fit le gros personnage, à peine coiffé et habillé. Tu es au courant pour cette nuit ?

— Eh bien…

Les deux hommes se fixèrent pour tenter de déceler une information chez l'autre, un signe qui pourrait orienter la réponse.

— Oui, je sais, dit le privé. La Cité de la Mer a été visitée.

— De toute façon, avec tout le bordel qu'ont fait les flics, tu ne pouvais pas faire autrement que de les entendre !

— Oui, c'est sûr, enfin…

— Enfin quoi ?

Cela puait le piège à plein nez. Pastorius détecta la manœuvre.

— Eh bien, en fait, je n'étais pas là.

— Tu étais où ?

— Attends là, c'est un interrogatoire ?

— Ça m'en a tout l'air.

— Et pourquoi donc ?

— Lerner a vu que tu rentrais tout à l'heure. On se demandait simplement où tu avais passé la nuit.

— Qu'est-ce que ça peut te faire, où j'ai passé la nuit ?

— Tout le monde est suspect dans cette histoire, toi autant qu'un autre.

— Suspect ? Tu veux dire suspect d'être entré dans La Cité, cette nuit ?

— Bah oui, pardi, et peut-être du reste, d'ailleurs. Tiens, voilà Lerner, tu vas t'expliquer avec lui.

Le ton d'Hemerzogh avait radicalement changé. Il ne faisait plus dans l'humour aimable, sortait ses grosses griffes d'ours mal léché.

— Salut, dit le policier avec un petit rictus. Vous étiez où, cette nuit ?

Le détective ne souffla pas le moindre mot.

— Alors quoi ? On ne veut pas répondre, on a des petits secrets qu'on ne veut pas divulguer ?

Le privé sourit à son tour, comme pour lui expliquer gentiment mais sûrement que ce n'était pas avec son numéro de pitbull qu'il allait le déstabiliser.

— Si tu ne parles pas, je te fous en cabane !

— Et pourquoi donc ?

— Je trouverai bien une raison.

— Bon, dans ce cas…

— Oui ?

— J'étais chez une amie.

Hemerzogh fixait Pastorius d'un sale œil.

— Son nom ?

— C'est que…

— Quoi ?

— J'ai l'impression que vous avez de mauvaises manières, ça m'ennuie de vous le révéler

— Ne te fous pas de ma gueule, le nom de la pouliche, au trot !

— C'est Isalie Valadon.

— Je sais, bien sûr, qui elle est, répondit Hemerzogh. C'est une historienne qui fricote avec les anti-Blue.

Lerner s'approcha de Pastorius, se plaça juste devant lui.

— Qu'est-ce que tu faisais avec cette pute, cette nuit ? Tu la tirais joyeusement ?

— Arrête ça, tu veux…

— Hep là… attention, on insulte un poulet dans l'exercice de ses fonctions, tu sais que tu me donnes vraiment envie de te coffrer, toi ?

Le privé regarda Hemerzogh :

— Tu ne pourrais pas dire à ton pote d'arrêter de jouer au bonhomme ? J'ai passé l'âge de ces conneries.

Le policier attrapa le détective par le col :

— Redis-moi ça, le vieux, pour voir si ça m'amuse.

Pastorius resta stoïque. Le chien enragé n'attendait qu'un geste de sa part pour l'enfermer.

L'envie le démangeait pourtant de lui faire bouffer sa colère juvénile.

— Je travaille sur la mort de Karl Leridan, distilla-t-il pour lâcher du lest.

— Ah bon ? Tiens donc !

— Oui, et Isalie Valadon possède des connaissances sur le Léopoldville, je collabore donc avec elle car le meurtre est lié à cette épave.

— Eh bah voilà, je suis content, dit Lerner en desserrant sa main.

— Tu as choisi ton camp, fit Hemerzogh à son ami. Je pense que tu t'engages dans la mauvaise direction.

— On verra bien.

— J'espère que tu n'es pas mêlé à ce qui s'est passé cette nuit. Je dois aller rendre compte à Vicky Warwick.

— Je n'y suis pour rien.

— On va rendre une petite visite à Valadon, affirma le policier, on verra bien quelle est sa version pour cette nuit.

— À part une visite des lieux, dans La Cité, on y a volé quoi ? demanda le privé.

— En voilà des questions. Pas de réponse, mon pote ! Secret professionnel. Elle habite où ta jument sauvage, dis-moi ?

— Tu la chercheras toi-même, mon pote, lança Pastorius.

*

Le Kaleunt avait reconnu Ariel, Salvador et Pastorius sur le film pris par les caméras. Il devait les tuer, s'emparer du coffret. Mais impossible pour le moment, il y avait trop de monde dans les environs. La colère montait tellement en lui qu'il devait agir dans l'urgence. Il se lança donc en quête d'une victime pour se décharger. Il la trouva rapidement.

— Tu n'as pas de chance, l'ami, c'est sur toi que ça tombe.

— Relâchez-moi, espèce de timbré !

— Ça, faudra pas y compter, quand on entre ici, on ressort froid.

— Libérez-moi !

— Je suis en manque de viande, avec toi, il y a ce qu'il faut.

Le Kaleunt avait jeté son dévolu sur le premier venu. C'était François Brasselier, le leader des anti-Blue.

— Je suis bien content que ça tombe sur toi, j'en ai ras la casquette de vos manifestations. Vous ne pourrez rien faire contre Blue. Alors, à quoi bon vous entêter ?

— Pauvre malade.

— Change de musique, le gros, tu me fatigues !

Brasselier était attaché autour d'un poteau métallique

comme un condamné à un peloton d'exécution.

Le tueur tourna son ordinateur vers lui, entra en contact avec son supérieur. Il le vit sur l'écran. L'image du malheureux apparut en petit sur le côté.

— Salut boss, je te présente François, François le gros porc qui va se faire charcuter sous tes yeux car je sais que ce spectacle te plaît bien, alors je veux t'en faire profiter.

De l'autre côté de la Manche, devant son bureau, l'homme n'en croyait pas ses yeux.

— Qui est ce type ?

— Un innocent que je vais massacrer pour le plaisir.

— Tu perds les pédales, arrête tout de suite !

— J'agis hors de ma mission, et je t'emmerde.

— Libère-le !

L'homme en costume à Londres se mit à répéter à son agent de renoncer. Il ne semblait ni apeuré ni triste pour la victime, juste ennuyé par la situation.

— Regarde, sale chien ! confessa tueur, vois comme je suis doué.

Il se rapprocha de Brasselier, lui entailla le front avec un petit couteau à la lame large. Les cris du pauvre homme détonèrent. Sa tête était maintenue par du gros Scotch autour de son cou. Il était en train de lui graver une croix gammée. Le visage de Brasselier ruisselait de sang.

L'homme de Londres hurlait maintenant dans les haut-parleurs. Le Kaleunt découpait, enfonçait sa lame. Il s'aidait d'un marteau, sculptait le crâne de sa victime. Le sang giclait sur sa face brûlée. L'horreur était à son paroxysme. Le tueur criait également, de plaisir, comme un animal pris de folie.

Le carnage dura un temps interminable. Le brûlé s'écarta. La victime ne bougeait plus.

— Admire le boulot, boss !

Assis confortablement. Le chef ne bougeait pas. Sa face s'était refermée. Rien ne filtrait plus de lui.

— Je me sens bien mieux maintenant.

— Tu es un homme mort ! lança l'homme au costume.

— C'est ça, viens donc me chercher charogne que je te règle ton compte comme aux autres !

L'homme de Londres coupa la communication. Il demanda à une personne de venir. Elle entra aussitôt dans son bureau. C'était une trentenaire rousse aux cheveux courts.

— J'ai du boulot pour toi. Je t'envoie en France pour éliminer un de nos agents.

— Comment ?

— Tu as bien entendu. Il est hors de contrôle. Je crois fort qu'il ne se mette à délirer encore plus.

— Je pars quand ?

— Maintenant. Il faut que nous protégions l'organisation. Si on savait que nous opérons en territoire français, nous pourrions déclencher un incident diplomatique.

— Bien.

— Attention, il est redoutable. Je vais te donner toutes les infos le concernant. C'est un crack, il va falloir la jouer fine.

— Vous pouvez compter sur moi ! Sait-on pourquoi il a perdu les pédales ?

— C'est difficile à dire, il a toujours réussi ses missions

avec brio jusqu'à maintenant. Parfois, le mal ronge de l'intérieur, il ne se détecte pas avant. C'est le même mal qui atteint les soldats revenant de la guerre. Ils entrent dans une spirale délirante. Peut-être que c'est ce mal-là qui le touche.

— Bien.

— Tu dois l'éliminer et poursuivre sa mission. C'est une mission de la plus haute importance. Tout est mentionné dans ce rapport. Lis-le bien et réussis coûte que coûte ! Tu n'as pas le droit d'échouer. Il en va de la grandeur de notre pays.

20

Impossible de se rendre sur le Long-John pour Pastorius. Il ne fallait pas qu'on le voie avec Ariel et Salvador.

Le privé était dans sa cabine. Il venait d'appeler Isalie. Elle lui avait conté la venue de Lerner. Il l'avait prévenue avant son arrivée, histoire de la mettre en condition. Et pour qu'elle cache la carte en lieu sûr.

Le flic l'avait questionnée comme il savait si bien le faire, avec doigté, sauf que le doigt était aussi large qu'un pylône de téléphérique. Il l'avait poussée à bout comme de bien entendu. Elle n'avait rien dit qui puisse le mettre sur la voie.

Le détective avait ensuite appelé Ariel en lui expliquant de ne pas sortir aujourd'hui. Elle n'en avait pas l'intention. Le tueur la menaçait toujours, il n'était pas question de lui donner une occasion de s'entraîner, de tester de nouvelles méthodes de découpe. Elle resterait avec Salvador dans le bateau. Il possédait un vieux revolver et une série de harpons.

Pastorius entendit une puissante sirène. C'était le Jeremiah O'Brien qui jouait un air matinal. Les cloisons du navire se mirent à vibrer au son des hommes qui couraient dans les coursives. Le privé pointa sa crinière hors de sa cabine, joignit le pont supérieur. L'équipage y était rassemblé. Les sourires étaient de sortie sur les visages tournés dans le même sens, vers l'entrée du port. Pastorius se rapprocha d'Hemerzogh.

— Que se passe-t-il ?

— C'est le U-Boot qui va entrer dans le port.

Des jumelles étaient braquées vers le large. La passe principale de la digue était loin de la côte.

— Blue a caché son arrivée, on dirait.

— Oui. Pas de panneau, pas de pub, on ne voulait pas d'anti-Blue sur le dos.

Le submersible n'était pas encore visible pour l'instant. Des vedettes partaient à sa rencontre.

— Tu es un traître, déclara Hemerzogh, mais je te propose de venir quand même voir la bête.

Ils descendirent le long de la coupée, montèrent dans un gros Zodiac noir. Ils s'assirent à l'arrière en compagnie de trois personnes. Le gros bonhomme en costume de marin donna l'ordre de partir en dirigeant sa main vers le large comme un grand capitaine de navire. L'homme, derrière le volant, mit plein gaz sans se soucier le moins du monde de la vitesse limitée dans le port.

Le Zodiac, équipé de deux moteurs proéminents, se cabra, déboula comme une torpille en dessinant un sillon blanc. Pastorius était obligé de se cramponner fermement à la poignée près de lui car le pilote n'avait pas envie de ménager son équipage. Hemerzogh avait le sourire. Le privé aussi. Rien de mieux pour se remettre les idées en place et oublier un instant le différend entre les deux hommes.

Toujours pas de U-Boot à l'horizon. Ils se rapprochaient de la passe. Les moteurs ronflaient, crachaient des gerbes d'eau impressionnantes. Le détective sentait l'adrénaline se diffuser en lui avec délectation. Il en redemandait. Ne manquait plus qu'un bon gros *Highway to Hell* d'AC/DC et le shoot serait total, pensait-il.

Les moteurs ralentirent brusquement. Les hommes furent projetés en avant. Le changement de rythme fut violent, la vision terrible.

Le privé ne reconnut pas la victime. Elle était à moitié nue. La stupeur s'empara des membres d'équipage. Certains se voilèrent les yeux. Le personnage était de forte corpulence. Lié comme un rôti sanguinolent à un mât sur la digue, il n'avait plus de visage. Une croix gammée l'avait ravagé.

Et puis une apparition incroyable eut lieu, le tueur se montra, alors qu'il se cachait derrière un petit bâtiment. Il resta plusieurs secondes sans bouger, comme pour narguer les occupants du Zodiac. Il avait une face ignoble, un uniforme sombre.

Pastorius sortit son arme, tira. Le Kaleunt s'abaissa, disparut derrière un muret. Le privé demanda qu'on le débarque aussitôt. Le détective grimpa sur la digue de pierre, arriva près de la victime. Il regardait de tous côtés. Le monstre au terrible visage était invisible.

Pastorius entra dans une rage folle car il était là à quelques mètres de lui puis plus rien, envolé, volatilisé.

Il s'approcha du corps. C'était une bouillie de chair où l'on percevait à peine une oreille, un œil qui pendait, tenait encore par miracle.

Hemerzogh arriva lorsqu'une sirène les détourna de la vue du personnage monstrueux. Le sous-marin entrait en scène. Long, effilé et sombre, il se dandinait mollement à la surface. Son kiosque abritait un équipage nombreux habillé en tenue de Blue. Ils avaient le sourire, criaient. Enfin jusqu'à ce que l'un d'eux aperçoive le mutilé sur la digue. Les cris se turent, le bruit du diesel du submersible fut le seul son qui fut encore audible.

Le U-Boot passa devant le cadavre comme un long poisson noir qui porte malheur. C'était la première fois que le détective voyait un sous-marin allemand de la Seconde Guerre de ses propres yeux. Il était impressionné. Le squale nazi faisait partie des icônes du conflit au même titre que le Spitfire pour les avions de chasse, ou le char Tigre.

Les femmes et hommes à bord étaient tétanisés. Leurs visages devaient être les mêmes que ceux qui avaient officié sur ces sous-marins plus de soixante ans auparavant, mais pas pour les mêmes raisons. Des faces défigurées par l'horreur de la guerre, des visages maudits comme celui du tueur, des visages de terreur.

*

Vicky Warwick, Hemerzogh, Lerner et Pastorius étaient à la morgue devant le cadavre du gros bonhomme. On l'avait ramené là pour l'examiner, le médecin légiste étant cloué au lit avec quarante de fièvre. Son assistant était, lui, en formation à l'autre bout de la France. Il n'y avait personne de vraiment compétent pour s'occuper du nouvel arrivant.

Lerner venait de piquer une colère royale contre un agent technique qui se proposait d'examiner le corps. Le type n'y connaissait rien et avait voulu déshabiller le cadavre avec ses gants Mapa. Il était reparti avec un coup de pied au derrière made in police française sans demander son reste.

— Bon, on ne va pas attendre cent sept ans qu'il revienne à lui, fit Lerner en faisant les poches du pantalon de la victime. C'est pas légal mais on s'en fout.

Le corps était allongé sur une paillasse métallique. Sa tête ressemblait à un chou-fleur éclaté taillé en croix. Il était difficilement regardable. Warwick se détournait de lui. Les autres l'observaient, essayant de détecter un élément, un indice. Lerner trouva rapidement un portefeuille.

— À la bonne heure, le gagnant est François Brasselier.

— Et merde ! s'exclama Hemerzogh.

— Ça ne va pas du tout, ajouta Warwick.

Ils eurent l'air embarrassés.

— Vous pensez qu'on va vous accuser ? dit Pastorius.

— Oui, bien entendu, répondit la brune. Brasselier tué, c'est le roi des anti-Blue en moins. On aurait voulu le faire qu'on ne s'y serait pas pris autrement.

— On va dire que le brûlé est un homme de chez Blue.

— C'est peut-être vrai, ajouta le policier. Après tout, il faut songer à toutes les possibilités.

Le privé était étonné. C'était la première fois que le flic prenait une position contre Blue, et en présence de sa grande patronne en plus. Enfin, à dire vrai, ce n'était pas contre Blue, mais juste une attitude normale de policier non vendu à la multinationale.

— Il ne faut pas que les journalistes ébruitent cette affaire, expliqua Warwick. Ce serait une très mauvaise publicité pour nous. On lance « 24 décembre 1944, naufrage du Léopoldville » et le U-Boot se pointe. Ce n'est vraiment pas le moment d'avoir cette tête de monstre sur les bras. Rien ne va en ce moment. Il y a aussi cette tempête à venir qui nous fait annuler la parade de navires prévue pour ce week-end. Shit !

— Les sentiments, ça n'est pas votre truc, dit le privé gêné par son attitude devant le cadavre.

— Oh ! vous, gardez votre morale, arrêtez de faire le Bon Samaritain. On ne sait pas ce que vous fricotez là, vous êtes un suspect comme les autres.

— C'est tout à fait exact, poursuivit Lerner. Vous pourriez très bien être la cause de ce massacre.

— Bien entendu. J'étais sur le Zodiac, et en même temps le tueur sur le quai. Quelle dextérité !

— Les complices, ça existe !

— Admettons ! Dans ce cas, tout le monde ici peut être le coupable. Homme, femme, gros, maigre, jeune, vieux, il peut être n'importe qui.

— Moi, j'étais avec toi sur le Zodiac au cas où tu l'aurais oublié, fit Hemerzogh.

— Tu pourrais être un complice.

— Pourquoi pas !

— Et puis, enchaîna Pastorius, il y a cette face brûlée. Elle indique, à coup sûr, que le tueur est quelqu'un d'identifiable car je pense qu'il s'est fabriqué un masque pour effrayer, et pour qu'on ne le reconnaisse pas.

— Et pour être dans la peau de son personnage, ajouta Lerner.

— Tout à fait. Il peut donc être l'un de nous. Quelqu'un que vous connaissez, fréquentez...

Le privé fixait la tête sans visage du cadavre. Il avait rarement vu une telle barbarie dans la manière de tuer. Il essayait de comprendre ce que ce signe nazi signifiait.

— Il te plaît ? dit Hemerzogh qui le vit se pencher sur lui. Moi, pas du tout.

— Je voudrais bien savoir ce qui se cache là-dessous.

— Comment ça ?

— Pourquoi y a-t-il une telle rage dans cet acte ? Pourquoi la croix gammée ? Et le fait de se montrer pour nous narguer, qu'est-ce que ça veut dire ?

— Ça veut dire qu'il se prend pour le roi du monde, lança Lerner. Maintenant qu'il massacre, et se barre comme bon lui semble. Il doit sabrer le champagne à l'heure qu'il est.

— Possible, oui, dit le privé. Ce barjo, car il faut l'être pour tripatouiller de la viande en charpie comme ça, aime être vu par son public.

— Et ce public, c'est nous, lâcha Hemerzogh. Tu parles d'un spectacle !

— C'est un adorateur du nazisme, ça c'est sûr, précisa le privé. En plus, c'est un fou qui prend du plaisir à tuer, à se montrer. Il existe une catégorie de tueurs qui peut lui correspondre. On les appelle les « thrill killers », ils tuent pour le plaisir. Je pense qu'il doit être de ceux-là.

Lerner avait sorti un stylo, et remuait les morceaux de cervelle qui dépassaient. Ce qu'il voyait ne semblait lui faire ni chaud ni froid.

— Le « thrill killer » tue pour le frisson, ajouta le détective, il se nourrit de la terreur qu'il impose. Il jouit de la souffrance de sa victime. J'ai souvent remarqué qu'il jouissait aussi de sa propre souffrance en s'infligeant des blessures, des punitions de toutes sortes.

— C'est un type très fréquentable, dit Hemerzogh.

— Une vraie boule de tendresse ! décocha Warwick. J'aimerais bien le rencontrer au coin de la rue celui-là.

— Faites gaffe, ça viendra peut-être.

— Si vous remarquez une personne blessée, griffée, que sais-je, souligna Pastorius, c'est un indice potentiel.

— Vous croyez ? demanda Warwick, perplexe.

— C'est probable, approuva Lerner.

— Quelle peut être la poursuite des activités de ce genre de tueur, si je peux dire ? dit Warwick.

— Il va tuer sans relâche, répondit le policier. Il va prendre son pied jusqu'à ce qu'on lui mette la main dessus.

Ce qu'omettait de dire Pastorius était le rapport que le tueur avait au coffret. Là, pas question de parler de cet aspect-là, ici. Le tueur était donc certainement un « thrill killer » mais pas seulement. Il avait un côté maniaque, et une face plus raisonnée qui le faisait chercher le coffret dans un but précis. Mais lequel ? Le mystère restait entier.

21

Ariel et Salvador avaient peur. Ils s'étaient réfugiés au café de Donni. Ils craignaient vraiment d'être les prochains à se retrouver marqués de la croix du démon.

Pastorius venait de les appeler. Il partait retrouver Isalie. Il avait un besoin urgent de la voir, de la sentir, de la renifler sous toutes les coutures. Elle l'attirait avec une force incroyable. Et les cadavres autour d'eux n'éteignaient pas sa flamme. Le détective brûlait littéralement. Il avait besoin de la prendre, libérant son instinct animal. Il savait qu'elle le faisait disjoncter, en redemandait.

Il la voulait tout de suite et maintenant. Il y avait en elle une bizarrerie qui le rendait fou. Il la suspectait de plus en plus d'être coupable des crimes. Une femme qui aime ce qui se rapporte au nazisme, même seulement d'un point de vue esthétique, était une tueuse idéale.

Trop sans doute ! Mais Pastorius avait vu de nombreux cas de meurtriers avec des pratiques étranges, des manières d'opérer à mille lieues d'une logique élémentaire. Alors une femme sexuellement épanouie, une historienne attirée par l'Allemagne du Troisième Reich, et qui s'offrait au détective enquêtant sur l'affaire, pouvait très bien être coupable.

Depuis longtemps, Pastorius n'avait plus d'idées toutes faites concernant les crimes. Leur logique illogique, ou seulement logique pour eux, défiait l'entendement. Ils repoussaient sans cesse les limites de sa compréhension. Ils étaient comme d'immenses maisons hantées aux étages, aux couloirs, aux portes infinis. Dès l'instant qu'on s'aventurait dans un corridor, un autre apparaissait. Une porte s'ouvrait, dix autres sortaient de nulle part.

Enquêter revenait à nager dans des marais aux eaux acides, troubles, où des fantômes rôdaient, où des poissons aux dents longues comme des poignards vous surveillaient tapis dans l'ombre. Les tueurs attiraient justement Pastorius à cause de tous ces aspects. Il avait le risque chevillé au corps. Il le portait en lui comme un deuxième cœur. Il lui fallait sa dose de barjots, de litres de sang, de déséquilibrés. Il ne pouvait pas côtoyer de gens « normaux » sous peine de s'ennuyer, de crever à petit feu.

Il arriva dans la baie d'Écalgrain. Il repensait à son départ de la morgue. Juste avant, Vicky Warwick avait fini par incendier Lerner, lui répétant qu'elle ne comprenait pas pourquoi il n'arrivait pas à arrêter le coupable. Il avait courbé l'échine. Pastorius s'était vraiment rendu compte, à ce moment, combien elle le tenait. Il devait aimer le fric à ne plus savoir qu'en faire car elle l'avait traité de tous les noms, devant lui et Hemerzogh, sans se soucier aucunement d'eux. Il n'avait pas ouvert la bouche alors que c'était un chien enragé. Elle lui avait rappelé que Blue lui versait un « bon paquet d'euros » et qu'il fallait donc des résultats urgents. Il avait attendu que l'orage passe en promettant le coupable dans les plus brefs délais sur un plateau.

Pastorius avait vu le monde s'agglutiner devant La Cité de la Mer en passant en voiture. Le meurtre, apparemment, n'empêchait pas les curieux de vouloir découvrir la nouvelle attraction.

Le privé entra dans la maison d'Isalie. Elle n'était pas là. Il descendit jusqu'au bunker, la trouva à son bureau devant son ordinateur, un parterre d'ouvrages et de dossiers. Ils s'embrassèrent langoureusement comme s'ils ne pouvaient plus se décoller l'un de l'autre.

Mais la brune toute heureuse de ce qu'elle venait de découvrir lâcha d'une voix satisfaite :

— J'ai creusé le sillon Milton Ferenzy, j'en sais plus sur l'animal !

— Alors, je t'écoute !

— Nous savions qu'il était né en 1919 et mort en 1944.

Maintenant, je peux te dire qu'il est né à Manchester, que son père était ouvrier dans une fabrique de chaussures, et alcoolique notoire.

— En voilà un qui a bien commencé dans la vie.

— Parfaitement, sa mère est morte à sa naissance. Il avait trois frères, je n'ai rien sur eux. Le registre dans lequel j'ai trouvé ces informations est un fac-similé d'un document officiel du MI6. J'en ai tout un rayon sur le sujet, seulement il ne concerne que les agents et encore, il est très succinct.

— Et qu'as-tu d'autre sur lui ?

— Il avait de mauvais résultats scolaires, il a quitté Manchester à l'âge de quinze ans après avoir débuté très jeune une carrière de petit cambrioleur. Il a été arrêté pour ça, a été relâché puis de nouveau arrêté, s'est échappé du poste de police avant d'être encore repris.

— On n'a donc pas un élève modèle.

— C'est vrai, quoique, et c'est là que ça devient curieux. On le retrouve à dix-sept ans inscrit au très sélect King's College de Londres. C'est une université prestigieuse en Angleterre, pas autant qu'Oxford et Cambridge mais classée juste en dessous.

— Comment un petit voyou peut devenir membre d'une institution comme celle-là ?

— Je ne sais pas.

— Eh bien, en falsifiant ses documents scolaires, bien sûr.

— Tu crois ?

— Ça ne m'étonnerait pas du tout. Pour devenir espion, il faut commencer très jeune, ce serait une belle preuve de ses capacités et de sa motivation.

Isalie cliqua sur la souris. Une photo en noir et blanc apparut à l'écran.

— Voici encore notre homme, en tenue d'aviateur, cette fois. Il doit avoir une vingtaine d'années.

Il posait près d'un Spitfire, en souriant, avec un air brave et sûr de lui.

— Il n'aspire pas à la mélancolie. Sait-on comment il passe du King's College à l'avion de chasse ?

— Non. De même qu'on ne sait pas plus comment il devient espion. Je n'ai plus d'infos pour l'instant, il va falloir continuer à fouiller sur le net dans les bases de données sur la Seconde Guerre.

— Moi, poursuivit le privé, j'ai des infos d'un autre ordre, mais tout aussi croustillantes.

— Explique !

Il lui conta le meurtre de Brasselier, l'apparition du brûlé, l'arrivée du sous-marin. L'explication de tels faits provoque normalement de la stupeur, de l'horreur ou de l'indignation. Mais rien de tout cela ne se ressentait chez Isalie. Au contraire, elle regrettait de ne pas avoir été là pour « contempler le spectacle ». Elle ne paraissait pas choquée outre mesure. L'évocation de la mort l'excitait même, en fait. Cela attisait ses sens déjà en éveil, comme ceux de Pastorius qui n'attendait que le signal du départ pour commencer sa course vers elle.

Elle lui sauta dessus, commença à l'embrasser. Il ne s'en laissa pas compter, entra lui dans le duel.

— Tu aimes quand ça devient vraiment torride ? lui demanda-t-elle, avec un air lubrique à souhait.

— Oui, madame, fit-il tel un petit garçon devant sa maîtresse.

— Bien, alors, suis-moi, mon étalon !

Elle l'entraîna vers la porte du fond, celle qui était interdite d'accès en allemand. Elle sortit une clé de sa poche, ouvrit, alluma la lumière, et emporta son bellâtre dans la pièce.

— Voilà, ici on peut s'amuser comme on veut, lança-t-elle d'une voix légère. Tu aimes ?

— C'est sympa, oui. Et ça donne envie d'essayer.

— Je supputais que ça te plairait. Je le lisais en toi, tu es un méchant, une bête sauvage.

Elle se mit à rire. La pièce était dédiée au sadomasochisme. Une grande croix de Saint-André était disposée au milieu. C'était la croix caractéristique de ce genre de lieu, celle qui servait à supplicier. Il y avait aussi des chaînes, des poignets de cuir, une petite cage, et puis d'autres objets de plaisir. Un grand drapeau nazi se tenait au mur et faisait face à son homologue britannique. Un grand drapé noir parcourait le fond de la pièce. Il cachait une porte dont le privé voyait le contour.

— Allez, attache-moi, ordonna-t-elle. Fais de moi ce que tu veux !

Elle se déshabilla, garda son string noir, ses bas, ses bottes, et se plaça sur la croix, le visage vers le privé.

— Très bien, tu vas être gâtée, ma belle, faut pas me laisser comme ça avec la permission de minuit.

— Parfait !

— Tu vas le regretter, sale putain ! s'exclama-t-il en saisissant un fouet sur un présentoir.

— Tu as déjà pratiqué ?

— Ma foi oui, et ça ne m'a pas déplu, balança-t-il en lui donnant un coup vif qui la fit crier.

Il lui en donna un autre sur la cuisse, encore un, et la regarda en train d'attendre son châtiment avec envie.

— Tu en veux d'autres, salope ?

— Oh ! oui, mon maître.

— Eh bien, on verra ça.

Il lui pinça alors un sein, serra, la regarda droit dans les yeux. Elle cria. Il appuya encore avant de la gifler puis de l'embrasser. Il ôta alors ses vêtements, passa son fouet lentement sur son corps, juste en le caressant, puis des fois en frappant avec douceur.

— Tu aimes souffrir ?

— Oui, mon maître.

Il la détacha. Elle se laissa faire, complètement soumise. Il la retourna, la pencha en avant, lui attacha les poignets au mur à l'aide de lanières de cuir. Elle était ainsi debout mais attachée à un mètre du sol, courbée, en avant, le postérieur offert, à sa merci.

— Là, tu vas dérouiller, où je ne m'appelle plus Pastorius !

— Oui ! Oui ! gémit-elle alors.

Il commença à la marteler de coups de fouet. D'abord lentement et délicatement. Il se mit ensuite à accélérer, et à appuyer ses coups.

Il adorait fouetter les fesses rougies de cette garce compatissante. Elle gloussait de plaisir, et ça le mettait dans tous ses états. Cette fille le surprenait décidément à chaque nouvelle rencontre. Elle était comme une poupée russe qui en découvre toujours une autre plus petite.

Ne tenant plus, il la prit debout, laissant tomber son fouet qui était tout à coup devenu beaucoup trop encombrant.

Et puis chose curieuse, tout en allant et venant en elle, l'idée qu'elle pouvait être la responsable des meurtres lui revint, ressurgit, déborda de ses pensées. Les deux sensations se mêlèrent dans sa tête, celle du plaisir immense, et puis la crainte qu'elle soit un monstre à deux faces.

Plus il la prenait avec fureur, plus ses doutes enflaient la concernant. Et plus cela l'excitait. C'était incompréhensible, un peu comme s'il jouait avec le diable, comme s'il le touchait au plus près, comme s'il le besognait tel un démon lui aussi.

Il la tenait par les cheveux. Elle hurlait. Il s'attendait à ce qu'elle se retourne avec ses yeux rouge vif comme les monstres dans les films. Elle était belle et terrible, attirante à se damner et effrayante. Il ne savait plus quoi penser d'elle. Il la fessait tout en la prenant. Il devenait fou.

Il adorait se laisser emporter sans plus rien contrôler dans leur folie de chair délirante.

Cette femme lui faisait peur, le mystifiait. Il savait qu'il ne pouvait plus lui échapper.

22

Maintenant, c'était Pastorius qui avait pris place sur la croix de Saint-André. Nu, il se faisait battre à coups de cravache par Isalie en combinaison noire.

Il criait car elle y mettait tout son cœur. Elle frappait avec une force terrible, avait l'air menaçant. Elle ne souriait plus comme tout à l'heure.

— Prends ça, charogne ! balança-t-elle d'une voix haineuse.

Elle le battait des pieds à la tête sans relâche. Le privé saignait du crâne. Le liquide rouge dégoulinait sur lui, venait grossir une flaque qui enflait à une vitesse affolante.

— Arrête ! s'écria-t-il.

— Non ! Tu vas crever, pourri !

Elle y allait à pleine mesure, sans jamais s'arrêter. Sa force semblait décuplée, démente.

— Tu es devenue complètement folle !

— Je vais te réduire en morceaux, vieille crevure ! Et pour commencer, je vais te marquer de la croix… Ainsi, tu seras définitivement à moi.

Pastorius se mit à redoubler de hurlements en voyant l'énorme couteau qu'elle venait de faire jaillir de la pièce du fond, derrière un rideau. Elle attrapa une chaîne, lui plaqua le cou contre la croix. Elle approcha la lame de son front, le regarda dans les yeux. Son regard était terrifiant. On y voyait bien plus que de la haine, on y percevait le mal à l'état pur, absolu. Ses orbites avaient pris une teinte noire, celle d'un trépassé.

Sa voix devint un souffle roque. Elle lui envoya un vent glacé sur le visage puis enfonça sa longue lame dans son crâne d'un geste franc.

Le privé hurla comme jamais. Isalie disparut à la seconde. Le noir se fit. La douleur s'élimina. Il se palpa le front, pas de lame ni de sang, encore moins de torture. Il était dans un lit, se rendit compte qu'il venait de faire un cauchemar.

Il alluma la lampe de chevet. Il était dans le lit d'Isalie, sans elle. Il regarda le radio-réveil : trois heures cinq du matin.

Il se frotta le visage, n'en revint pas de ce sale rêve, lui qui ne se rappelait presque jamais ses cauchemars. Il avait chaud, dégoulinait de sueur.

Il se rappela leur séance dans la salle de BDSM, bien réelle celle-là. Après, ils s'étaient couchés amoureusement. Il se souvint de cette sensation si étrange la concernant, entre la suspicion et le plaisir, entre le doute et l'amour qu'il sentait vraiment poindre en lui.

Un léger vent toquait contre les fenêtres. Il était assis. Il s'allongea, observa le plafond pour être sûr qu'il ne rêvait plus. Voir Isalie avec sa lame, ses yeux noirs et livides l'avait drôlement secoué. Elle jouait tellement bien son rôle qu'il lui aurait décerné un Oscar illico, celui de la pouliche la plus terrifiante, de l'historienne la plus bandante et la plus enivrante.

Il se leva, alla dans le salon, la cuisine… personne. Il revint dans la chambre, enfila le peignoir qu'Isalie lui avait attribué et se rendit vers le bunker. La brune, en peignoir également, était assise devant son ordinateur.

— J'ai des informations intéressantes, viens, installe-toi.

Il prit place près d'elle. Elle était captivée par l'écran.

— J'ai réussi à accéder à une base de données très documentée. J'y ai appris que Ferenzy était un agent double. Il travaillait officiellement pour la Grande-Bretagne tout en étant un espion allemand.

— Ça, pour une nouvelle ! lâcha Pastorius, intrigué, c'en est une.

— Oui. Et en plus, il a fait partie de la garde rapprochée de la famille royale !

— Non ?

— Oui. Imagine le scandale qui a dû retentir dans le pays quand on a appris ça. Un personnage qui gravite autour des Windsor et qui est dans le camp des nazis.

— Ça a dû être le tremblement de terre.

— Oui. Mais je n'ai rien là-dessus. Je ne sais pas comment il a été démasqué.

Ces nouvelles informations étaient capitales pour Pastorius. Elles élargissaient son champ de vision. Isalie paraissait tout autant surprise que lui. Si elle était la tueuse, elle devait probablement le savoir. Ça n'allait donc pas dans le sens de sa culpabilité.

— Regarde cette photo, Ferenzy pose avec plusieurs

personnages. Sais-tu qui est cet homme à côté de lui ?

— Ma foi oui, il s'agit du célèbre et triste Édouard VIII !

— C'est lui, en effet.

— Il fréquentait du beau monde notre ami Ferenzy, dis donc. Cette affaire devient de plus en plus surprenante. Ferenzy était un espion au service des Allemands et on le voit avec celui qu'on a baptisé le roi nazi.

— Oui, c'est très étrange. Édouard VIII est vraiment un personnage à part dans l'Histoire de la Seconde Guerre et de l'Angleterre. On sait aujourd'hui qu'il a livré des secrets aux nazis durant toute la guerre.

— Exactement, confirma Pastorius. Il a été roi pendant dix mois, je crois.

— Oui, c'est ça, en 1936 et il a abdiqué, laissant le trône à son frère Georges VI.

— Georges VI, le fameux roi au bégaiement. Le film qui relate son histoire, *Le Discours d'un roi* montre bien ce personnage et ses difficultés à vivre.

— Édouard VIII, quant à lui, croquait la vie à pleines dents. Il a dû abdiquer car il a épousé une américaine, Wallis Simpson, qui avait déjà divorcé deux fois. Le protocole politique et religieux interdisait une telle pratique.

Édouard VIII était une personnalité éminemment connue des deux amateurs d'Histoire. C'était une sorte de roi maudit.

— Le fait qu'il affichait ses idées en faveur du Troisième Reich l'a aussi poussé à abdiquer. L'ancien roi est devenu duc de Windsor.

— Oui, c'était une verrue dans la famille royale, il fallait absolument s'en débarrasser.

Ferenzy et Édouard VIII, véritable honte de l'Angleterre, posaient sur la photo, en uniforme, avec un grand sourire, comme deux militaires heureux d'être en permission.

— Il ne serait pas étonnant qu'ils aient travaillé ensemble pour le Reich, dit le privé.

— Oui.

— C'est tout de même très surprenant de retrouver la famille royale d'Angleterre dans notre histoire de meurtre et de sous-marinier.

— En effet. Je pense que nous ne sommes pas au bout de nos découvertes.

Ferenzy et Édouard VIII. Une sacrée surprise pour Pastorius. Quel était le rapport avec les meurtres du Kaleunt ? Le duc de Windsor avait été reçu en personne par le Führer. Le chancelier du Reich avait tenté de faire basculer l'Angleterre dans son camp par son entremise. Mais sans succès. Churchill veillait à la bonne marche du navire. Il le gardait à flot dans la bonne direction.

— À y réfléchir, c'est logique de trouver ces deux personnages ensemble puisqu'ils étaient dans le même camp.

— Bien sûr, assura Pastorius. On peut, dans ce cas, se demander si les noms des personnages importants à décoder avec la machine Enigma ne sont pas des membres de la famille royale…

— Comment ça ? Tu veux dire le roi Georges VI, par exemple ?

— Ou la reine !

— C'est inconcevable…

Isalie ne finit pas sa phrase et ouvrit grand les yeux. Ils se regardèrent tous deux, sentirent en même temps ce petit vent d'incrédulité, de frisson presque, qui flottait autour d'eux tel un mauvais génie.

— Ferenzy aurait inscrit sur sa carte les noms de membres de la famille royale qui seraient mouillés comme Édouard le roi nazi, dit le privé.

— Je ne peux pas y croire. Et ce secret serait enfoui sous les eaux depuis tout ce temps !

— Oui… pourquoi pas ?

— Aujourd'hui, on voudrait récupérer le coffret pour qu'on ne sache pas qui étaient ces personnages.

— Tu dis « on », mais qui est-ce « on » ?

— Eh bien, le MI6, paradis !

La brune ne dit plus rien, semblant réfléchir ou bien en étant incapable. Et puis :

— Et le tueur là-dedans, qu'est-ce qu'il vient faire ici, celui-là ?

— Ça, je ne le sais pas. Je ne vois pas quel est le rapport entre ce boucher à la croix gammée et un agent des services secrets.

Pastorius se disait en même temps que la tueuse était peut-être devant lui, et qu'elle feignait de ne pas comprendre la situation.

— On retourne au lit, fit Isalie. Mon ordi ne veut plus rien me dire.

— Je te suis, ma belle.

Le détective voyait bien qu'il se faisait mener par le bout du nez. Il n'y pouvait pas grand-chose, toutefois, se laissant faire sans trop aboyer.

Ils se retrouvèrent sous la couette, éclairés par une lampe de chevet.

— Tu y crois, toi, au MI6 qui chercherait son coffret ? demanda-t-elle.

— Oui, pour ne pas faire de vagues, les british seraient prêts à tout.

— Même à tuer ?

— Tu as déjà vu un James Bond où notre célèbre agent ne se servait pas de son arme, toi ?

— Non, mais là…

— Là, la lame a remplacé le gun. On est au bord de la mer, disons que notre espion a le vague à lame, « lame » étant écrit en un seul mot, bien entendu !

23

L'historienne et son détective avaient trouvé le sommeil malgré la tempête qui soufflait sous leurs crânes. Ils avaient pris la route de bon matin pour se rendre dans un endroit proche où les attendait une machine Enigma dans sa vitrine d'exposition.

— On va s'arrêter chez Donni, annonça Pastorius en arrivant à Cherbourg, histoire de sonder le moral des troupes.

La machine dormait dans le musée de la Libération situé sur un massif surplombant la ville. On l'appelait la montagne du Roule. Isalie avait songé à s'y rendre en se réveillant. Elle s'était dit qu'il y aurait peut-être des infos à glaner sur la machine. Elle savait que le musée en possédait un exemplaire.

Le privé ouvrit la porte de chez Donni. Fidèle à son comptoir, le cafetier les vit entrer, s'asseoir à une table l'un en face de l'autre. Des hommes du port buvaient leur coup, mangeaient un morceau. Du gros pain, un bocal de pâté et des gueules bien grasses qui mâchouillaient comme des broyeuses.

— Qu'est-ce que je vous sers ? demanda le barman avec sa mine renfrognée habituelle.

— Un café pour moi, fit Isalie.

— Même chose.

Il leur apporta rapidement leurs consommations.

— Ils sont là ? dit Pastorius à Donni.

— Qui ça ?

— Ariel et Salvador.

Il prit son air surpris. Ses yeux étaient creusés et noirs. Il avait une tête à n'avoir pas dormi de la nuit.

— Non, ils ne sont pas là. Pourquoi ils seraient chez moi ?

— Arrête, je suis de ton côté, bonhomme, je sais qu'ils sont là, je voudrais leur parler.

— De toute façon, ce n'est pas la peine d'insister je pense.

Oui, ils sont là. Ils dorment au-dessus.

— Bien, je vais aller les voir après. Il n'y a rien eu de spécial cette nuit, pas de visite inopinée ?

— De qui ?

— Laisse tomber !

Le gringalet retourna à son zinc. Le privé le regarda passer à côté d'un marin plutôt épais, cela lui fit penser à un petit remorqueur longeant un gros cargo.

Pastorius et sa compagne écoutaient les discussions autour d'eux. Le nom de Brasselier était sur toutes les lèvres. Les suspicions allaient bon train sur Blue.

— C'est cette salope de commissaire qui a fait le coup, lança un marin, j'en suis sûr, ils le paient assez cher pour faire le ménage.

— Tout le monde est au courant que notre cher Lerner en croque chez Blue, chuchota Pastorius à Isalie.

— Oui. Ce n'est peut-être pas faux, il peut être le coupable.

— Tout est possible. Seulement ceux qui sont ici ignorent ce que nous, nous savons, à savoir qu'il y a une machine à trouver avec des noms explosifs à la clé.

— C'est vrai. Je ne vois pas d'ailleurs le rapport entre Blue et la carte magnétique.

— Moi non plus. Y en a-t-il un seulement ? Blue aurait fait tuer Karl pour récupérer le coffret. Blue serait donc en rapport avec le MI6.

— Des hommes de Blue seraient des agents du MI6 ?

— Je n'en sais rien, dit le détective. Est-on absolument sûr que le MI6 a un lien avec le tueur ?

Ils se regardaient avec le même air dubitatif. Et si c'est toi la tueuse, se demandait le privé en songeant à sa belle amie, tu me joues drôlement bien la comédie, et tu te fous bien de ma gueule par-dessus le marché.

— On va voir nos tourtereaux, fit Pastorius.

Ils prirent par le fond du bar sous l'œil inquisiteur de Donni. Ils passèrent par un couloir, grimpèrent un escalier en bois grinçant. Ils arrivèrent dans un petit appartement. Des affaires traînaient partout. Passant dans le salon, ils remarquèrent des photos dans des cadres. On y voyait des danseuses en robe du soir avec des plumes dans les cheveux.

La décoration était joyeuse, colorée et exubérante. Une grande affiche prenait tout un pan de mur. Encore une danseuse dessus, levant haut la jambe, en tenue de cabaret, avec une inscription : *La grande Lilly s'envoie en l'air*.

Une porte. Ils frappèrent.

— Oui, c'est qui ? entendirent-ils aussitôt.

Le détective reconnut la voix d'Ariel.

— Je peux entrer ? C'est Pastorius.

— Oui, entre.

Ils se retrouvèrent dans la chambre. La jeune femme et Salvador étaient au lit. Le privé ouvrit les volets.

— Allez, debout là-dedans, déclara-t-il.

— Qu'est-ce qui te prend ? lâcha Salvador, t'es barge ou quoi ?

— Non. Il faut se lever. L'air est vif, le ciel est bleu, enfin non mais c'est pas grave. La tempête ne va pas tarder à nous tomber dessus mais pour l'instant elle nous épargne, la vie est belle.

— Il a un problème ? dit Ariel à Isalie.

— J'ai bien peur que non. J'ai plutôt l'impression qu'il est en pleine forme.

— Tout va bien ici ? demanda le privé. Pas de visite du tueur ?

— Non, et tant mieux !

— Parfait. Alors ne restez pas là, retournez sur vos bateaux, faites-vous voir un peu. Si vous vous cachez, on va vous suspecter de vouloir vous faire discrets.

— Ah bon ?

— Oui. Et puis après, vous nous rejoignez chez Isalie. Si on reste groupé, ce sera plus sûr.

— Bien, mon capitaine.

Pastorius cherchait les toilettes. Ariel lui indiqua la bonne porte. Il entra, tomba sur la salle de bain. Il n'y avait qu'une seule pièce pour se soulager et se laver. Il se retrouva devant une grande glace, des produits de maquillage et des perruques. Il avait remarqué, juste avant, un dressing dans la chambre avec des robes de soirée.

— C'est à la femme de Donni, les robes et les perruques ? lança-t-il de retour dans la chambre.

— Non, dit Ariel assise dans le lit, c'est à lui.

— Comment ça, à lui ?

— Eh bah, oui, c'est à lui lorsqu'il fait la grande Lilly. Tu ne savais pas que Donni était transformiste ?

— Non.

— Il travaille la nuit dans un cabaret en ville. Il est très apprécié, tu sais.

— Je n'en doute pas. Donc sur les photos au mur, c'est lui, je comprends maintenant, et la fatigue du bonhomme, également.

Cela fit tout de suite « tilt » dans la tête du privé. Entre se travestir en femme ou en tueur paré d'un visage brûlé, il n'y avait qu'un pas. Et sous ses airs chétifs, il pouvait très bien cacher sa véritable personnalité. Rien de tel qu'une couverture de gentil petit garçon pour dissimuler un gentil petit massacreur complètement timbré.

— Tout ceci est très intéressant, remarqua Pastorius. Il fait ça depuis longtemps ?

— Je ne sais pas. Mais je l'ai vu, c'est chouette, il reprend des chansons de Dalida, de Mylène Farmer...

— Très bien.

Pas si bien en fait. Le détective avait beaucoup de mal à concevoir Donni en tueur sanguinaire. Il commençait à se dire qu'il voyait des coupables en puissance partout, qu'il se raccrochait à n'importe quoi. S'il se retrouvait face à quelqu'un d'autre, il trouverait un lien, même anecdotique, avec le tueur et ses soupçons porteraient sur lui.

Il devait essayer de concentrer ses pensées, réfléchir sereinement sans sauter sur le premier suspect venu.

— Bon, maintenant on vous laisse.

Isalie et Pastorius quittèrent la chambre en passant devant les cadres de Donni Lilly, descendirent jusqu'au café. Donni les regardait. Pastorius le vit, fidèle à lui-même. Était-il différent par rapport à tout à l'heure ? Non, bien sûr ! Et pourtant ! Le privé avait un doute maintenant. C'était lui qui le regardait d'une manière différente. Il était un, deux personnages, alors pourquoi un troisième à la fois ?

La Jaguar longea le port, avança encore en ville avant de monter par une route étroite. Elle grimpa rapidement, négocia des lacets très serrés.

Quelques minutes plus tard, elle s'arrêta sur un petit parking au pied d'un fort. Les deux acolytes montèrent une côte à pied, parvinrent jusqu'à un point de vue dominant toute la ville. Cherbourg se dévoila à eux, grise et austère, devant le bleu de la mer à perte de vue.

La grande digue était bien visible, omniprésente dans le paysage. D'une longueur incroyable, trouée par des passes, elle ceinturait la côte à distance. À l'intérieur de la rade, s'organisait le port avec l'arsenal militaire planté en plein milieu. C'était le poumon de la ville. Les sous-marins qu'on y construisait étaient la fierté de ses habitants.

Ils poursuivirent, entrèrent dans l'enceinte d'un fort planté tout en haut de la colline rocheuse. Pastorius suivit Isalie sur une passerelle en bois jusqu'à l'entrée. Un bâtiment moderne en verre était venu se greffer sur le lieu historique.

Ils arrivèrent devant le pupitre de l'accueil. Un homme à lunettes les visa, et reconnut la brune.

— Bonjour, dit-il mollement.

— Je viens faire découvrir le musée à mon ami.

— C'est bien, vous pouvez y aller.

— Je prends les clés des vitrines.

L'homme ne répondit pas, replongea dans un livre de

poche, assis sur un minuscule tabouret haut perché.

— Je sais dans quelle salle est la machine, indiqua Isalie. Il faut progresser dans le musée pour y arriver.

— Ce fort, de quand date-t-il ?

— Du Second Empire. Il a été occupé par les Allemands durant la Seconde Guerre.

— Je comprends. Le point de vue était idéal pour surveiller les côtes.

— C'est vrai, il s'agissait de prévenir, d'empêcher tout débarquement allié. Il a été repris par les troupes alliées le 25 juin 1944 durant une bataille épique.

Ils marchaient à présent dans un décorum fait de panneaux descriptifs, d'objets d'époque, de photos, de maquettes.

— Cette série de photos, dit Isalie, montre que les forts situés le long des digues du port avaient été aménagés.

Le privé voyait un cliché montrant tout un dispositif de combat sur un fort. Il s'agissait du fort de l'île Pelée où l'on avait installé un poste de DCA. Il y avait aussi des photos de GI dont l'une montrant un soldat en train de lire le *French Phrase book*, le manuel pour apprendre le français.

— On continue par là. C'est drôle, tous ces objets, n'est-ce pas !

Il y avait toutes sortes d'objets du quotidien dans les vitrines : un rasoir, une boîte d'allumettes, une bouteille de Fanta, une boîte de chocolat Banania, des tickets de rationnement…

— Oui. Ils ont l'air très vieux, ils n'ont que soixante-dix ans. Les modèles, les modes changent tellement vite.

Ils arrivèrent devant une maquette du port durant la guerre, lorsque les Américains l'avaient investi, développé, en faisant un temps le premier au monde. Des véhicules étaient rangés. Il y avait une voie de chemin de fer.

Une carte montrait le *Red Ball Express Highway*, la route allant de Cherbourg jusqu'à la Lorraine et les Ardennes. L'infrastructure mise en place reliait le front pour l'alimenter en hommes et en matériel. En plus d'une route, il y avait une voie ferrée.

Les chars américains Sherman ne fonctionnant pas à l'huile de coude, le pétrole était une question-clé à gérer. Ni une ni deux, les *boys* avaient construit un oléoduc sur le sol français en un temps record. La prouesse était sensationnelle, à la hauteur de leur fantastique puissance militaire. Il partait des quais de Cherbourg et allait jusque dans l'Est du pays.

La visite se poursuivit, évoquant des camps de prisonniers allemands établis dans le Cotentin. C'était un aspect de la guerre que Pastorius connaissait peu. Des photos et explications montraient l'après-guerre pour des dizaines de milliers de soldats capturés. Ils vivaient sous des tentes, pour la plupart. D'autres dans le parc d'un beau château. Ils travaillaient, pour beaucoup, à la reconstruction.

— Voici Enigma, déclara Isalie en ouvrant en grand la vitrine.

Le privé regarda la machine avec des yeux envieux. Il s'était dit avec Isalie que la carte passerait peut-être dessus.

Elle ressemblait à une espèce de machine à écrire bizarroïde dans une boîte en bois. On y distinguait un clavier et des lettres inscrites dans des lampes au-dessus qui formaient une sorte de second clavier, et puis des roulettes.

— Le principe d'utilisation est simple, expliqua Isalie. On pressait une touche, par exemple le « A » et la lampe s'allumait au-dessus désignant la lettre correspondante, le « N » ou le « I » selon le cryptage du moment.

— On ne va même pas essayer de mettre la carte, fit Pastorius en faisant le tour de la machine. Il n'y a pas d'ouverture prévue à cet effet.

— La machine de Ferenzy est unique, les machines Enigma ne possédaient pas de carte.

— Elles étaient réputées inviolables, mais en fait, elles avaient été déchiffrées avant la guerre par des scientifiques polonais. Quand la bataille a commencé, ils ont divulgué leurs découvertes aux cryptologues britanniques.

— Aussi, les Allemands compliquaient-ils régulièrement leurs machines. Les services de cryptanalyse britanniques étaient donc toujours en recherche. Ils avaient besoin pour cela de machines à étudier.

— Ils en avaient lorsqu'ils tombaient sur des sous-marins allemands.

Le détective observait la machine. Les inscriptions en allemand ne lui apprenaient pas grand-chose. Il savait que le système était basé sur le passage d'un courant électrique à travers des fils et des rotors. Les combinaisons possibles étaient gigantesques.

— Bien, je ne pense pas que ce soit de la machine qu'il faut partir mais de Ferenzy. C'est en épluchant sa vie qu'on trouvera un indice sur l'endroit où il a caché sa machine.

— Je pense que oui. Elle doit forcément être dans un lieu qu'il a aimé, où il a vécu, un lieu qu'il savait devoir perdurer dans le temps. C'est par là qu'il faut poursuivre nos recherches.

— Alors, allons-y !

24

Un taxi s'arrêta sur le port. Patsy Brooks en descendit. Elle ne savait pas du tout où se terrait l'agent à éliminer.

Elle avança le long du quai avec sa valisette. Pas question de demander aux passants où était le tueur.

Elle vit qu'on l'observait, une grande brune à une certaine distance d'elle, devant une minuscule voiture rouge. Elle continua à avancer. Mais elle me fixe ma parole, songea-t-elle !

— Salut, ma belle, dit la brune avec un grand sourire. Vous arrivez d'où avec votre valise ?

— Je viens me promener sur la côte.

— Vous voulez que je vous aide, vous êtes jolie, vous savez.

— Merci, mais ça va aller.

— Vous avez besoin de comp…

La brune fut tout à coup happée par une force qui la propulsa en avant vers une Jaguar qui venait de se garer non loin de là. La rousse continua son chemin, heureuse d'échapper à cette face de sorcière à tendance lubrique.

— Joshua ! Joshua ! cria alors la brune.

— Mona-la-mocheté ! Non !

— Je suis là pour toi, mon amour !

Pastorius venait de se garer pour acheter des cigarettes.

— Comment vas-tu, mon chéri ?

— C'est qui celle-là ? demanda Isalie, avec des yeux à terrasser toute une compagnie de légionnaires.

— C'est Mona.

— C'est qui, ça, Mona ?

— C'est ma croix, c'est l'enfer sur Terre, c'est... Il faut fuir, viens vite, remonte, on se tire, poupée !

La vieille anglaise démarra tel un dragster. Mona courut derrière en déballant les pires insanités.

— Il faut que tu m'expliques, mon bellâtre, déclara Isalie.

— C'est une folle qui me harcèle !

— Mon gros nounours est harcelé, dit-elle en riant.

Sa jalousie s'était envolée d'un coup, comprenant qu'elle n'avait pas lieu d'être.

— Alors, tu as failli me faire une crise de jalousie ?

— Moi ? Non.

— Bien sûr que si.

— Non ! Je ne suis pas jalouse.

Elle ne voulait pas lui montrer qu'elle en pinçait beaucoup pour lui, et que la jalousie faisait partie de son ADN.

Exprimer cela, c'était lui révéler une part de sa vulnérabilité. Elle n'en avait pas envie, préférant porter une carapace.

*

Le privé fixait l'écran de l'ordinateur depuis des heures. Il faisait des recherches, se désespérait de ne rien trouver comme un orpailleur restant bredouille de pépite.

Il était fatigué, ne voyait plus les lettres, les photos. Il se frottait les yeux, avait essayé encore et encore d'en savoir plus sur Ferenzy. Il était dans le bunker avec son PC. Isalie à côté de lui était devant le sien.

Ils avaient tenté plusieurs fois d'avoir accès à la base de données du MI6. Mais impossible, il fallait être membre de leurs services. La seconde solution consistait à aller directement sur place à Londres, au siège. Il fallait pour ce faire, obtenir une autorisation spéciale. On ne la délivrait qu'à des agents de police ou de justice. Et comme le tueur était potentiellement un agent du MI6, le fait de se jeter dans la gueule du loup s'avérait peu recommandé.

Ariel et Salvador étaient arrivés et tournaient en rond.

La jeune brune réussit à obtenir la clé de la porte interdite à force de solliciter Isalie.

— Allez-vous amuser ! Mais ne faites pas de bruit et restez corrects !

Salvador, qui avait déjà fumé plusieurs joints, n'en crut pas ses yeux en voyant l'attirail sadomaso.

— Non mais c'est quoi ces trucs ?

— Tu vois bien, répondit Ariel, c'est un parc d'attractions pour adultes. Allez, viens, on va jouer, mets-toi là et tiens-toi tranquille, mon loulou.

Le grand escogriffe ne discuta pas, s'installa sur la croix de Saint-André. La porte de la pièce était restée ouverte. Ils n'avaient pas retiré leurs vêtements. Le détective et l'historienne les entendaient et s'en amusaient. Le privé aimait voir Ariel, légère comme elle l'était maintenant. Cela lui faisait passer un moment sans penser à son frère.

— Est-ce que tu as été sage ? demanda Ariel.

— Euh… oui…

— Ah bon ? Non, tu n'as pas été sage, tu vas être puni, vilain loulou.

— Si tu le dis !

Elle lui donna un coup de cravache sur la cuisse. Il poussa un cri. Elle recommença. Il rit bêtement.

— Fais-moi mal ! dit-il en pouffant de rire.

— D'accord, maîtresse Ariel ne va pas te louper.

Elle rit, elle aussi. Salvador était dans un monde parallèle. Il se croyait dans un château des tortures de vieux film d'épouvante, et aimait ça. Il voyait des créatures danser autour de lui, des diablotins voler.

Pastorius avait besoin d'un café. Il se leva, fila à la cuisine. Il s'en versa une plaine tasse, le but tranquillement en regardant la baie d'Écalgrain plutôt de mauvaise humeur. Des vagues s'abattaient sur la plage sans la ménager, avec vigueur et entrain. Le vent fouettait la lande.

Il resta de longues minutes en immersion devant la beauté du paysage. La lumière disparaissait lentement. Le jour rendait l'âme sur la mer devenue grise. Un minuscule chalutier luttait sur les eaux.

Son téléphone sonna.

— Oui ?

— J'ai des photos intéressantes, déclara Isalie.

— C'est bon, j'arrive.

Il vint jusqu'à elle, vit un groupe d'hommes sur le cliché en noir et blanc à l'écran. Ils étaient cinq, en smoking, chacun avec un cigare dans une grande salle à la décoration luxueuse.

— Qui sont ces types ?

— Ils ont différents profils. La photo date de 1954.

— Bien, et qu'y a-t-il d'intéressant là-dedans ?

— Ce personnage, là, au centre est connu, dit-elle en le désignant du doigt, il s'agit de Oswald Mosley, un homme politique britannique qui avait fondé un parti fasciste, le British Union of Fascists ou BUF.

— Je le connais. Il a passé la Seconde Guerre mondiale en prison, il a été libéré après.

— Oui. Il gravitait dans la mouvance d'Édouard VIII. Un nazillon en puissance lui aussi. J'ai orienté mes recherches dans cette direction-là en étudiant un nombre monumental de documents.

— Et les autres personnages ?

— Lui, d'après le livret qui accompagne la photo est un homme d'affaires, Peter Bowding. Lui, c'est Jean Brassard, un Français, un riche commerçant, celui-là se nomme Paul Brass, il est membre d'un syndicat dans le whisky.

— Un saint homme !

— Certainement, oui, et le dernier là, c'est lui qui m'intéresse. Regarde-le, il ne te rappelle pas quelqu'un ?

Pastorius l'examina de plus près en se rapprochant. Son sourire ravageur avait dû faire un malheur dans la gent féminine ou masculine, ou les deux, pensa-t-il.

— Je ne vois pas vraiment. Tu ne vas pas me dire que c'est Ferenzy ?

— J'ai observé beaucoup de photos où Édouard VIII apparaissait, je me suis porté sur Mosley car c'est un personnage très important dans la mouvance fasciste anglaise. Je me suis dit que les deux avaient dû se rencontrer. De par le fait, notre Ferenzy aussi.

— Et ?

— Eh bien, sur cette photo, ce cinquième personnage s'appelle John Bings. Si tu caches ses cheveux blonds, il a de faux airs de Ferenzy. Et là, attention, je sors une autre photo de 1964, cette fois. La voici, je clique, notre homme pose avec Édouard VIII justement, et il se nomme Tony Dana Frisco, ses cheveux sont noirs mais son visage ressemble vraiment à celui de 1954.

Le privé resta muet un instant, peu convaincu par le tour de passe-passe que venait de réaliser Isalie.

— Ouais, finit-il par dire, mais encore ?

— Ouais ? Regarde encore la première photo, la deuxième et maintenant celle de Ferenzy que je possède.

Il la prit, l'observa, la colla sous son nez comme un chien qui renifle. Ariel et Salvador sortirent de la salle de BDSM, vinrent près d'eux.

— Qu'est-ce qui se passe par ici ? demanda Ariel. Vous complotez quoi, vous deux ?

Isalie avait placé les deux photos de l'ordinateur, l'une à côté de l'autre. Pastorius faisait la comparaison avec la sienne.

— Vous pourriez répondre quand on vous parle !

— Vois-tu une ressemblance entre les trois types ?

— Attends, je vais te dire ça, répondit Ariel. Montre un peu la tronche qu'ils ont !

Elle se pencha sur l'écran, plaça la photo au bout de ses doigts. Salvador observait l'extérieur par le hublot derrière eux.

— Il pleut ! lança-t-il tout content d'apprendre une information capitale à l'assemblée.

— Alors ?

— Ils se ressemblent, c'est vrai !

— Ah voilà ! lâcha Isalie, très heureuse de cette réponse.

Elle tourna son regard vers Pastorius.

— Tu vois que je ne suis pas toute seule à penser que ces trois personnes ont ce même sourire.

— Je suis d'accord avec vous. Les trois personnages ont des coupes, des habits différents, le sourire toutefois ne change pas. Il est très expressif. C'est troublant.

— Je ne te le fais pas dire !

— Ça voudrait dire, dans ce cas, que Ferenzy, si c'est lui, ne serait pas mort sur le Léopoldville le 24 décembre 1944.

— Oui. Cela signifierait qu'il a survécu à la catastrophe, et qu'il a refait sa vie après.

— Et comme c'était très risqué, il aurait changé plusieurs fois d'identité !

— C'est complètement délirant et sidérant !

Le privé et l'historienne eurent un échange de regards qui en disait long sur leurs pensées troublées par cette vérité qui s'offrait à eux.

— Ce n'était pas prévu au programme, s'exclama Isalie.

— Durant une enquête, il faut s'attendre à tout, tout le temps, et surtout à l'inattendu. Pour être sûr qu'il s'agit bien de Ferenzy, nous devons trouver d'autres photos de Bings et Dana Frisco.

— Oui.

— Ce qui me semble étrange, toutefois, c'est que le MI6 ne se soit pas aperçu de cette ressemblance avant nous.

— C'est vrai. Ils s'en sont peut-être rendu compte malgré tout.

— Possible, oui. Ou alors le croyant mort, ils l'ont définitivement oublié, enfin façon de parler car si le tueur est un de leurs agents, ils n'ont pas oublié son coffret.

25

Il faisait nuit sur la maison de la baie. Quelques habitations, un peu plus loin, lançaient de rares signes de vie dans la nuit. Celle d'Isalie était éclairée. Juchée sur la falaise, servait-elle de point de repère aux navires qui passaient à quelques encablures ?

On s'activait toujours à l'intérieur. Les recherches avaient progressé. Les photos avaient été imprimées et collées au mur. Tony Dana Frisco avait répondu présent sur Google. John Bings s'était fait inexistant.

Ils avaient déniché deux autres photos de Frisco. Sur la première, il prenait la pose devant une concession automobile Chevrolet, à Seattle. Il la montrait de son bras avec son infatigable sourire. La légende, en dessous, indiquait qu'elle lui appartenait. La photo datait de 1956.

La seconde avait été prise sur un bateau en 1957. Frisco le présentait aussi de son bras. C'était un chalutier. Le petit texte, au-dessus, affirmait que c'était le premier bâtiment de la compagnie Frisco Fish, qu'elle comptait se développer rapidement.

— Je suis de plus en plus convaincu que c'est lui, déclara Pastorius. Sa tête est caractéristique. Son menton est assez large, et ses yeux sont malicieux.

— J'ai vérifié dans mes registres, ajouta Isalie. Son corps n'a pas été retrouvé lors de la catastrophe de 1944. Il a été enregistré dans les disparus, puis après comptabilisé comme décédé.

— Je n'ai pas de date de naissance sur Frisco. Les informations le concernant sont très éparses comme s'il était apparu à un moment puis s'était envolé.

— C'est-à-dire ?

— La Frisco Fish a existé de 1957 à 1958. Des documents l'attestent puis plus rien.

Ariel et Salvador dormaient dans une chambre. Il était deux heures du matin.

— On continue nos recherches. Comme il n'y a plus rien sur Frisco et Bings pour l'instant, on revient sur les fascistes, on essaie de dénicher une photo de Ferenzy sous un autre nom.

— En fouillant dans les archives d'Édouard VIII, de Mosley, on va peut-être en apprendre plus.

— Il me faut des réserves, j'ai soif !

Pastorius se leva, partit à la chasse au whisky. Cela faisait beaucoup trop longtemps qu'il n'avait pas touché de verre. Il sentait ses lèvres se dessécher.

Il revint vite dans le bunker avec une bouteille et des verres. Ayant fait le service, ils trinquèrent à leurs découvertes, et avalèrent en cœur leur stimulateur d'idées.

Pastorius se remit à l'ouvrage tout ragaillardi. Les photos, les documents papiers scannés défilaient devant lui. Les archives de différentes administrations, d'organismes, permettaient l'accès en ligne avec facilité. Mais la démarche tenait plus de la patience, de l'ennui même, que de l'exaltation.

C'était un vrai boulot de chien, à vrai dire, et les yeux du privé luttaient. Le goût du whisky n'y faisait rien, mais accentuait la fatigue de surcroît. Il essayait de se donner du cœur à l'ouvrage en pensant à ce qui pouvait le mettre de bonne humeur. Il se voyait cheveux au vent dans un vieux cabriolet. Ou alors il était assis sur un transat, devant une mer calme et chaude, avec un verre de rhum et une jolie métisse à ses côtés.

Une heure en remplaçait une autre, et une autre derrière elle poussait et faisait sa place. Les recherches s'enlisaient, les verres de whisky faisaient leur effet. Isalie s'était endormie sur son clavier.

Le détective avait de plus en plus de mal à discerner sa jolie métisse. Les vapeurs du whisky et l'écran lui rendaient la vie difficile. Le sommeil lui criait de venir le rejoindre. Il entendait une voix de sirène à laquelle il était bien difficile de résister.

Il se dit qu'il devait tenir encore quelques minutes à faire défiler ses photos de fascistes. Il devait avoir une intuition, une de ces petites voix qui nous guide sans que nous nous en apercevions car, alors qu'il allait éteindre son ordinateur, une photo intéressante apparut. L'homme était aux commandes d'un Zodiac et souriait à la Ferenzy. Il lui ressemblait beaucoup. Portant casquette et polo rayé de marin, il se montrait en compagnie d'un bel espadon pendu à côté de lui, la gueule ouverte et l'air franchement mécontent.

Le cliché datait de 1968, avait été pris aux Caraïbes. Le personnage avait, cette fois, pour nom Paul Georges Allan. Il avait fondé un club de pêche sportive à Porto Rico. On le voyait lors d'un séminaire de cadres fascistes. C'était lui qui était chargé de distraire ses camarades. Il était écrit dans l'article que c'était avec des fonds de partis fascistes qu'il avait pu monter son affaire.

Pastorius retrouva de l'énergie d'un seul coup, tapa « Paul Georges Allan » dans Google. De nombreux liens apparurent. Il commença à sauter de site en site, de page en page, et découvrit plusieurs photos du gaillard. Il lut que le personnage était décédé en 1975, mort dans un accident d'avion. Le conduisant seul, il en avait perdu le contrôle, et s'était crashé à la Jamaïque. Avant ce drame, il avait établi son entreprise dans l'ensemble des Caraïbes. D'un simple petit club de pêche, il en avait fait une importante société dans les domaines de la pêche, et du tourisme maritime.

Plusieurs photos le montraient devant ses différents clubs aux quatre coins des Caraïbes, de la Guadeloupe en passant par les Bahamas ou Grenade.

Le noir se fit soudain. Plus d'écran, plus de lumière. Le courant venait de sauter. Pastorius ne savait pas où était le compteur. Il réveilla doucement Isalie à la lumière de son téléphone portable, lui expliqua la situation. Elle était complètement dans le brouillard mais réagit tout de même, et lui dit qu'il devait rejoindre un débarras au rez-de-chaussée.

C'était là qu'il trouverait le panneau électrique.

Il la laissa replonger sur son clavier. Il quitta le bunker, se repéra dans la pénombre. Il atteignit le salon, entendit un bruit derrière lui, se retourna.

— Il y a quelqu'un ?

Il venait d'entendre une chaise se déplacer. Il visa devant lui avec le téléphone. Pas de chat, pas de chien, ni de rat, aucun extra-terrestre égaré.

Il se retourna, aperçut une ombre. De nouveau la lampe du téléphone.

— Oh ! putain, eut-il juste le temps de bafouiller en sursautant.

— Ne bouge pas, connard ! s'écria le personnage devant lui.

C'était le Kaleunt, une mitraillette à la main. Pastorius eut un choc. Le voir surgir tel un fantôme lui fit grimper la température d'au moins cinquante degrés.

— Tu fais un geste, un seul, et c'est terminé.

— Très bien.

Le privé voyait le démon de près pour la première fois. Son visage était repoussant, son uniforme usé.

— Donne-moi le coffret !

— Le quoi ?

— Je sais que vous l'avez. N'essaie pas de me blouser !

Il avait un accent allemand, semblait plutôt large sous son uniforme. Le détective vit que son visage était un masque comme ceux qu'on utilise dans les films. Il était bien fait, le plastique ressemblait à de la peau humaine.

— Si tu refuses de me le filer, je te butte, et après j'attaque ta salope de copine. Et si elle ne crache pas, j'irai voir les deux autres abrutis dans la chambre.

— Le coffret n'est pas là, lança Pastorius, je l'ai caché dans un lieu sûr.

— C'est ça… je t'ai dit de ne pas essayer de me rouler, va me le chercher tout de suite et ne fais pas d'histoire.

— Pourquoi veux-tu ce coffret ?

— Les questions, c'est moi qui les pose !

— Pour qui travailles-tu ?

— Tu commences à me les chauffer, le privé.

— Pour un type gravement brûlé, c'est normal, non ?

La remarque humoristique n'eut pas de réponse. Pastorius s'étonna lui-même, c'était sorti tout seul. La blague vient parfois se nicher là où on ne l'attend pas.

— Pas un geste, messieurs ! balança une voix dans la pénombre. Sinon, vous y passez tous les deux.

Ils se tournèrent, virent une silhouette féminine dans une combinaison de latex noir. Elle portait un masque qui lui recouvrait toute la tête. Elle tenait une arme dans chaque main comme dans les westerns.

— Jette ton arme, le monstre ! Allez, vite !

— Viens la chercher !

— Dépêche-toi, quand je tire, il n'y a jamais de sommations !

— Et toi le détective, reste tranquille !

— Jette ton arme ! Tout de suite !

Il obéit, la posa sur le canapé.

— À toi le monstre, ton arme !

— Ok ! fit-il en la déposant.

— Maintenant, file-moi le coffret, Pastorius ! Et au trot !

— Qui es-tu, toi ?

— Tu n'es pas de la police donc tu ne poses pas de question ! Le coffret !

— Il n'est pas là. Je viens de le dire à cette face de carbonisé.

— Ne te fous pas de ma gueule !

— Il faut prendre la voiture pour y aller.

— Je ne te crois pas, dit-elle d'une voix rageuse, je vais te flinguer !

— C'est ça ! s'écria Pastorius en jetant son portable tout en sautant de l'autre côté en une fraction de seconde.

Elle tira plusieurs fois. Le privé fila dans le noir, entendit du bruit, se releva, courut. Il sentit un courant d'air. Une fenêtre venait d'être ouverte. Il traversa la pièce dans le noir, se retrouva dehors, prit son pistolet et avança sans rien voir.

Il entendit du bruit dans les broussailles. Quelqu'un courait. Il lui emboîta le pas en se dirigeant vers la falaise.

Il aboutit sur un chemin, traça sa route. Il ne voyait presque rien. Il parvint le long des rochers au bord de l'eau, découvrit la mer en dessous.

L'ombre courait vite devant lui. Il ne voyait pas si c'était le Kaleunt ou la femme. Il tira plusieurs fois dans sa direction. Le vent ne l'aidait pas. La lande frémissait. Les bruits de pas se perdaient dans la nuit.

Mais le privé avançait toujours, glissait, se frottait aux fourrés, s'agrippait aux branchages.

Il tira encore, observa autour de lui. Pas moyen de voir qui que ce soit sans lampe.

Il se retourna. La bâtisse brillait au loin. Il avait parcouru un assez long chemin.

Il n'y avait pas de lune ni d'étoiles. La mer émettait ses râles lancinants. C'était une de ces nuits où les fantômes rôdent. Pastorius les avait rencontrés, mais ils s'étaient évaporés. Il n'y avait plus qu'à regagner la maison.

26

Il rentra, satisfait de ne pas s'être pris de balle dans la carcasse, et d'avoir conservé le coffret. Enfin, se dit-il, il aurait pu le donner, la carte n'était plus à l'intérieur. Elle était dans la maison, au fond du bunker, dans un livre sur une étagère.

En entrant dans la maison, Pastorius tomba sur Ariel avec une lampe à la main, grandement soulagée de le voir arriver. Elle cherchait Isalie et Salvador. Ils s'étaient volatilisés. Sous le choc, ayant entendu les coups de feu, elle débitait ses mots comme une mitraillette.

Le privé essaya de la calmer. Mais elle s'inquiétait pour les deux absents.

— Où ils sont ? Que s'est-il passé ? répétait-elle.

Pastorius récupéra son téléphone à la face fêlée. Il le consulta. Pas de message ni d'appel de l'un des deux égarés.

Il rétablit le courant, fit le tour de la maison, alla dans le bunker. Où pouvaient-ils être ? Que s'était-il passé durant son absence ?

Il prit la bouteille de whisky sur le bureau, en descendit une bonne lampée au goulot. Il en profita pour regarder si la carte était toujours à sa place. Oui, elle dormait dans un ouvrage qu'il aimait particulièrement, *Paris est une fête* d'Hemingway.

Pastorius sortit du bunker par le passage le long de la paroi. Une lampe torche en main, il alla jusqu'au belvédère au bout de l'escalier dans la roche.

Il vit une lumière dans la lande, pointa sa torche, reconnut Salvador qui marchait, revenant tranquillement vers la maison comme un gentil promeneur.

Visant dans toutes les directions, il ne distingua aucune brune. Il retourna vers la maison, retrouva bientôt Salvador qui lui expliqua avoir coursé lui aussi les assaillants. Ayant été réveillé par les tirs, il avoua avoir jailli de son lit, enfilé ses affaires à la hâte pour débouler en bas, et foncer dans la lande. Mais cela n'avait rien donné. Tout comme Pastorius, il était rentré bredouille de sa chasse à l'homme.

Salvador se vautra sur le canapé. Il avait l'air éreinté comme s'il avait parcouru un marathon. Il suait à grosses gouttes. Ariel lui apporta une bière. Elle en but une, en offrit une au privé qui l'avala d'un seul trait.

— Où peut-elle bien être, bon dieu ? lâcha-t-il, furieux.

— Qui a tiré ? fit Ariel. Raconte, c'était quoi ce délire ?

Le privé les mit au parfum, expliqua le trio de choc en pleine nuit avec concours de guns, menaces et balles perdues. Les murs du salon en témoignaient. Les impacts avaient de l'allure.

Il n'y avait pas de sang par terre. Tout le monde s'en était tiré. Les bons comme les méchants. Un partout, la balle au centre. Bientôt la deuxième mi-temps allait se présenter.

Ariel s'était réfugié dans les bras de son héros. Elle était fière qu'il se soit mis à courir comme un dératé. Le détective l'observait plutôt avec méfiance. Il pouvait très bien être le brûlé. Pendant que la petite brune dormait, il avait pu se glisser hors du lit et revêtir ses atours de sous-marinier. Et après son échec, il serait revenu de la lande en prétextant une poursuite.

Dans ce cas, c'était pareil pour Isalie, pensa-t-il. Elle pouvait avoir revêtu une combinaison et jouer à Catwoman avec ses pistolets pendant que lui était avec le Kaleunt. Elle reviendrait ensuite en affirmant s'être cachée dans la lande.

Curieux tout cela, vraiment étrange. Ils étaient maintenant deux à vouloir la carte magnétique.

Il rechargea son arme tout en se disant qu'il allait falloir redoubler d'efforts pour dénicher la machine Enigma Ferenzy. Ses secrets attisaient les foules, et un public avec des armes est toujours difficile à contenter.

*

Ce n'était plus la nuit et pas encore le jour. La baie se cuivrait sous le regard d'un Pastorius toujours émerveillé par ce spectacle naturel.

Il marchait le long de la côte à la recherche d'Isalie. Elle n'avait donné aucun signe de vie. C'était inquiétant.

Alors il avait quitté la maison. Il en avait assez de tourner en rond. Il fallait qu'il prenne le large, qu'il respire l'air de la mer à pleins poumons.

Le froid le piquait à cette heure. Mais ça lui faisait du bien. Il avait besoin de sensations, voulait sentir ses joues frémir.

Il ne se sentait pas bien car Isalie était introuvable. Cela le perturbait. Il l'avait dans la peau. Il avançait sans savoir où aller, devait marcher pour éviter de ruminer.

Le sentier l'amena au bout d'un cap. Une femme était assise, là, sur un rocher.

C'était Isalie. Elle l'entendit arriver, lui sourit en se tournant dans sa direction. Il resta un instant face à elle, heureux, rassuré. Il ne lui dit rien, s'assit. Elle était emmitouflée dans un grand manteau, avait l'air paisible.

Pastorius suivait les vagues se tordre sur les récifs, les racler, les rincer.

— Je t'ai cherchée.

Elle lui prit la main.

— Je suis bien, ici. Quand il y a des remous, je viens me réfugier là.

— Comment as-tu fait ?

— Quand j'ai entendu les coups de feu, j'ai décampé tout de suite. Je n'ai pas cherché à comprendre ce qui se passait.

Le doute revint chez Pastorius, telle une douleur enfouie qui soudain se manifeste. Attirance et suspicion s'opposaient, luttaient âprement en lui. Elle avait tout pour être la coupable ou le second personnage, la cow-girl de la nuit.

Cette fuite nocturne n'arrangeait pas son cas. Le privé ne savait pas sur quel pied danser. Mais il l'avait retrouvée, c'était le plus important.

Elle lui expliqua qu'elle se rendait parfois ici au petit matin. L'air pur lui permettait de faire le vide. Elle fixait l'horizon, se laissait guider par ses songes.

Elle était convaincante et sincère. Malgré cela, le privé ne pouvait s'empêcher de la suspecter. Elle avait peut-être envie de s'accaparer la carte magnétique, de l'avoir rien que pour elle. Elle aurait alors surgi en combinaison noire dans la nuit. Aussi, dans le cas contraire, si elle avait pris directement la carte, car elle savait évidemment où elle se cachait, elle aurait été tout de suite accusée.

*

La matinée avait été plus calme après la nuit agitée. Très calme même, beaucoup trop calme. Les recherches avaient été reprises, une fois les esprits calmés.

Treize heures approchaient. Paul Georges Allan, le nom d'emprunt de Ferenzy, n'avait plus rien révélé de lui. Google se taisait. Pastorius en avait assez.

— Il faut revenir sur Ferenzy, dit-il, tout à coup.

— C'est-à-dire ?

— Nous devons sonder les archives du MI6. Nous aurons ainsi des données précises et détaillées sur lui jusqu'en 1944. Là, nous sommes dans une impasse.

— C'est bien gentil ce que tu dis, même si tu as raison dans l'idée, mais pour ça il faut aller à Londres au siège du MI6.

— Oui, et alors ? Ça te pose un problème ?

— Non. Il faut également une autorisation spéciale.

— Ça, je peux essayer de m'en charger.

Le détective réfléchit. Avec son réseau de connaissances, il devait bien y avoir quelqu'un de susceptible de l'aider. Il passa plusieurs personnes en revue pour se dire qu'il suffisait de demander au plus près, c'est-à-dire à Hemerzogh. Il s'en confia à Isalie.

— Tu n'y penses pas, il va automatiquement refuser.

— Ce n'est pas certain.

L'homme possédait une certaine souplesse d'esprit qu'il était possible d'exploiter.

Pastorius l'appela, lui expliqua qu'il désirait son appui pour obtenir l'autorisation. Le privé lui expliqua l'objet des recherches à effectuer à Londres. Il annonça vouloir en apprendre plus sur un certain Milton Ferenzy. Il savait qu'il prenait, en cela, un risque car le tueur pouvait être alerté lui aussi. Hemerzogh était peut-être lui-même un complice du tueur. Il fallait cependant jouer cartes sur table pour faire avancer l'enquête. Quitte à déclencher un orage, autant qu'il soit orchestré par Pastorius.

Tout d'abord suspicieux, il finit par accepter au nom de leur vieille amitié.

— Mais je ne te promets rien !

— Bien entendu.

Le privé devait rappeler Hemerzogh dans l'après-midi pour savoir s'il pouvait obtenir l'autorisation. Il avait le bras aussi long qu'un tentacule de pieuvre géante. Ses réseaux s'étendaient des États-Unis à la Grande-Bretagne, en passant par le Vietnam jusqu'aux villages les plus reculés de France. Il avait fait des affaires partout, avait escroqué ses contemporains sur tous les continents.

Les heures passèrent. Pastorius passa son coup de fil. Son ami lui expliqua, avec force détails, qu'il avait été obligé de demander à Vicky Warwick en personne pour obtenir le sésame tellement désiré. Elle avait appelé l'une de ses connaissances anglaises, et l'affaire s'était débloquée.

27

Le lendemain matin, sur un quai à Cherbourg. Un ferry se remplissait de véhicules. Parmi eux, une Jaguar attendait d'embarquer à son tour dans une file de voitures. L'anglaise était heureuse car elle allait retrouver la terre de ses ancêtres. C'était comme un pèlerinage, son Lourdes à elle. Londres, Lourdes, à une lettre près…

Pastorius avait embarqué tout le monde pour la petite promenade. C'était plus sûr, et puis personne n'aurait manqué la visite du MI6.

La voiture pénétra dans le navire, roula sur le pont, sorte de garage géant, se parka. La petite troupe descendit, gagna les ponts supérieurs.

Le bâtiment s'ébroua lorsque tous les véhicules furent à bord. Il faisait froid et gris. La mer s'annonçait houleuse mais le privé tenait à sortir sur le pont extérieur pour le départ.

Les machines se firent entendre un peu plus. Le navire fit sa manœuvre pour quitter le quai avant d'entamer sa course. Pastorius, vêtu d'un gros manteau, observait la ville dans une nappe pâle et poisseuse. Elle ne s'était pas encore réveillée.

Les moteurs se mirent à gémir quand le ferry dépassa la digue qui ouvrait sur le large. Il vira alors de bord. Direction Portsmouth.

Le privé était seul sur le pont extérieur. Ses compagnons, bien au chaud, le voyaient derrière la baie vitrée. La côte lumineuse rapetissait. Les vagues étaient présentes. Pastorius prenait une bonne bouffée de cet air marin qu'il aimait tant.

Il resta longtemps avant de rentrer à bord, complètement transi. Un bon café chaud fut le bienvenu. La moquette était moelleuse. Les passagers plutôt rares dans la grande cafétéria colorée.

Les heures défilèrent sans heur ni évènement particulier. Tout le monde en profita pour se reposer sur les innombrables banquettes. Pastorius se promena sur le navire.

La mer agitée se contenait malgré tout. Le navire ondulait lentement sans trop maltraiter ses passagers.

Et puis les côtes de l'île de Wight furent bientôt en vue. L'Angleterre se présentait grise, elle aussi. Portsmouth se cachait derrière l'île. Il fallait la contourner.

Encore un peu et le grand port se discerna dans le lointain. Le privé gagna le pont extérieur, vit la tour caractéristique de la ville, la Spinnaker Tower, en forme de voile de navire. Il était déjà venu ici lors de promenades en Angleterre, avait visité, entre autres, le navire de l'amiral Nelson, le HMS Victory, un superbe trois-mâts, qui lui avait laissé un souvenir impérissable.

Il fallait maintenant regagner la Jaguar impatiente de rentrer au pays. Le navire traversa le port avant de toucher le quai de débarquement. Il libéra les véhicules. Le privé expliqua à sa voiture qu'elle devait maintenant rouler à gauche. Elle le remit à sa place en lui rappelant qu'elle était ici chez elle, qu'elle connaissait mieux que lui les habitudes.

Il y a toujours un moment d'euphorie quand on débarque dans un pays étranger. Le sourire était donc de mise. Les quatre compagnons de virée étaient comme des enfants partant en colonie de vacances. Ariel regardait partout, commentait le parcours. Salvador gardait, malgré tout, sa mine impassible habituelle. Posé sur le siège, il se laissait balloter en remarquant à peine le paysage.

Le GPS aida rapidement Pastorius à attraper l'autoroute vers Londres. Sa conduite à l'anglaise revint vite. Les panneaux *London* se mirent à défiler.

Plus tard, la campagne laissa sa place aux abords de la cité tentaculaire. Le trajet serait assez simple, toutes proportions gardées, car circuler à Londres n'est jamais aisé. Le siège du MI6 se situait au bord de la Tamise, au sud-ouest de la ville, dans le quartier de Vauxhall. Il fallait suivre la même route pour décrocher non loin de « Legoland », comme on surnommait le bâtiment.

La Jaguar se rapprochait de l'arrivée. Elle bifurqua de nombreuses fois, croisa une quantité astronomique de bus rouges à impériale avant de s'engouffrer dans un parking. Pastorius adorait les bus londoniens. Il avait même un vieux rêve, celui d'en posséder un, un jour, pour vivre dedans.

La troupe remonta bientôt à la surface, marcha. Le siège apparut. C'était un édifice original, vert et blanc, contemporain. On aurait dit, à juste titre, un bâtiment fait en Lego. Ils le contournèrent afin d'y entrer par l'avant. Très haut dans sa partie arrière, il redescendait par niveaux successifs jusqu'à sa façade donnant sur la Tamise.

— Il est en bon état, dit le privé.

— Pourquoi il ne le serait pas ? fit Ariel.

— Il a explosé dans un James Bond, *Skyfall*, alors je me disais que…

— Mais ce n'est qu'un film !

— L'humour, c'est pas ton truc, on dirait…

— Ferenzy était un véritable agent, lui ! Pas le commander Bond, s'exclama Isalie.

— Ian Fleming, l'auteur des Bond, était un agent, un vrai lui aussi.

Ils observèrent le fleuve, plutôt surpris de se trouver là. The London Eye, la grande roue de Londres, s'apercevait plus loin. Big Ben, sur l'autre rive, lui faisait un clin d'œil ancestral comme pour lui dire : « c'est moi la vedette, et encore pour un sacré bout de temps, vois-tu ! ». La ville ronflait, débordait d'une énergie surprenante. Pastorius ressentait le grouillement du monde.

Ils entrèrent dans un grand hall. Une hôtesse d'accueil étudia la précieuse autorisation. Un agent de sécurité, en veste sombre, les accompagna jusqu'aux archives. L'autorisation avait été envoyée par mail directement à Pastorius. Il n'avait eu qu'à l'imprimer.

Ils descendirent dans les sous-sols par un ascenseur. Après avoir suivi un long corridor, ils arrivèrent devant une autre hôtesse qui observa encore le document. Elle les fit pénétrer dans une salle avec des tables, des ordinateurs. Un vieil homme moustachu se tenait bien droit derrière un pupitre. Il inclina la tête pour les saluer.

Isalie, qui était celle qui maîtrisait le mieux la langue de Shakespeare, lui fit part du sujet des recherches. Il consulta, lui aussi, l'autorisation puis expliqua, d'une voix haut perchée, qu'il allait chercher le dossier correspondant au personnage.

Il revint dix minutes plus tard avec un dossier plutôt volumineux. Le petit groupe s'assit à une table. Ils n'étaient pas seuls dans la longue pièce à l'éclairage pâle. Plusieurs consultants étaient affairés.

Isalie détacha le nœud autour de la pochette cartonnée. Le

dossier gonflé d'un gros paquet de feuilles devait faire une dizaine de centimètres de haut.

Ils commencèrent à étudier, scrutant chaque document avec la plus grande attention.

Ce qu'ils ne savaient pas, c'était qu'ils n'étaient pas les seuls à observer le dossier Ferenzy. De minuscules caméras munies de micros étaient disséminées dans les plafonds. Elles permettaient de suivre ce que consultaient les accédants aux archives.

Le chef du Kaleunt, celui qui se trouvait derrière l'écran lorsqu'il lui parlait, suivait ce que faisaient Pastorius et sa troupe. De son bureau, dans un étage supérieur, il ne perdait pas une miette des recherches.

Le privé se doutait qu'ils devaient être observés, ou bien qu'ils seraient suivis une fois sortis d'ici. Ils s'étaient jetés dans l'antre de la bête si le tueur était un membre du MI6. Mais il fallait tenter le coup, ouvrir les hostilités, et voir où cela les mènerait. C'était osé, dangereux car ils pouvaient très bien se faire arrêter ici pour être interrogés sur l'affaire. Tant pis, on devait essayer, pour bousculer toute cette mélasse, pour que ses acteurs réagissent, se dévoilent enfin derrière leurs masques.

Beaucoup de documents étaient des rapports de missions effectuées par Ferenzy. À les lire, on voyait qu'il s'était très vite distingué une fois entré au Secret Intelligence Service, de son nom officiel, mais plus communément nommé MI6, Military Intelligence section 6 of England.

Ils découvrirent une lettre de recommandation d'un certain

Lord Bringsley lui ayant permis d'intégrer facilement le corps prestigieux des agents secrets. Le personnage, un agent lui aussi, expliquait être de ses amis. Leur rencontre datait de l'époque où ils étaient tous les deux membres du King's College de Londres.

Celui qui observait, de son bureau, avait été informé aussitôt que des Français avaient demandé à faire des recherches sur Ferenzy. On lui avait dit qu'ils étaient à Cherbourg. Il avait alors immédiatement agi pour qu'on leur accorde une autorisation spéciale. S'ils s'intéressaient à Ferenzy, ce devait être pour le coffret. Il fallait donc leur faciliter le travail au maximum. S'ils parvenaient à obtenir quoi que ce soit d'intéressant, on les suivrait, et on s'emparerait de leurs découvertes, donc du coffret.

L'homme au costume avait alerté son agent à Cherbourg, Patsy Brooks. Elle se tenait prête à agir s'ils revenaient sur place avec des éléments nouveaux.

Ils virent, sur les vieux papiers jaunis de tous formats, que Ferenzy possédait plusieurs noms de code comme Nathaniel Bootsy, Herman Speech, Jonas et Lohman.

Un compte-rendu de mission révélait un séjour aux Indes en 1941. Il y avait infiltré les mouvements indépendantistes. Plus tard, il avait participé à un commando en Norvège, et avait été blessé. Encore plus tard, en 1943, il était allé au Maghreb. Il avait ensuite intégré les services de sécurité de la famille royale.

Plusieurs aventures féminines le concernant étaient relatées. Le MI6 ne laissait rien passer, surtout pas la vie privée de ses agents. La femme qui avait été le plus longtemps avec lui était une Française rencontrée à Londres, Juliette Pérignon. Il posait en photo avec elle. En tenue estivale, ils souriaient à l'objectif, tenaient chacun une raquette de tennis. Ils étaient dans un parc. Un étang était visible derrière eux. Elle était blonde avec des cheveux bouclés. Le cliché datait de 1943.

L'homme au bureau ne savait pas bien où ils voulaient en venir avec leurs recherches. Il ne connaissait pas l'existence de la carte ni de la machine Enigma Ferenzy.

Isalie essayait de trouver des documents sur ce point précis mais il n'y en avait pas. Ferenzy étant un agent allemand, n'avait pas rendu public ses agissements dans ce sens. Les services du MI6 ne semblaient pas avoir, non plus, d'éléments. Ou bien, si c'était le cas, ils les gardaient ailleurs, à l'abri des curieux. Il n'était pas question qu'un historien ou quiconque sache que ce personnage avait été un agent double. Isalie ne l'avait appris que par hasard en faisant des recherches poussées sur le net.

Beaucoup d'éléments tournaient autour de la vie privée de l'agent. On le voyait avec Édouard VIII. Mais il n'y avait pas d'accusation formelle sur le fait qu'il soit au service des nazis. Il était tout de même sous surveillance car des soupçons pesaient sur lui, eu égard à ses fréquentations. Aussi, comme il avait de bons appuis, il avait néanmoins intégré les services de sécurité royaux. Ou bien, comme le pensait Pastorius, était-ce un moyen de pouvoir mieux le surveiller, de le garder en somme dans une cage dorée.

Juliette Pérignon apparaissait sur de nombreuses photos.

Elle semblait avoir pris une grande importance dans la vie de Ferenzy. Du moins officiellement, car des documents révélaient l'existence de ses nombreuses maîtresses.

Sa famille était riche. Il s'agissait de gros négociants en produits alimentaires. Ils possédaient un château en France. Ferenzy s'était fait photographier plusieurs fois devant. Le privé se demandait comment le MI6 avait réussi à se procurer tous ces documents personnels.

— Et si l'endroit que nous cherchons était ce château ? dit Pastorius qui avait l'impression de l'avoir déjà vu.

— C'est possible, oui. Ferenzy y est allé souvent à ce que nous voyons.

— Comme le MI6 ne connaît pas la machine Enigma Ferenzy, il n'aurait pas eu l'idée de la chercher là-bas.

— C'est vrai.

L'homme au costume découvrait l'existence de la machine, de la carte, et se frottait déjà les mains à l'idée de récupérer tout cela.

— Et où est-il, ce château ?

— Ce n'est pas indiqué. Il n'y a même pas son nom. Continuons à chercher !

— Voilà une autre photo sans indication, encore des documents divers, encore, encore…

— Une photo avec le château, il est vraiment très beau.

La bâtisse se montrait dans un grand parc avec un étang. Une poterne se dressait seule devant, avec un pont-levis. Ferenzy était devant une voiture de sport. Son sourire enjôleur ne le quittait jamais. C'était un grand manoir aux murs en granit, à la toiture en pierre.

— Alors, sait-on où il est ? demanda Pastorius.

— Oui, là, il y a un nom. Il s'agit du château de….

— Oui ?

— C'est le château de Nacqueville ! s'étonna Isalie.

— Tu le connais ?

— Bien sûr. Il n'est pas très loin de chez moi, près de Cherbourg.

— Fort bien, je pense que nous pouvons aller faire un tour là-bas.

— Attends, je continue à étudier ce dossier, je l'épluche pour voir s'il n'y a pas autre chose à glaner.

Le privé garda la photo du manoir. Il trouvait qu'il avait de l'allure. C'était un château à fantôme digne de cacher une machine Enigma.

— Ferenzy a peut-être pris le Léopoldville pour aller se réfugier dans ce château ?

— Pourquoi pas ! Quoique, les Anglais auraient vite fait d'aller le chercher là-bas.

— Ou bien il voulait y aller pour récupérer ou placer quelque chose.

L'homme au costume communiquait les infos sur le manoir à Patsy Brooks.

— Une cache en France, ce ne serait pas idiot, lança Ariel.

— C'est le lieu qui revient le plus souvent dans ce dossier, affirma Isalie. Tentons notre chance ! De toute façon, nous n'avons rien à perdre.

Une heure de plus passa. L'homme au pupitre n'avait pas

bougé de son fauteuil. Il regardait devant lui, clignait à peine des yeux.

— Je suis arrivée au bout, déclara Isalie. Je ne vois rien de plus convaincant que l'hypothèse du château, enfin je l'espère !

— Alors, retour en France, annonça le privé. Nous avons un manoir à explorer !

L'homme au costume prévint Brooks. Elle avait l'ordre de ne rien faire pour l'instant. Elle devait les attendre, les suivre jusqu'au château.

28

La Jaguar avait versé une larme en quittant la terre de ses ancêtres. Il avait fallu la consoler. Elle avait toussé, on avait évité la panne de justesse. Ils avaient réussi à prendre un ferry, le soir. Le voyage s'était fait de nuit. Ils étaient rentrés dormir dans la baie d'Écalgrain.

Le lendemain, départ pour le château qui n'était qu'à un quart d'heure de voiture. Pastorius avait prévenu ses trois camarades, la partie allait être serrée. Ils allaient certainement avoir le MI6 aux fesses, le tueur allait sans doute se manifester.

La voiture prit une route perdue près de Cherbourg, avança

encore puis se gara sur un minuscule parking. Un panneau indiquait la présence du château.

Ils se présentèrent devant une grande barrière blanche. Une maison de gardien longeait une longue allée qui se perdait dans un écrin de verdure.

Salvador appuya sur l'Interphone. Un homme sortit presque aussitôt de la demeure, vint vers eux. Il était âgé, barbu, en salopette en jeans.

— C'est pour quoi ?

— Nous voudrions visiter le manoir, dit Ariel.

— Bien. C'est six euros par tête de pipe. La visite comprend le tour du parc dans la zone balisée. On passe devant le château et on repart. Personne ne rentre à l'intérieur. C'est toujours d'accord ?

— Vous nous accompagnez ? demanda Pastorius.

— Ah ! Vous croyez que j'ai que ça à foutre ! Allez-y tous seuls. Je vous donne le dépliant. Vous aurez toutes les infos que vous voudrez avec. Z'avez d'autres questions ?

— Non.

— Alors, le fric et vite !

Il ramassa ses euros. Pastorius lui trouvait un sourire sadique et un peu idiot. Il sentait mauvais.

— C'est par là !

— On n'aurait pas deviné, connard, balança Ariel.

— Quoi ? Quoi ? Tu fais qu…

Il ne finit pas ce qu'il avait commencé. Après une balayette de Pastorius, le trublion se retrouva le derrière dans l'herbe. Il voulut se relever, mais eut droit à une gifle de première catégorie, de celles qui maltraitent, à l'évidence, la dentition.

— T'en as assez ou t'en veux encore ?

— Non ! Non ! C'est bon.

— Parfait, alors on va se promener, et toi, coucouche panier !

Ariel passa à côté de lui en lui décochant un magnifique sourire. Il la regarda avec un air halluciné.

— Ah ! au fait, dis-moi mon brave, fit Pastorius, mon brave qui d'ailleurs ?

— Je m'appelle Miguel.

— Mon brave Miguel, pourquoi ne peut-on pas entrer dans le château ?

— C'est interdit. C'est un lieu privé. Le parc ne se visite que six mois par an. Jamais le château ! Les propriétaires habitent dans le manoir.

— Ils sont là aujourd'hui ?

— Je… oui, bien sûr.

— Alors, nous allons les rencontrer.

— Mais non ! On ne peut pas.

— Et moi, je dis qu'on peut !

— Je vais appeler les flics, vous savez.

— Tu ne vas appeler personne, Miguel ! lâcha le privé.

Le vieil homme se releva. Salvador vint à côté de lui.

— Tu ne ferais pas ça, raclure, lança-t-il alors.

— Il ne faut pas entrer dans le château. Les ordres sont formels.

— Mais il y a les propriétaires dedans, non ?

— Bon, j'appelle les flics !

— Embarque-le, Jacques ! dit Pastorius. Miguel, tu viens avec nous !

Il se débattit mais Salvador l'attrapa par le col de chemise, le tira. Il ne résista pas, se laissa entraîner. Il avait l'air gêné, n'arrêtait pas de dire : « Faut pas entrer dans le manoir, faut pas y entrer… ».

Ils marchèrent dans l'allée. On ne voyait pas le château. Le chemin montait légèrement, était bordé d'une pelouse parfaitement entretenue de chaque côté, ainsi que d'arbres. Salvador tenait Miguel par l'épaule.

— Tu peux me lâcher, fit-il. C'est pas avec mes guiboles ratatinées que je vais me carapater de si tôt.

Le grand mou le libéra. Le vieil homme boitillait.

Le chemin était long.

— À qui appartient le manoir ? demanda Isalie, qui curieusement, n'était jamais venue ici.

— À une vieille famille de négociants, les Pérignon. Mais il ne faut pas entrer, je vous dis !

— Ils habitent ici depuis longtemps ?

— Oui, bien sûr. La propriété avait été achetée en 1880 par François Pérignon. Il a fait fortune dans l'importation et l'exportation de produits alimentaires entre l'Amérique du Sud et la France.

— Il n'y a jamais eu d'autres propriétaires depuis 1880 ?

— C'est la dernière descendante de la famille qui le possède aujourd'hui. Il en a vu, des vertes et des pas mûres, croyez-moi, ce château.

Ils arrivèrent une dizaine de minutes plus tard. Des plantes exotiques aux énormes feuilles, de grands séquoias, de beaux massifs, ornementaient les lieux.

Le manoir se révéla dans son parc, devant son étang et sa poterne. Pastorius fut tout de suite attiré par ce bel édifice. Le ciel plutôt clément le mettait dans la lumière. Il se dégageait une puissance évidente de ces vieilles pierres.

Tout le monde s'esclaffa, marqua son admiration. Même Salvador y alla de son compliment.

Ils poursuivirent. L'allée passait par la poterne qui enjambait une rivière.

— Regardez sur votre gauche, dit le vieil homme. D'ici, on voit la mer.

On l'apercevait, en effet, à quelques kilomètres, juste au-dessus de la végétation. Le parc alliait une grande étendue de pelouse et des massifs de plantes divers, de fleurs, agrémentées de rochers recouverts de mousse.

— Ça fait longtemps que vous travaillez ici ? demanda le privé.

— Cinquante et un balais, mon amiral. Ça nous rajeunit pas, hein ?

— Il existe de nombreux domaines comme celui-là dans la région, indiqua Isalie. Mais celui-ci est peut-être moins connu que les autres. C'est grâce au Gulf Stream et à sa douceur de climat que des jardins exotiques comme ici peuvent exister dans le Cotentin.

— Pas trop de visiteurs, c'est la consigne ici. Il ne faut pas déranger madame Pérignon. Bon, vous faites le tour du parc et vous repartez maintenant.

Ils passèrent sur le pont de bois de la poterne formée de deux tourelles et d'un bâtiment central. Des armoiries sur le mur en marquaient l'entrée. Ils glissèrent sous un porche. Les chaînes rouillées du pont-levis pendaient en des courbes lascives. Ils ressortirent pour aller vers le manoir.

Il possédait une tour sur sa gauche, quand on le regardait de face, était plus long que haut. Sur l'autre aile, le mur était taillé en angle droit sans fioritures. Massif, il comportait deux étages, les fenêtres du deuxième étant logées dans la toiture. Plusieurs cheminées se répartissaient sur son toit en pierre. L'ensemble était gris, austère et élégant à la fois.

— Il y a cent fenêtres et trente pièces à Nacqueville, expliqua le vieil homme. Vous regardez et on continue par là jusqu'au fond du parc et après merci, au revoir.

— Nous, on entre à l'intérieur ! dit Ariel.

— Toi, ferme là, la gamine !

— Alors, toi, t'as pas compris, lança Pastorius au gardien. Tu veux retourner taquiner la pelouse ?

— C'est interdit de rentrer. Personne ne pénètre jamais ici. C'est réservé à la châtelaine.

— Eh bien, appelle là, ta sauvage de châtelaine, et dis-lui que Pastorius veut faire une petite visite de courtoisie.

— Non ! Elle dort, il ne faut pas la réveiller.

— Je vais frapper à la porte, dit Isalie. On va la faire sortir du lit gentiment.

— Ne faites pas ça ! cria Miguel en sortant un couteau. Si vous avancez, je vous plante !

Il clignait des yeux sans discontinuer, tremblait, claquait des dents. On aurait dit un vieux juke-box déréglé avec ses lampes qui s'allument et s'éteignent sans arrêt.

— Lâche ça, papy ! cria le détective en s'approchant de lui. M'oblige pas à te câliner.

— Arrête, sinon...

Il pointa sa lame devant lui. Pastorius arriva à sa hauteur. Le vieil homme le regarda, désemparé. Le privé n'eut qu'à lui saisir l'arme. Il ne réagit même pas, resta la main en l'air.

Isalie frappa à la porte. Ils attendirent. Personne ne vint. Elle réitéra ses coups. Toujours rien.

— Il ne faut pas entrer ! s'époumona Miguel.

— Elle est vraiment là ? demanda Ariel.

— Oui.

— Bon, on entre, ordonna Pastorius en prenant son pass dans sa poche.

Le vieil homme ne dit rien, laissa faire.

La haute porte en bois s'ouvrit. Ils pénétrèrent à l'intérieur.

29

Un grand escalier en bois montait. Les pavés usés témoignaient de l'empreinte du temps. Il y avait des soieries aux murs ainsi que des tableaux.

— Il y a quelqu'un ? héla Ariel.

— Ohé !

Il faisait froid à l'intérieur. Il n'y avait pas un bruit. Ils passèrent dans une grande pièce avec une table en bois massif au centre. C'était une cuisine. Une énorme cheminée prenait presque tout le mur du fond. Pastorius remarqua la poussière omniprésente. Elle recouvrait les meubles, et flottait dans l'air à travers les rayons du soleil.

— On ne fait pas beaucoup le ménage, ici.

— Je ne sais pas, répondit le vieil homme.

Ils poursuivirent dans une autre pièce. Une table encore plus large et longe monopolisait la pièce. Encore des tableaux et des tentures aux murs. La décoration était on ne peut plus classique, très élégante mais encore noyée sous la poussière.

Ils appelèrent encore. Personne ne répondit. Miguel finit par dire :

— Le château est vide. Arrêtez de crier !

— Où est la propriétaire ?

— Il n'y a personne ici depuis bien longtemps.

— Expliquez-vous !

— Le manoir est vide depuis 1997. Personne n'y est entré avant vous !

— Comment cela ?

— Ça, je ne peux pas vous le dire. Vous avez votre explication quant à la poussière. Ce que je vous ai dit, c'est déjà beaucoup.

Ils continuèrent leur parcours. Les hauts plafonds, les portes immenses les écrasaient. La décoration alliait des éléments du Moyen Âge et un style classique des XVIII et XIXe

siècles. On passait d'une armure de chevalier à un bureau Napoléon III, d'un coffre sculpté ancien à une pendule en marbre ornée de bronze du XIXe siècle.

Ils montèrent au premier étage. Les marches craquaient. Il y avait des toiles aux cadres dorés dans tout l'escalier. Un lustre s'était brisé dans le couloir. Il y avait des morceaux de verre et de métal partout.

Ils entrèrent dans une pièce. Les murs de granit étaient d'une épaisseur incroyable. Des tapis recouvraient les parquets. Les tentures étaient rougeâtres. C'était une petite chambre.

— De quand date ce manoir ? demanda Isalie à Miguel.

— Le premier bâtiment fortifié construit ici date du XVIe siècle. Ce sont les Grimouville, vieille famille normande, qui l'ont bâti. Le château a été transmis aux héritiers qui l'ont, petit à petit, agrandi puis il a été vendu en 1689 à Bernard Mangon.

— Et ensuite ?

— Ce personnage a fait d'importants travaux. Il a fait abattre la muraille d'enceinte pour ne garder que la poterne. Plus tard, c'est le neveu de Mangon à qui revient le domaine, monsieur de Querqueville. Et encore plus tard, il y en a d'autres jusqu'à ce que ce soit le comte de Tocqueville, le frère aîné d'Alexis de Tocqueville, qui en devienne par mariage le propriétaire.

— C'est qui, Alexis de Tocqueville ? lança Ariel.

— C'est un célèbre penseur du XIXe, dit Isalie. Son ouvrage le plus connu est : *De la démocratie en Amérique*.

— Il est venu ici, poursuivit Miguel. Il a admiré le parc que son frère a fait transformer par un paysagiste anglais. Enfin, après les Tocqueville, nous arrivons à la famille Pérignon.

Ils marchaient de salle en salle.

— Vous avez déjà entendu parler de Milton Ferenzy ?

— Qui ça, vous me dites ?

— Milton Ferenzy.

— Ce nom-là ? Attendez… ça me dit quelque chose… Ferenzy… Ferenzy… mais oui, bien sûr, c'était l'ami de Juliette Pérignon qui a hérité du château. Il est mort pendant la Seconde Guerre, je crois.

— Oui, dit Pastorius, on y est.

— La guerre oui, en parlant de ça, puisque vous vous intéressez à l'histoire du château… eh bien, il a été, à cette période, avec le parc, occupé par les Allemands. Puis les Américains ont pris le relais et ont installé le *Sunflower Project*, un centre éducatif pour les Allemands. On en a sélectionné beaucoup pour un programme. On leur a fait appris l'anglais, l'Histoire et surtout les principes de la démocratie. Le lieu a d'ailleurs été en partie choisi pour son lien avec Tocqueville, très connu et apprécié aux États-Unis. Il s'agissait de former les futurs nouveaux dirigeants de l'Allemagne. Il fallait leur nettoyer le cerveau de toutes les saloperies nazies qu'on leur avait fait manger pendant des années.

— Vous êtes arrivé ici en… ?

— En 1962. C'était madame Juliette, justement, ma patronne. C'est elle qui m'a parlé de Ferenzy.

— Et qu’est devenue cette Juliette ?

— Je ne sais pas. Elle a disparu du jour au lendemain. C’est ça qui est étrange. Vous auriez vu ma tête ce jour-là !

— Comment ça ?

— Je ne l’ai plus vu un jour, le 4 janvier 1974. Le lendemain, j’ai reçu une longue lettre anonyme m’expliquant que Juliette n’était pas en danger et que je devais continuer à m’occuper du château, l’entretenir sans poser de questions. Il était indiqué que mon salaire serait doublé, et ça a été le cas. Il était aussi stipulé en caractères gras, répété plusieurs fois, que personne ne devait pénétrer dans le manoir. Personne… Personne… Personne !

Ils se trouvaient devant une grande collection d’armes. Des mousquets, des sabres, des épées, étaient accrochés au mur.

— C’est pour le moins curieux, votre histoire ! lança Isalie.

— Oui, c’est vrai. Les années ont passé. Personne ne venait ici. Certains dans le parc, mais pas plus.

— Et vous n’avez pas été tenté vous-même de pénétrer dans ces lieux ?

— Non. J’ai fait ce que je devais faire, un point c’est tout.

Ils passèrent à l’étage suivant. Là encore, les éléments de différentes époques se croisaient dans un enchevêtrement du temps plutôt inapproprié.

— Tout à l’heure, vous disiez que la dernière personne à être venue, c’était en 1997.

— C’est vrai, oui.

— Qui était cette personne ?

— Vous m’en posez de ces questions, vous. Vous êtes qui,

d'abord ? Et où voulez-vous en venir à la fin ?

— Nous menons une enquête liée à Milton Ferenzy. Je suis un détective privé, fit Pastorius.

— Et moi, je suis historienne.

— Et moi, plongeuse, ajouta Ariel. C'est mon frère qui est mort en plongeant, vous devez être au courant.

— Je lis les journaux comme tout le monde, je sais.

Salvador regardait à l'extérieur. Il avait allumé une cigarette.

— Alors, dites-moi, 1997 !

— J'ai reçu un courrier en janvier 1997. Je n'avais rien eu depuis 1974, aucun contact, vraiment. Mon salaire était versé régulièrement, je travaillais de manière autonome. Je savais que la situation était étrange mais je me plais tellement ici que j'aurai fait n'importe quoi pour rester.

— Qu'y avait-il dans ce courrier ?

— C'était une lettre de madame Juliette avec une photo pour que je sois sûr que c'était bien elle qui m'écrivait. Elle avait vieilli mais c'était elle. Je confrontai sa signature avec celle de 1974, il n'y avait pas de doute, c'était la même.

— Et que disait-elle ?

— Elle me prévenait que tout allait bien pour elle, qu'elle avait refait sa vie à l'étranger. Elle m'indiquait que quelqu'un allait venir pour prendre possession du château.

— Et vous avez vu quelqu'un ?

— Oui. On m'avait prévenu du jour de l'arrivée. Il ne fallait pas que je cherche à savoir qui venait. Je devais me tenir à l'écart et laisser entrer une grande voiture noire dont l'immatriculation était précisée.

— Et ?

— C'est ce qui s'est passé ! Elle a passé la barrière.

— Vous avez vu qui était à l'intérieur ?

— Non. Les vitres étaient teintées.

Ils parvinrent jusqu'à une pièce, fixèrent tout à coup leurs regards sur l'un des murs. Ils furent figés, stupéfaits. Deux tableaux étaient exposés devant eux. Il s'agissait de deux portraits, deux représentations d'une personne qu'ils connaissaient puisqu'il s'agissait de Milton Ferenzy. L'agent secret anglais, en personne, les toisait.

— Voilà qui est très intéressant, s'écria Isalie.

— Oui, tout à fait, renchérit Pastorius. C'est fort aimable de sa part de nous sourire à nouveau…

— Pas tant que ça, fit Ariel, sur ce tableau il sourit, et pas sur celui-là. C'est curieux, non ?

— Ce n'est pas normal de sa part, ça cache quelque chose. Pourquoi ces deux tableaux sont-ils presque semblables, et pourquoi ce sourire ici et pas là ?

Ferenzy se montrait jusqu'à la taille. Il était habillé en costume noir, très sobre. Les deux représentations étaient vraiment identiques hormis le sourire. À droite, il avait l'air mécontent. À gauche, il lançait son grand sourire à la Ferenzy.

— Quand je venais parfois au château avant 1974, dit Miguel, je restais au rez-de-chaussée. Je ne sais donc pas de quand datent ces tableaux.

— À droite, il est de mauvaise humeur. À gauche, tout va

bien. Ça veut dire quoi ?

— Ça veut dire qu'il faut se concentrer sur celui de gauche, préconisa Pastorius. Il nous dit : « Venez, suivez-moi, c'est ici que ça se passe ! ».

— Et il se passe quoi, alors ? dit Ariel.

— On va voir, fit le privé en s'approchant du tableau au sourire.

Il commença à l'observer de près. Il colla presque son nez dessus, arriva sur le cadre, zieuta derrière en le tirant légèrement. Il n'y avait rien d'anormal. Il le décrocha en faisant très attention, et le posa au sol.

Les murs, dans cette pièce, étaient des placages de bois. La pierre, en dessous, apparaissait sur les arêtes des murs.

Isalie retourna la toile dans tous les sens. Elle n'observa pas d'indice particulier, rien à exploiter. C'était une huile de belle facture d'environ un mètre de hauteur.

— Vous cherchez quoi ? demanda le vieil homme.

— Si on le savait !

— On recherche une machine Enigma.

— Ah bon ! Et vous pensez qu'elle est dans le tableau ? lâcha-t-il avec circonspection.

— Ce serait difficile, disons pas loin, peut-être.

— Continuez à nous parler de la voiture noire de 1997, reprit Isalie.

— Oui… eh bien, en fait, je n'ai pas grand-chose à en dire. Elle est venue trois fois en un mois de temps, et après plus rien.

— Et vous avez su qui était dedans ?

— Non, je vous rappelle que je ne devais surtout pas savoir qui était dans ce véhicule. Enfin une fois quand même…

— Oui ?

— J'ai aperçu, au loin, deux personnes sortir de la voiture, j'étais derrière des arbres, ils ne m'ont pas vu. Il y avait une jeune fille et un homme âgé dans un fauteuil roulant. Ils sont rentrés dans le château, sont restés une heure environ avant de repartir.

— Vous ne savez qui ils étaient ?

— Non. Si je tenais à garder ma place, je devais me tenir à carreau.

— Moi, je sais qui ils étaient ! balança alors une voix forte qui venait du couloir.

30

Une personne entra dans la pièce. C'était Catwoman dans sa tenue officielle avec son masque, et sa combinaison moulante.

— Bonjour vous ! lui fit Pastorius d'un air calme. Je vous souhaite la bienvenue parmi nous.

— C'est qui celle-là ? lâcha Isalie.

— Une visiteuse de la nuit qui se permet maintenant de sortir de jour.

— Oui, dit l'intéressée en sortant son arme d'un geste vif.

Je crois qu'on peut travailler en commun.

— C'est une manie chez vous de dégainer, dit le privé.

— Il faut croire, oui.

— C'est qui alors ceux de la voiture noire ? demanda Ariel. Vous dites que vous le savez, on vous écoute.

— Doucement, voyons, laissons planer le mystère...

— Et vous, qui êtes-vous derrière ce masque ?

Ce dont il était certain maintenant, c'était que Catwoman sans ses oreilles de chat n'était pas Isalie. Et ça lui faisait rudement plaisir.

— Je vous dirai d'abord que la jeune fille avec l'homme en fauteuil roulant, c'était moi. Il m'a recueillie lorsque j'avais cinq ans. J'étais dans un orphelinat de Porto Rico. Je me suis enfuie un jour car les conditions de vie y étaient atroces. Je l'ai croisé dans la rue, il m'a invitée à boire un sirop de citron, je m'en souviens parfaitement. Après, il a fait les démarches pour me sortir de cet établissement de malheur.

— Cet homme, qui était-ce ?

— Mon père adoptif. Celui qui m'a tout appris, qui m'a faite ce que je suis. Cet homme, vous l'avez devant vous, sur le tableau.

— Ferenzy !

— Oui, Milton Ferenzy.

Stupéfaction dans l'assemblée.

— Et qu'est-il advenu de lui ?

— Il est mort… en 1997, justement. Il était gravement malade. Il a fait une crise cardiaque. Je l'ai retrouvé, un matin, dans son lit.

— Sa femme, Juliette, qui a été ma mère adoptive, était morte deux ans auparavant. Ce n'est pas elle qui vous a envoyé le courrier en 1997, Miguel, mais Milton, en imitant la signature de sa femme. La photo avait déjà quelques années.

Le vieil homme ne réagit pas.

— Et quel était son nom alors ? demanda Pastorius, car nous savons qu'il possédait plusieurs identités.

— Il s'appelait…

Elle ne révéla pas l'identité de l'homme mais la sienne. Elle retira son masque et c'est Vicky Warwick qui apparut alors !

— Bien, annonça Pastorius, je pense que vous pouvez me confirmer que Milton Ferenzy avait pour identité Marcus Brockson, l'Américain, et qu'il est l'homme qui a fondé Blue !

— C'est exact, oui !

Le privé avait le sourire. La déduction était logique mais surprenante. Comme elle avait pris la suite du fondateur de l'entreprise, Ferenzy ne pouvait qu'être Brockson. Et comme l'agent secret avait travaillé dans le domaine maritime sous ses premières identités, il avait réussi à créer un énorme groupe dans ce même domaine.

— Milton m'a toujours demandé de garder ce château, dit-elle. Je ne savais pas pourquoi jusqu'à ce que vous cherchiez la machine. Il est mort avant de m'avoir révélé les secrets de cette bâtisse. Il voulait le faire mais il est parti avant. Il m'a dit qu'elle était pleine de mystères.

— Et pour le coffret, que savez-vous ?

— Là encore, assez peu de choses. J'avais ordre de faire surveiller l'épave du Léopoldville. Si jamais un plongeur remontait un coffret de ce navire, je devais me le procurer par tous les moyens. J'ai fait faire beaucoup de plongées sur le navire, pas une n'a réussi. Bien sûr, les plongeurs ne savaient pas ce qu'ils cherchaient. Personne n'est au courant du coffret chez Blue, à part moi. Milton, aussi, a organisé plusieurs campagnes, sous l'identité de Brockson, mais sans résultat. La recherche du coffret est une des raisons de l'implantation du groupe à Cherbourg.

— Vous n'avez aucun rapport avec le tueur ? dit Isalie.

— Non !

— Il doit œuvrer pour le MI6, suggéra le détective. Les anciens patrons de Ferenzy veulent récupérer leur secret.

— Pour éviter un scandale sans doute, mais lequel ?

— Les noms qui vont apparaître vont probablement ébranler tout le royaume. Même aujourd'hui, toutes ces années après, cela peut drôlement éclabousser la royauté britannique.

— Milton m'a dit un jour que ce coffret contenait de lourds secrets, et que je devrai les révéler au public. Il n'a pas voulu me mettre dans la confidence, il devait le faire mais la mort l'a emporté.

— Comment s'en est-il sorti le soir du drame du Léopoldville ?

— Il s'est cru mort. Il était prisonnier dans une cabine, sous l'eau, n'avait plus d'espoir. Et puis, tout à coup, une porte s'ouvre et le niveau redescend. Il est happé par le courant, se retrouve balloté dans des couloirs, et reprend pied.

— Il n'a pas pu retrouver le coffret ?

— Non. Il l'a cherché un temps, puis a fui. Il a réussi à monter dans un canot de sauvetage. Revenu à terre, il s'est fait enregistrer sous un faux nom avant d'aller se faire soigner chez un médecin, car il était blessé. Et puis, il s'est volatilisé dans la nature.

— Travaillons ensemble, proposa Pastorius. Unissons nos forces.

Elle toisa le privé, regarda son pistolet.

— C'est que… je ne sais pas si je peux vous faire confiance…

— Je vous assure que vous le pouvez. Faisons équipe et foutons une bonne raclée au MI6.

— Vous croyez ?

— Oui.

— Il y a une chose qui me gêne tout de même, dit Isalie. Ferenzy était un agent au service des Allemands. J'ai beau aimer l'Allemagne pour certains aspects, je ne veux pas faire le jeu des nazis !

— Vous avez raison, répondit Warwick. Mais sachez que moi, je n'ai rien à voir avec les nazis. Je connais le passé trouble de Milton. C'est regrettable, c'est même impardonnable.

— Et donc ?

— Et donc, je lui ai fait la promesse de mettre à jour les secrets du Léopoldville. Je ne fais qu'honorer ma promesse. Je ne fais pas ça au nom d'idées néonazies. Je le fais par respect pour mon père adoptif.

— Respect ou pas respect, balança Pastorius, il penchait quand même du côté des pourris.

— Oui, mais les hommes changent, poursuivit la présidente de Blue. Sachez qu'à la fin de sa vie, il ne croyait plus à la folie nazie. Il avait tout rejeté, et surtout il ne voyait plus ses anciens amis.

— Sa conscience l'a rattrapé ?

— Je ne sais pas. Ce dont je suis certaine, par contre, c'est qu'il n'a jamais été un fervent défenseur du nazisme, ni même d'aucune idéologie.

— Que voulez-vous dire ?

— Milton était plutôt un opportuniste. Sa véritable patrie, c'était lui. Milton était un Miltoniste convaincu. Il croyait en son destin et était prêt à tout pour arriver au sommet de sa pyramide.

— Vous voulez dire qu'il ne croyait pas au nazisme ?

— Il devait avoir certaines idées, c'est incontestable. Ce qu'il voulait toutefois, c'était utiliser ses connaissances pour avancer, profiter de la vie et gagner des dollars.

— Vous essayez de le défendre, insinua Isalie, c'est normal mais tout de même je…

— Je vous assure que c'est vrai. J'en ai parlé plusieurs fois avec lui. Il était, c'est certain, attiré par l'Allemagne du Troisième Reich. Mais il n'a jamais été un fanatique. Il haïssait un homme comme Himmler qu'il avait rencontré. Hitler le fascinait. Il voyait en lui le diable incarné. Il l'attirait et lui faisait peur à la fois.

— L'a-t-il rencontré ?

— Non, et il l'a toujours regretté. Il aurait voulu l'avoir en face de lui. Non pas qu'il le vénérait, pas du tout. C'était plutôt pour voir s'il ressentait ce trouble décrit par tous les gens qui l'avaient approché. Ceux qui se retrouvaient devant le monstre sentaient une énergie particulière émanant de lui.

— Le pouvoir du diable.

Pastorius avait lu des palettes entières d'écrits sur le bourreau nazi. Ce qu'avançait Warwick était avéré. Beaucoup de gens avaient décrit le phénomène, une énergie attirante et repoussante à la fois.

Ils avaient été captés par cet être sans pouvoir comprendre, sans pouvoir lutter. Il les avait attirés à lui par un magnétisme inexplicable.

31

Ferenzy avait le sourire sur son tableau, comme s'il narguait ceux qui s'attaquaient à ses vieux mystères. Posée sur le parquet, la toile ne semblait pas avoir envie de parler. L'agent secret et futur patron de Blue se taisait.

Le privé passa ses mains sur le mur, derrière la place du tableau. Les boiseries ne montraient rien d'anormal. Pas d'ouverture cachée. Pas de bouton ni de molette. Tout le monde se mit à inspecter la pièce. On déposa la seconde toile, celle sans le sourire. Rien non plus de dissimulé sur les placages en bois de ce côté.

Isalie frappa sur le mur correspondant au tableau avec le sourire. Il ne sonnait pas creux.

— Et alors ? dit-elle. Qu'est-ce qu'on fait ?

— On a peut-être fait fausse route, suggéra Pastorius. Ce n'est peut-être pas le bon endroit pour la machine.

— Ah non ! tempêta l'historienne. On est là, on y reste et on trouve !

— Vous avez déjà vu ces tableaux ? demanda le détective à Warwick.

— Oui, bien sûr. Mais Milton ne m'a rien révélé de spécial à leur égard. Il m'a juste dit qu'il les avait fait faire pour qu'on le voie sous deux jours différents, l'ombre et la lumière.

— C'est tout ?

— Oui. Je n'en sais pas plus que vous. Ah ! regardez, les attaches des tableaux ne sont pas tout à fait les mêmes. Celle avec le sourire est un peu plus longue.

Ils s'approchèrent. En effet, les systèmes de fixation sur le mur étaient légèrement différents. Il s'agissait d'un petit rail horizontal sur lequel venait se bloquer la toile.

— Celui-là doit mesurer dix centimètres alors que l'autre n'en fait que cinq.

— Et alors ? Ça change quoi ? lança Salvador.

— Oui, ça change quoi ? renchérit Ariel.

— Je ne vois pas pourquoi ces deux rails ne sont pas semblables, précisa Pastorius.

— Bien ! Mais encore ? poursuivit la jeune brune. Ceux qui ont installé la toile ne devaient avoir que ce matériel, c'est aussi simple que ça.

— Sans doute que vous avez raison, fit Warwick d'un air sceptique.

— Ça peut aussi être intentionnel, supposa Isalie.

— Et pourquoi donc ? demanda Salvador. Vous voyez toujours du compliqué partout, vous. On a eu droit à vos histoires d'agents secrets. Vous allez nous sortir quoi maintenant ? L'énigme des tableaux mystérieux qui se transforment en cafetières ? En avions de chasse ? En tondeuses, peut-être ?

Pastorius, qui n'avait pas écouté les réflexions pseudo-intello-crétines de Salvador, prit le tableau au sourire, le mit sur le mur à la place de celui qui n'en avait pas.

— Ferenzy aimait se cacher derrière plusieurs identités, dit-il. Il les échangeait comme je vais le faire avec ces toiles.

Il plaça la toile sans le sourire à l'endroit où devait être l'autre.

Un bruit de verrou se fit entendre dans le mur. Les placages de bois s'ouvrirent par le milieu, laissant apparaître une grande plaque métallique dorée.

— Cette fois nous y sommes ! Il fallait passer de l'ombre à la lumière. Notre homme a caché sa machine dans ce coffre. Il ne nous reste plus qu'à l'ouvrir.

Les sourires se propagèrent comme une traînée de poudre sur tous les visages, y compris sur celui de Salvador.

— Ça alors ! Je n'aurais vraiment pas cru que…

— Que des types peuvent avoir un gros cerveau, l'interrompit le détective. Oui, ça existe, Ferenzy avait de la ressource.

— Tu es un magicien, Joshua ! lui dit Isalie, en lui décochant un baiser au passage.

— Milton était un homme brillant, fit Warwick. Je n'ai jamais rencontré quelqu'un comme lui. Il était d'une telle intelligence, il était si drôle, et si accessible en même temps. Il me racontait tout le temps des blagues. Il me manque terriblement.

La plaque devait faire plus de deux mètres cinquante de hauteur et un mètre cinquante de large. Le métal était poli. On ne distinguait rien d'apparent à sa surface.

— Vous croyez que c'est de l'or ? fit le grand mou.

— Ça m'en a tout l'air, oui.

— Si c'est le cas, il y en a pour une fortune. À moins que ce ne soit qu'une dorure. Enfin, dans tous les cas, ça ne nous dit pas ce qu'on fait de cette pépite géante.

Pastorius observa les rebords de la paroi, de haut en bas, à gauche puis à droite. Il toucha, tata, remua, vit des gonds et finalement comprit. Il tira en pressant par le bord, força sous les regards attentifs des autres. Cela s'ouvrit, c'était une porte.

— De mieux en mieux, monsieur Pastorius, déclara Isalie en l'embrassant encore.

— On va vous laisser si vous voulez, ironisa Ariel.

Ils s'exclamèrent en cœur devant ce qu'ils découvrirent. C'était un coffre doré en bonne et due forme. Avec cinq grosses roues métalliques pour l'ouverture.

Il y avait un hublot au milieu. Ils se précipitèrent vers lui, regardèrent à travers. Et là, au fond, sous un éclairage, bien sagement posée sur un socle, se tenait une machine Enigma.

Les exclamations de joie reprirent de plus belle. Ariel applaudit. Tout le monde la suivit. On se serait cru à la sortie d'une mairie un jour de mariage. Ne manquait plus que le riz et le photographe pour immortaliser l'instant.

— Milton avait le sens du spectacle, fit Warwick. Je ne pensais pas, cependant, qu'il ait pu dissimuler ce coffre derrière ces parois. C'est un tour de prestidigitation.

— Le plus dur reste à faire maintenant, dit le privé. Pour ouvrir ça, ça va être coton, croyez-moi.

La machine était dorée elle aussi. En bois et en métal. Le détective regardait la largeur de la porte à travers le hublot. On était loin de la finesse du papier à cigarettes.

— Il a dû placer ce hublot pour pouvoir regarder sa machine de temps en temps, comme un trésor caché.

— Oui.

Les roues d'ouverture faisaient tourner un petit compteur à chiffres devant elles. Il fallait obtenir la bonne combinaison pour déverrouiller la porte.

— Avez-vous une idée du code ? demanda Isalie à Warwick.

— Eh bien, je suis en train de chercher… rien ne me vient à l'esprit…

— Il ne vous a confié aucun document secret ? Aucun élément qui pourrait nous aider ?

— Je ne crois pas, non.

Salvador mit un coup de pied sur la grande porte.

— On ne sait jamais, fit-il. Ça peut aussi marcher de cette façon-là.

— C'est un boulot de spécialiste, dit le gardien. Moi, j'y connais rien là-dedans. Il y a en a un, parmi vous, qui connaît ces bestiaux-là ?

Le « non » fut unanime. Personne n'avait été cambrioleur dans une autre vie. Pastorius, qui avait beaucoup baroudé, volé aussi un peu durant sa jeunesse, n'avait jamais entamé de carrière de perceur de coffre.

— Et si on l'attaquait par le hublot, suggéra Ariel. On le brise, on passe la main et…

— Pas possible, miss. Ça n'est pas du verre, semble-t-il, fit le privé en tapotant dessus. Ce serait plutôt du Plexiglas. On n'arrivera à rien en le perçant. Au pire, si on y arrive, il sera trop petit pour qu'on puisse accéder à l'intérieur. Quant à y passer les mains, ça ne servira à rien.

— Essayons des codes au hasard, lança Salvador. J'ai de la chance, moi.

— Amuse-toi, mon grand, dit le privé.

Il le fit, tenta plusieurs combinaisons, tourna les roues, essaya encore. Ils le regardèrent avec des mines désolées.

— Arrête, tu fais pitié, lui fit Ariel.

— Mais non, regarde, là c'est la bonne.

Il en tenta une, puis encore une, puis une autre, avant de frapper de nouveau dessus en maugréant comme un beau diable.

— Vous n'avez toujours pas de réminiscence ? demanda Pastorius à Warwick. Une série de chiffres que Ferenzy vous aurait glissée un jour sans que vous sachiez ce que c'est.

— Non, je suis vraiment désolée.

— Bien, il nous reste une solution, lâcha-t-il. Je ne sais pas si ça va marcher mais on peut essayer.

— C'est quoi ? demanda aussitôt Ariel.

— J'ai de l'explosif dans mon coffre. C'est un stock que j'avais récupéré un jour lors d'une affaire. Je le garde toujours au cas où. C'est du lourd, on peut tenter le coup mais…

— Mais quoi ?

— Mais c'est du lourd j'ai dit. J'ai tout simplement peur qu'on saute avec, et pourquoi pas le manoir en même temps.

— Tu sais manier les explosifs ?

— J'ai quelques notions, oui. Je crois que je peux me débrouiller.

— Vous « débrouiller » ? balança Warwick sur un ton perplexe. Si c'est juste pour vous « débrouiller », moi je ne conseille pas l'opération. J'ai quantité de professionnels qui travaillent pour moi, nous avons des artificiers chez Blue. Je peux en faire venir un, ce sera plus prudent.

— Moi, je conseille ça, ajouta Ariel. Faut pas jouer avec les feux d'artifice !

— Moi, je ne suis pas d'accord, ma petite, fit le détective. J'ai envie de jouer à tout faire péter.

— Oui mais non, poursuivit la jeune brune, mauvaise idée !

— Bonne idée, au contraire ! Je suis impatient de découvrir

la machine. Pas le temps d'attendre les spécialistes. Je veux que ça explose et que ça fume, je veux de l'action, mes chers amis !

— Non ! ordonna Warwick en regardant Pastorius passer devant elle.

— Tu vas où, là ?

— Je reviens.

Il traversa les jardins en vitesse accélérée, fila jusqu'à sa voiture, ouvrit la barrière du parc. La Jaguar déboula devant le manoir, s'arrêta devant le vieil homme. Pastorius prit les explosifs dans le coffre.

— T'es un cinglé, toi, fit le gardien. Moi, je traîne pas dans les parages.

Le privé lui sourit sans lui répondre et rejoignit les autres.

— Tu vas réellement le faire ? s'inquiéta Isalie.

— Bah oui, pourquoi ?

— Et si la machine Enigma explose avec ? On aura l'air malin !

— C'est un risque à prendre. Il faut juste que je dose les explosifs et c'est bon.

— Fais attention à ce que tu fais ! Fais très attention !

— Vous feriez mieux de prendre l'air, prévint-il. J'utilise des mèches longues mais on ne sait jamais.

L'assemblée quitta les lieux. Le privé plaça les charges comme il put, les bloqua entre les roues et les portes, déroula les mèches sur plusieurs mètres.

— Vous êtes tous sortis ? lança-t-il par la fenêtre.

Ils acquiescèrent.

— Écartez-vous, allez plus loin !

— Dépêche-toi de sortir, une fois les mèches en feu ! hurla Isalie.

— Ne t'inquiète pas !

Il alluma. Les mèches commencèrent à se consumer. Il fila sans demander son reste. Une fois à l'extérieur, il rejoignit le groupe jusqu'à la poterne.

Une puissante explosion retentit, faisant voler les fenêtres de la pièce. Une épaisse fumée se dégagea. Des débris retombèrent.

— Vous voyez que le château tient toujours debout !

— Avant on savait construire, dit le gardien. C'est pas comme maintenant.

— Allez, on va voir ce que ça donne.

Ils entrèrent, montèrent les étages et arrivèrent près de la pièce empoussiérée.

— Restez là, j'y vais, avança le détective.

Il traça sa route, se mit à tousser, dégagea des décombres et vit le coffre entrouvert. Il avait cédé comme dans les westerns. Il avança encore, récupéra la machine toujours sur son socle. Il l'emporta malgré sa lourdeur.

Il parvint jusqu'à la pièce d'à côté en sortant d'un nuage de fumée, comme un pompier avec une victime dans les bras. Il aurait presque pu le faire au ralenti, avec une musique émouvante, sur un grand écran.

Il la posa au sol, se pencha sur elle, l'inspecta. Elle avait l'air intacte.

— La voilà ! dit-il, heureux. L'Enigma Ferenzy en

personne !

Il n'en finissait pas de l'admirer. Jusqu'à ce qu'il regarde autour de lui. Il n'y avait personne. Ses comparses n'étaient pas là. Il les appela. Rien. Il ne les avait pas vus en déboulant du nuage de fumée.

— Où êtes-vous ? s'écria-t-il.

Aucune réponse. Il cria encore. Personne. Il entendit un bruit derrière lui, se retourna.

Le brûlé apparut. Il n'eut pas le temps de faire le moindre geste, reçut la crosse de son fusil en pleine face et s'évanouit.

32

Pastorius sentit une goutte d'eau perler sur sa joue. Cela lui fit reprendre connaissance. Il était allongé sur le canapé d'Isalie.

— Salut, lui dit Ariel.

Elle était assise près de lui, venait de lui passer un linge mouillé sur le front. Le privé avait mal au crâne, et revenait lentement à lui.

— Que s'est-il passé ? lança-t-il en se passant la main sur la tête. Il sentit un foulard noué autour.

— Tu as été blessé, reste tranquille, ne bouge pas.

Il se tourna légèrement vers le canapé d'en face. Warwick

était là, le regardait avec un rictus gêné. Ariel, aussi, le toisait bizarrement.

— Qu'est-ce qu'il y a ? demanda-t-il.

— Repose-toi, tu as une belle plaie.

— Dites-moi, je sais qu'il y a quelque chose de grave.

— Il y avait beaucoup de fumée, dit Warwick. Nous n'avons rien vu, juste le visage du brûlé pendant quelques secondes.

— Et ?

— Il s'est emparé de la machine.

Une douleur lancinante envahissait le crâne de Pastorius.

— Il s'est échappé, dit Ariel. Mais il y a pire.

— Comment ça ?

— C'est que…

— Quoi ?

— Il a enlevé Isalie ! balança Warwick.

« Il a enlevé Isalie… » La terrible réponse se mit à résonner dans la tête du privé.

— C'est pas possible !

— C'est pourtant la vérité. Quand la fumée s'est dissipée, nous t'avons retrouvé au sol. Isalie n'était plus là.

— Peut-être se cache-t-elle quelque part ?

— Non. Il a appelé il y a trente minutes, il a dit qu'il la détenait. Il veut la carte magnétique en échange. Sinon il la tue !

— Le chien ! lâcha-t-il en essayant de s'asseoir.

Ariel l'aida. Il était pâle, avait les yeux creusés.

— Apporte-moi la bouteille de whisky ! Ariel, j'en ai un

besoin urgent.

Elle alla chercher le breuvage. Il engloutit le fond de bouteille.

— Comment ça doit se passer ? s'exclama-t-il sur un ton grave.

— Tu dois te rendre sur les quais, près de La Cité de la Mer. Il te contactera ensuite.

— Vous n'avez pas alerté la police, je pense.

— Non. On l'a laissée en dehors du coup.

— Vous avez bien fait. Je vais y aller seul. Vous, vous ne bougez pas de là. Je vais régler cette affaire une bonne fois, et croyez-moi, il ne va pas s'en sortir vivant, le salaud.

— Tu crois que tu vas pouvoir conduire ?

— Oui. Je vais tracer la route et récupérer Isalie.

Il se leva lentement, marcha en se tenant à la table, aux meubles. Les autres le regardèrent en se disant qu'il n'avait aucune chance d'y arriver. Il prit la carte dans le bunker, la mit dans sa poche, revint dans le salon.

— J'y vais !

— Tu tiens à peine debout.

— Je m'en fous ! J'y vais et on va voir ce qu'on va voir !

Il passa la porte. Le vent et la pluie lui sautèrent dessus. Il atteignit la voiture, démarra en furie.

La Jaguar se déportait sous les coups de boutoir des éléments. La tempête était arrivée. Les essuie-glaces peinaient à rejeter l'eau. Il fonçait, souffrait. Il évita le fossé à un moment, doubla un camion dans un virage, passa sur un trottoir pour éviter une file de voitures au feu rouge.

Le port fut vite rejoint. Il le longea, s'arrêta près de La Cité de la Mer. Le U-Boot était à quai. Personne dehors ne se risquait à affronter les vents.

Le temps passait à une vitesse d'une lenteur insoutenable. Il imaginait Isalie aux prises avec ce monstre.

Il enrageait seul derrière son volant. La torturait-il ? Il essaya de chasser toutes ces horreurs de sa tête, mais en vain.

Et puis il repensa à ce qu'avait dit Warwick. Isalie avait disparu. Personne ne l'avait vue avec le Kaleunt. Elle et lui pouvaient très bien être la même personne. Il n'osait y croire.

Son téléphone sonna.

— Oui !

— Tu descends de ta caisse, lâcha le brûlé, et tu vas jusqu'à l'entrepôt numéro quatre. C'est à trois minutes le long du quai.

— Je ne sais pas où c'est.

— Regarde derrière toi. C'est le bâtiment gris que tu vois près des barrières dans le fond du port. Une porte est ouverte.

— Je veux entendre Isalie !

Le tueur raccrocha. Pastorius quitta l'auto, fila sous la pluie.

Arrivé près de l'entrepôt, il dégaina. Une porte ouverte, il entra à l'intérieur. Un interrupteur. Il l'actionna. L'éclairage fit découvrir des bateaux de pêche entreposés là. Il avança entre eux. Sur des cales, ils étaient en piteux état. Il y avait du matériel de pêche, des filets, des casiers, des chaînes rouillées, des pièces de moteurs, des mâts, des câbles…

Il en contourna plusieurs, arriva devant un escalier qui descendait. Il l'emprunta. Il faisait noir. Il sortit sa lampe torche. Il avançait dans un couloir étroit. Il y avait plusieurs portes. Il tenta de les ouvrir. Toutes fermées.

De l'eau gouttait du mur. Il marchait dans des flaques. Ça puait le gazole. Encore un escalier. Il poursuivit vers les entrailles du bâtiment. Un corridor étroit. Des portes toujours fermées. Un sol de gadoue. Il se retrouva devant le mur du fond.

Celui-ci s'ouvrit en deux devant Pastorius plutôt surpris. Il poursuivit jusqu'à une pièce à l'odeur repoussante. Ça sentait le moisi. Il passa près de quartiers de viande rongée par les vers. L'odeur insoutenable lui monta à la gorge. Il crut vomir, poussa une porte, se retrouva devant le tueur assis sur une chaise à cinq mètres de lui, avec un fusil dans les mains.

— Stop ! N'avance plus ! lui cria-t-il.

Il obéit.

— Jette ton arme !

Il fit ce qu'on lui disait.

— Donne-moi la carte tout de suite et tu auras ta copine. Si tu fais le malin, elle va crever, je me ferai un plaisir de la trucider. Tu la poses vite fait devant moi et tu te casses. Après je te donnerai des instructions.

— Tu ne vas pas tenir ta parole. Je sais que si je fais ça, je ne la reverrai plus.

— Ce que tu penses, je m'en tartine, fais ce que je te dis !

La pièce était exiguë. Un mur derrière lui était recouvert de photos. Il y avait un bureau avec une faible lampe dessus. Tous les murs étaient constellés d'images, de coupures de journaux de la Seconde Guerre, d'affiches nazies.

— La carte, allons, tu as déjà trop tardé.

Le détective la sortit de sa poche, la posa lentement à terre.

— Allez, dégage maintenant !

Pastorius commença à partir, fit deux pas puis se retourna d'un bond et lança un couteau dans sa direction comme un lanceur de foire. Il se jeta alors à terre, se rua sur son pistolet. Le Kaleunt ne réagit pas. Le couteau ne l'avait pas touché. Il restait dans la même position. Il s'approcha alors de lui.

— Reste là ! cria-t-il.

Il avança quand même, le désarçonna, saisit l'arme. Le Kaleunt était figé comme une momie. Il le toucha sans qu'il remue, lui retira sa casquette puis son masque. Celui qui était en dessous était mort. Il s'agissait de Donni. Livide, il avait les yeux révulsés. Il ouvrit son manteau. Des cordes le maintenaient sur sa chaise.

— J'ai eu envie de me détendre, dit de nouveau la voix. Alors j'ai butté ce bon Donni.

— Sois damné !

— Ah !... Ah !...

— Et maintenant, que fait-on ?

— Tu me compliques la vie, le détective. Heureusement que j'ai un plan B. Je vais devoir te contacter plus tard. Terminé.

— Non !

Pastorius vit un haut-parleur. C'était d'ici que sortait la voix. Un bocal avec des mains était posé sur le bureau. Le détective remonta les manches du manteau de Donni. Il n'avait plus de main.

Un grand plan de U-Boot était collé au mur. Il y avait

beaucoup de documents relatifs aux sous-marins allemands. Et si c'était là-bas que ça se passe ? songea-t-il, de manière intuitive.

Ni une ni deux, il ramassa la carte et son pistolet, se mit à courir à travers les couloirs sombres, déboula bientôt à l'extérieur du bâtiment et fonça vers le sous-marin.

Quelqu'un le suivait des yeux. Patsy Brooks le vit passer et s'engouffrer dans le submersible allemand par le kiosque. Elle détala à sa suite.

Pastorius marchait à l'intérieur du U-Boot. La machine ronronnait lentement. Il n'y avait personne, ou plutôt si, un cadavre au sol, la gorge tranchée. Un homme d'équipage. Il entendit qu'on marchait derrière lui. Les moteurs montèrent en régime. Tout se mit à trembler.

— En route pour une balade ! entendit-il dans le haut-parleur.

C'était la voix du brûlé. Le submersible passa d'une lumière vive à une lueur rougeâtre. Une sirène stridente se manifesta.

Le détective se fraya un chemin à travers la tuyauterie, les corridors étroits, les passages de cloisons. Les Diesels s'entendaient avec insistance.

Des chants de guerre allemands furent déversés dans les haut-parleurs. Le bâtiment commençait à bouger de plus en plus. Il prenait de la vitesse.

Les chants se turent.

— On va sortir du port et partir en chasse, mes amis, dit la voix. Nous allons envoyer un bateau rosbif par le fond.

Les chants reprirent de plus belle. Il arriva à l'arrière du bâtiment. Les chants cessèrent encore.

Isalie apparut sur sa chaise. Le Kaleunt, à côté d'elle, son arme pointée sur sa tempe. Le bâtiment fonçait maintenant à toute allure.

— Salut le privé, déclara le tueur, jette ton flingue, cette fois je suis bien vivant et en pleine forme.

Pastorius lança son pistolet au sol.

— Je ne dirige pas les machines, affirma le brûlé. Elles sont bloquées à fond, comme le gouvernail. Et en avant pour l'enfer !

Le submersible se mit à rouler, à tanguer avec force. Le privé s'accrocha à une rambarde pour ne pas tomber.

— On sort du port. Ça va secouer !

Le Kaleunt se tenait aussi.

— La carte ! lança-t-il. Vite où je tue la pute.

Pastorius la saisit.

— Mets là dans la machine Enigma, dit-il en la montrant au sol.

— Qui es-tu ?

— Je suis un agent du MI6, et je m'amuse bien. Dans la machine, dépêche-toi !

— Tu es un fou. Aucun agent ne fait ce que tu fais.

— Moi si… je suis mon propre maître à présent.

Isalie était maintenue par des cordes avec un foulard dans sa bouche. Elle était terrorisée. Le privé plaça la carte dans la fente de l'Enigma Ferenzy.

— Pourquoi utilises-tu ce masque ignoble ?

— Pour le plaisir de terroriser les honnêtes gens.

— Et pourquoi les marques-tu de la croix gammée ?

— Appuie sur le bouton, tocard.

— La croix, pourquoi ?

— Pour qu'ils se souviennent de moi, lâcha-t-il en riant. Avec cette croix, ils m'appartiennent, je les confie à mon maître, le Führer !

— Tu es un sadique et un allumé complet.

— Oui… et un masochiste, personne n'est parfait. Au départ, le masque ne devait servir qu'à détourner l'attention du coffret. C'était une idée de mon supérieur. Mais, j'y ai pris goût, je ne peux plus m'en passer.

— Et pourquoi vouloir récupérer le coffret si vous n'obéissez plus au MI6 ?

— Mais pour revendre les infos, pardi. Un nom d'espion, ça vaut une fortune. Je suis peut-être cinglé mais j'ai le sens des affaires.

— Espèce d'ordure.

— Et puis un agent secret va toujours au bout de sa mission, question d'honneur.

Le privé actionna le bouton de la machine. Une autre carte ressortit avec des noms dessus.

Un coup de revolver s'entendit tout à coup. Une rafale. Le privé sauta à terre, récupéra son arme. Le brûlé avait disparu. Patsy Brooks venait de tirer derrière Pastorius mais elle était morte.

Il commença à détacher Isalie.

— Non, fonce, dit-elle, je vais me débrouiller, tue-moi ce malade !

Du sang par terre. Le Kaleunt était touché. Le détective partit lui aussi en chasse. Des tirs. L'ennemi n'était pas loin.

Il se mit à tirer en rafales continues. Des conduites explosèrent. Pastorius avançait à pleine mesure.

L'eau se mit à gicler. Il fonça. Le brûlé tirait. Le privé se mit à ramper, à marcher presque à genoux. Il le vit devant lui, l'ajusta. L'autre tourna une manette. Une explosion retentit juste à côté du tueur. Les deux hommes furent projetés en arrière.

Pastorius se releva avant lui, s'approcha. Il gisait au sol. Il lui arracha son masque d'horreur.

Lerner se révéla ! Il était mort. Une grosse pièce métallique lui avait transpercé le corps. Le policier était en fait un agent au service des anglais.

Plusieurs explosions se déclenchèrent. Pastorius se releva, courut vers Isalie, la rejoignit. Elle n'arrivait pas à se détacher. Il l'aida, la libéra.

— Il faut filer, lança-t-elle, on va couler !

— La machine, elle est là.

Il saisit la carte avec les noms décodés. Il en lut plusieurs qu'il ne connaissait pas mais lut surtout un nom, celui qu'il ne fallait surtout pas lire. Il était écrit : sa majesté, le roi Georges VI.

— C'était le roi d'Angleterre, le frère du roi nazi, célèbre pour son bégaiement et son caractère effacé.

— C'est impossible !

Le submersible fit un énorme mouvement qui les déstabilisa. Ils chutèrent. De l'eau s'engouffra en masse. La carte disparut sous les eaux.

Ils coururent. L'eau montait de plus en plus vite. Ils sortirent par le kiosque. La mer était démontée. La tempête rageait.

Des projecteurs les illuminèrent. Il y avait un hélicoptère juste au-dessus d'eux. Un homme descendit avec difficulté sur un filin, les emporta sur une nacelle. Ils montèrent à bord. Warwick les accueillit.

Le U-Boot glissa sous les flots, percuta une épave gisant sur le fond. C'était celle du Léopoldville. Le sous-marin explosa, réveillant un instant les fantômes du paquebot. Le navire se vengeait presque en cet instant épique. Le sous-marin le rejoignait au cimetière des navires trépassés.

L'hélicoptère déposa Isalie, Warwick et Pastorius sur les quais. Hemerzogh était là ainsi qu'Ariel et Salvador.

— La carte a disparu sous les flots, dit le privé à Warwick.

— Vous avez eu le temps de savoir ce qu'il y avait dessus ?

— Non. On ne saura jamais. Le submersible a dû exploser.

— Ainsi donc, le secret de Milton a-t-il disparu pour de bon.

Le MI6 pouvait dormir tranquille, l'honneur de la famille royale était sauf. Sans preuve, il n'avait plus rien à redouter. Isalie et Pastorius gardaient la vérité pour eux.

Le privé donna une tape à l'épaule d'Hemerzogh. Des ambulances attendaient, tous gyrophares étincelants. Pastorius passa à côté, prit Isalie par la main.

— Vous nous excusez, lâcha-t-il à l'assemblée avec le sourire, nous on rentre tous les deux.

Ils marchèrent sur le quai jusqu'à la Jaguar. Le détective aperçut une voiture rouge garée devant. C'était celle de Mona-la- mocheté.

— Attends un peu, dit-il à Isalie. J'en ai pour une seconde. Celle-là, elle commence vraiment à me gonfler.

Il avança vers la Jaguar en se dépêchant et en marchant vouté, démarra en trombe et s'encastra dans l'auto rouge. Il vit le visage horrifié de Mona à son volant, ne comprenant pas ce qui lui arrivait.

Il mit pied au plancher. Les roues patinèrent. La Jaguar poussa la petite Panda, la balança directement dans le port dans un grand plongeon.

La vieille anglaise s'arrêta. Pastorius sortit, ouvrit la portière de sa belle. Elle monta. Il referma, prit place au volant, lui donna un délicat baiser et dit :

— Bien chérie… Panda et U-Boot, c'est le même destin… maintenant, on peut y aller !

Rendez-vous sur le site de
la maison d'édition,
Le cargo imaginaire :

lecargoimaginaire.fr

LE CARGO
IMAGINAIRE

yvanmichotte@lecargoimaginaire.fr

Dépôt légal : septembre 2020
Achevé d'imprimer en France
en octobre 2022 par CPI Firmin-Didot
27650 Mesnil-sur-l'Estrée
N° d'impression : 172152
ISBN : 978-2-492147-12-8

Les enquêtes d'Agathe et Pastorius
Yvan
Michotte
Roman policier
en Normandie
LECARGOIMAGINAIRE.FR